YALLAH MORD
Eine Krimikomödie

Bülent Ceylan:
Yallah Mord!

Alle Rechte vorbehalten
© 2024 edition a, Wien
www.edition-a.at

Cover: Bastian Welzer
Coverillustration: Bernd Ertl
Satz: Bastian Welzer

Gesetzt in der Bene
Gedruckt in Deutschland

1 2 3 4 5 — 27 26 25 24
ISBN: 978-3-99001-753-1

Bülent Ceylan

YALLAH MORD!

Eine Krimikomödie

edition a

SONNTAG

20.30 Uhr, *Capitol*, Mannheim

Und plötzlich war die Luft weg. Meine Lunge schrie um Hilfe, mein Herz schlug wie ein Presslufthammer, doch das alles half nichts. Kein einziges Sauerstoffmolekül verirrte sich in meine Luftröhre. So musste sich ein Fisch an Land fühlen. Mit dem Unterschied, dass ein Fisch zurück ins Wasser geworfen werden konnte. Mich ins Wasser zu werfen, würde kaum helfen.

Die Musik dröhnte aus den Boxen, ließ den Boden vibrieren. Mein Name schallte durch den Saal, getragen von den Hunderten Menschen im Publikum.

Der Moment kam. Ich wusste nie, wann es so weit sein würde. Etwas in mir sagte: Jetzt oder nie. Und dann sprang ich auf die Bühne, in das Licht der Scheinwerfer.

Als hätte ich mit dem Sprung eine unsichtbare Wand zum Einsturz gebracht, die all den Sauerstoff von mir ferngehalten hatte, füllten sich endlich meine Lungen. Das Adrenalin brachte meinen Körper zum Beben, fuhr in Wellen durch mich hindurch, füllte mich aus, bis ich kurz davor war, zu platzen. Um das zu vermeiden, half es, wie ein Verrückter den Kopf hin- und herzuschleudern. Headbangen, wie es in der Fachsprache heißt. Zumindest mir half das immer.

Damit fiel die ganze Angst von mir ab, die ich selbst nach mehr als fünfundzwanzig Jahren Bühnenerfahrung noch immer verspürte. Die hässlichen Fragen, die in meinem Hirn auftauchten: Kannst du es noch? Hast du es überhaupt jemals gekonnt? Als Antwort möchte ich am liebsten laut schreien. Was ich dann auch tue. Deswegen starten alle meine Shows auf diese Art. Ich will damit nicht bloß dem Publikum beweisen, dass ich nach wie vor die Kraft habe, es mitzureißen. Ich will es mir selbst beweisen.

Übertreiben durfte ich es aber nicht. Bei einem meiner Auftritte hatte ich einmal meinen Hals so wild in alle Richtungen geworfen, dass ein heftiges Knacken in meiner rechten Schulter zu hören war. Geräuscheffekt war das keiner, zumindest nicht vom Tontechniker. Danach fühlte sich meine rechte Körperhälfte an wie paralysiert. Zum Glück konnte ich Kiefer und Zunge noch bewegen, die beiden wichtigsten Instrumente des Comedians.

Während mich das Mannheimer Publikum mit Applaus, Zurufen und Pfiffen willkommen hieß, strich ich mir die Haare aus dem Gesicht und band sie mit einem Haargummi zusammen.

»Moooooonnem!«, schrie ich. Die Halle tobte. Bevor ich auf Tour ging, spielte ich immer eine Probevorstellung im *Capitol*. Es war früher ein Kino gewesen, ehe es in eine Veranstaltungshalle verwandelt worden war. Mit der Backsteinfassade und dem Neon-Schriftzug über dem Eingang verbreitete es bei den Besuchern ein Gefühl von Ehrfurcht. Vor vielen Jahren, als ich mir nie hatte vorstellen können, einmal im *Capitol* zu spielen, überkam mich jedes Mal ein wohliges Schaudern, wenn ich daran vorbeiging. Mittlerweile war es zu meinem Wohnzimmer geworden, wo ich neue Programme ausprobieren und testen konnte. Das Publikum hier kannte mich, die Besucher waren fast so etwas wie gute

Freunde. Und wie gute Freunde ließen sie sich keinen Blödsinn erzählen. Wenn meine Witze hier funktionierten, dann funktionierten sie auch im Rest von Deutschland.

Mit einem Lächeln trat ich an den Rand der Bühne und breitete meine Arme aus. Ich atmete die Atmosphäre ein, badete in der Mischung aus Vorfreude und Erwartung, die mir entgegenschlug. Hier zu stehen, war das verrückteste, beängstigendste und großartigste Gefühl, das es gab.

»Dann fangen wir mal an«, sagte ich, »der Türk ist schließlich zum Arbeiten da.« Der erste Lacher war stets eine Einladung. Das Publikum erlaubte mir damit, es zu überraschen, mit ihm zu flirten, es aufzuziehen, solange es einen guten Abend haben würde. Damit konnte es losgehen. Nun war das Feuer in mir entfacht.

Es trieb mich von einer meiner Bühnenfiguren zur nächsten. Zuerst war ich Anneliese, die selbst ernannte Pelzmantel-Aristokratin, die sich um eine gebildete Aussprache bemühte, die ihr aber nie so recht gelingen wollte. Ständig hatte sie Stress mit ihrem Mann, der vom Bauchnabel abwärts weniger in ihr zum Zucken brachte als ihr 85-jähriger Gynäkologe.

»Etiketti!«, schrie sie, um sich Aufmerksamkeit zu verschaffen. Das Publikum hielt gespannt inne. »Was haben mein Mann und der Buchstabe Q gemeinsam? Eine große Null mit einem kleinen Schwänzchen dran!« So unverfroren würde Bülent nie sprechen, das konnte nur Anneliese. Das Publikum liebte sie dafür.

Als Nächstes kam Mompfred Bockenauer zum Vorschein. Dafür zog ich einen grauen Hausmeisterkittel an und setzte mir eine ausgeleierte Schiebermütze auf den Kopf. Zum Schluss nahm ich eine rote Wasserpumpenzange, oder, wie Mompfred sagte, eine *Bummbäääwasssssazong*, in die Hand. In seinem Kurpfälzischen Dialekt sprach er nicht, er spuckte. Die erste Reihe hätte vor der Show eigentlich Regenmäntel bekommen müssen. Mompfred war ein stets schlecht gelaunter Hausmeister, der mit seiner Ehefrau Waltraud in einem ewigen Rosenkrieg steckte. Eine Hassliebe, wobei selbst ich nicht wusste, wo genau der Hass endete und die Liebe begann. Wie Waltrauds Geburtstagsgeschenk an ihren werten Gatten bewies: ein Gutschein für eine Stunde Anti-Aggressions-Training.

»Hat der Psychiater gesagt zu mir«, begann Mompfred, und sein Mund verwandelte sich in einen Springbrunnen, »›Herr Bockenauer, ich werde Sie jetzt pro-ho-vozieren und Sie dürfen ned re-ha-gieren.‹ Hab ich genickt. Hat er gesagt: ›Prolet, alter Sack, Erbsenzähler, du Elender, deine Pumpwasserzange funktioniert ned!‹ Hab mir aber nichts anmerken lassen. Bisschen gespuckt hab ich, aber sonst nix. Dann sagt er am Schluss: ›Sehr gut gemacht, Herr Bockenauer, wir sind jetzt fertig, Sie haben den Test bestanden.‹« Mompfred lächelte, während vor ihm sein Speichel durch die Luft flog wie feiner Sprühregen. »Hab ich gesagt: ›Primaaa!‹ Und dann hab ich ihm erst mal die Fresse poliert.«

Kaum war die erste Reihe wieder trocken, kam auch schon die nächste Figur an die Reihe. Dafür zog ich mir einen roten Umhang über, setzte mir eine blonde Langhaarperücke auf und nahm einen riesigen Hammer in die Hand, wie ihn der nordische Gott Thor in der Marvel-Filmreihe schwingt. So hieß auch meine Figur: Thor, eine Abkürzung von Fikthor. Aber weil das seinem Vater zu lange gewesen war, hatte sich die Mama aussuchen dürfen: entweder Fik oder Thor. Keine schwere Entscheidung.

Thor war innerlich ein Kind geblieben, lachte viel und kannte zahlreiche Wortspiele, die mit seinem Namen zu tun hatten: »Wie nennt man meinen Babysitter? Thorhüter. Die anderen Kinder ließen mich beim Fußballspielen nie mitmachen, also endete die Partie thorlos.« Thor war so unschuldig, dass ihn die meisten Menschen süß fanden und Sympathien für ihn entwickelten. Sie seufzten mitfühlend, wenn er davon erzählte, wie er wegen seines großen Hammers oft gehänselt wurde. Ein Problem, das ich persönlich zum Glück nicht kannte.

Ich warf die Perücke und den Umhang ab, schlüpfte in einen Trainingsanzug und setzte eine Baseballkappe auf. Die Schultern zog ich hoch, der Blick wanderte zu meinen Schuhspitzen, und schon war ich der schüchterne Harald. Harald war der ungeschickte Typ von nebenan, der immer Pech bei den Frauen hatte. Manchen meiner Fans ging Haralds Liebesleben so zu Herzen, dass sie ihm Blumen schickten. Dabei war ich nicht sicher, ob Harald nicht doch selbstbewusster war, als er immer tat. Vielleicht verkaufte er sich aus taktischen Gründen absichtlich unter Wert. Aber was wusste ich schon? Ich kontrollierte diese Figuren nicht mehr, als sie mich kontrollierten.

»Ich hab immer so Probleme mit den Frauen«, begann Harald. »Also hab ich mir einen Ratgeber besorgt. Darin stand ein komisches Wort, das ich noch gar nicht kannte: Körperpflege ... nein, falsch, das war's nicht. Es war metrosexuell. Was soll das sein? Sex im Supermarkt?« Harald nahm die Mütze ab und kratzte sich ratlos an der Stirn. »Stand dort, ich muss die Frau in mir entdecken. Die Frau in mir? So rum kenn ich das gar net. Wo soll ich die suchen? Normalerweise liegt einem die Frau auf dem Magen oder auf die Tasch'. Aber hab ich es eben probiert und bin zum Douglas, dort, wo es immer so gut riecht. Seh ich dort eine schöne Flasch', riecht auch gut, frag ich die Verkäuferin: ›Was ist in der Flasche?‹ Sagt die: ›Das ist keine Flasche, das ist ein Flakon.‹ ›Aha‹, sag ich, ›also eine vornehme Flasche. Wie der Olaf Scholz?‹«

Mittlerweile rann mir der Schweiß wie ein Wasserfall den Rücken hinab. Meine Arschritze war zu einem weiteren Niagarafall geworden. Was die Zuseher nicht mitbekamen, war die körperliche Anstrengung, die mir die Stunden auf der Bühne abverlangten. Danach tat mir oft jeder einzelne Knochen weh. Alle Energie, die ich hatte, gab ich meinen Figuren. Ich ließ sie völlig von mir Besitz ergreifen, lieh ihnen meine Gliedmaßen und meine Stimme. Oft musste ich mich konzentrieren, dass sie nicht während meiner eigenen Showeinlagen, also während ich *ich* war, Bülent, aus mir herausbrachen. Das konnte passieren, ich nannte das Comedy-Tourette. Ich begann einen Satz als Bülent und beendete ihn als Mompfred oder Anneliese.

Meine bekannteste Figur hatte ich mir an diesem Abend für den Schluss aufgehoben. Als die Zuschauer den rosa Kamm bemerkten, den ich mir in die Hosentasche steckte, schrien sie begeistert auf. »Hasan!«, hörte ich bereits die Ersten rufen. Der Kamm gehörte unverkennbar zu Hasan, dem Macho, der andauernd Sprüche klopfte und nichts so gern küsste wie seinen eigenen Bizeps. Für ihn hatte ich mir etwas ganz Besonderes ausgedacht. Er sollte der Höhepunkt meines neuen Programms werden.

Wie bei Tausenden Vorstellungen zuvor nahm ich den Kamm aus meiner Hose, um ihn mir selbstgefällig durch die Haare zu ziehen. Doch kaum hielt ich ihn in der Hand, begann ich zu zittern. Ich konnte ihn nicht nach oben heben. Er fühlte sich schwer an wie ein Block Granit.

Der Schweiß auf meiner Stirn wurde eiskalt. Was war los? Schnell steckte ich den Kamm weg und versuchte es mit einer anderen Bewegung. Hasan posierte gern für sein Publikum, hob die Arme und spannte die Muskeln an. Doch auch das gelang nicht. Meine Arme fühlten sich schwach und schlaff an. Ich konnte sie kaum heben, geschweige denn anspannen. Was war bloß los mit mir? Bemerkte das Publikum meine Schwierigkeiten? So schnell wie möglich musste ich die Kurve kriegen. Vergiss den Kamm und die Muskeln, sagte ich mir. Dann eben gleich zum Sketch. Mein Gehirn arbeitete auf Hochtouren, doch keines der Worte, die es ausspuckte, ergab Sinn für mich. Dabei hatte ich die Hasan-Nummer gestern noch zu Hause geprobt! Ich kannte jeden Beistrich und jede Pause auswendig. In diesem Moment jedoch war mein Hirn völlig leer.

Stille auf der Bühne ist für einen Comedian ungefähr so angenehm wie im Bett. Ich will nicht, dass die Menschen schreien, weder vor der Bühne noch im Bett, aber keine Reaktion zu bekommen, war das Schlimmste, was passieren konnte. Dann waren sie für mich verloren, überließen sich ihren eigenen Gedanken und Überlegungen. Jede Ablenkung, etwa ein klingelndes Handy oder ein zu langes Husten, konnte eine Vorstellung zerstören. Und nun stand ich hier auf der Bühne und mir wollte kein Wort einfallen, während Hunderte Augenpaare zu mir hochblickten. Was war bloß los?

21 Uhr, Kühlhalle *Der frische Finne*, Industriegebiet Rheinau, Mannheim

René Weck kam sich vor, als wäre er in einem großen Gefrierfach gelandet. Tiefkühlpizza, Eiscreme, Gemüse. Er wandte den Blick von dem Fenster, durch das er auf die gefrorenen Kisten in dem Kühlcontainer sehen konnte. Minus zwanzig Grad. Bevor er hierher versetzt worden war, hatte er sich Mannheim unwirtlich vorgestellt, aber so schlimm nun auch wieder nicht.

Die Halle erinnerte René an einen Flugzeughangar, nur standen statt Flugzeugen Kühlcontainer darin und erfüllten die Luft mit einem feinen Summen, als wären in allen Ecken Bienenwaben verborgen.

Dabei kam das Geräusch von den Generatoren, die für die notwendigen Temperaturen in den Containern sorgten. In der Mitte der Halle ragte wie ein einsamer Monolith ein einzelner Kühlschrank zwischen den Containern auf. Wegen dieses Kühlschranks waren sie hier.

Vor etwas mehr als zehn Minuten war auf der Wache ein Notruf eingegangen. Ein gewisser Tobe Ohrn, Mitarbeiter der Kühlhalle *Der frische Finne*, gab an, zur Arbeit gekommen zu sein, um einige Lieferungen vorzubereiten, die Montagfrüh abgeholt werden sollten. Als er die Halle betreten hatte, hatte er gesehen, was auch René nun sah. Er hatte diesen Kühlschrank vorgefunden, der offenbar nicht hierhergehörte. Was er darin entdeckt hatte, ließ ihn die Polizei rufen.

Tobe Ohrn hatte sie vor der Kühlhalle empfangen und ihnen zuerst das verwüstete Büro gezeigt. Doch in die Halle wollte er nicht mitkommen. Ein Beamter musste im Vorraum mit ihm warten, wo Tobe endgültig die Nerven verlor, zusammensackte und sich in eine Ecke kauerte.

»Stehen Sie nicht im Weg, Weck«, schnauzte Inspektor Grieß René an. Der groß gewachsene Inspektor mit dem dünnen Schnauzbärtchen hatte nie ein gutes Wort für seine Untergebenen übrig, doch für René hatte sich der Inspektor sogar besonders schlechte Worte aufgehoben: Er habe ihn überhaupt nur mitgenommen, damit er, der sich erst vor Kurzem aus Schwaben nach Mannheim hatte versetzen lassen, mal »richtige Polizeiarbeit« erleben könne. Gemeinsam mit seinem Kollegen Mark Ohnesorg beobachtete René jetzt, wie der Inspektor vor den Kühlschrank trat und ihn mit finsterer Miene musterte.

Mark war ein gutmütiger Kerl, der seinen Nachnamen zum Lebensmotto erhoben hatte. Niemand hatte sich über die Legalisierung von Cannabis so sehr gefreut wie der breitschultrige, friedsame Polizeibeamte. Bei Razzien war er unersetzlich, wie René gehört hatte, weil er präziser als jeder Spürhund Drogen unterschiedlichster Zusammensetzung sicherstellen konnte. »Hunde haben einen verdammt guten Riecher«, pflegte Mark zu sagen, »aber sie können sich nicht in die Kiffer hineinversetzen.« Nach der Legalisierung musste Mark seine Fähigkeiten anderweitig einsetzen. Vielleicht ja bei Mordermittlungen.

»Sieh sich das mal einer an«, sagte Grieß, als er die Tür des Kühlschranks öffnete. René bemerkte erst jetzt, wie groß das Ding war. Ungefähr zwei Meter. Es war aus Edelstahl gefertigt, seine Oberfläche schimmerte kühl. René, der bisher nur die Rückseite des Kühlschranks gesehen hatte, ging um ihn herum und stellte sich hinter Grieß. Was war es, das der Inspektor so angestrengt anblickte? Kurz danach kam auch Mark neben ihnen zu stehen. »Heilige Scheiße«, entfuhr es seinem Kollegen.

Das Innere des Kühlschranks besaß keine Fächer oder Ablageflächen, stattdessen war an der Oberseite eine Eisenstange angebracht, an der ein Karabiner befestigt war. An diesem Karabiner hing das Ende eines Gürtels. An dessen anderem Ende hing ein Kopf. Der dazugehörige Körper schwebte reglos ein paar Zentimeter über dem Boden.

»Das muss Lasse Hoppsen sein«, sagte Grieß. Die Leiche war von Tobe Ohrn sofort als die seines Chefs identifiziert worden. Hoppsen hatte kurze blonde Haare, einen kaum sichtbaren Flaum über der Oberlippe, milchweiße Haut und eine schmächtige Statur.

»Das ist ein Wildtierkühlschrank«, unterbrach Mark das angestrengte Starren der drei Beamten.

»Ein was?«, fragte Grieß, der es nicht leiden konnte, wenn jemand etwas wusste, das er nicht wusste, was öfter vorkam, als es sein Ego verkraften konnte.

»Darin werden erlegte Wildtiere gekühlt«, erklärte Mark. »Die armen Tiere werden kopfüber an einem Haken aufgehängt, der an diesem Karabiner angebracht wird.« Mark war wohl der einzige vegane Polizist in Mannheim. Die Vorstellung, dass ein Tier statt einem Menschen in diesem Ding hängen könnte, verstörte ihn sichtlich mehr als das Bild, das sich ihnen jetzt bot.

René holte Plastikhandschuhe aus der Innentasche seiner Jacke und streifte sie sich über. Dann trat er vorsichtig näher. Er ging noch einmal um den Kühlschrank herum. »An der Rückseite sind ein paar Knöpfe angebracht«, erklärte er Grieß.

»Vermutlich kann man damit den Karabiner hinauf- und hinunterfahren. Das Opfer wird sich kaum selbst erhängt haben.«

»Wie kommen Sie darauf?«, fragte Grieß.

René deutete um sich. »Es gibt keinen Stuhl oder ähnliches in der Nähe. Hoppsen hätte ja irgendwie hochsteigen und sich dann fallen lassen müssen. So sieht es aus, als hätte jemand das Opfer an den Karabiner gehängt und die ganze Vorrichtung dann in die Höhe gezogen.«

»Und von selbst kommt er nicht an die Knöpfe auf der Rückseite«, ergänzte Mark, der verstanden hatte.

»Also war es Mord!«, rief Grieß aus. »Habe ich mir gleich gedacht.«

Auf der hellbraunen Wildlederjacke des Opfers entdeckte René einige schwarze Haare, die unmöglich von Lasse Hoppsen stammen konnten. Gehörten sie dem Täter?

Er bemerkte die silberne Uhr am Handgelenk des Toten. Als er sie berührte, fühlte er, dass sie kälter war als die Haut des Opfers. Hatte das etwas zu bedeuten? Und wenn ja, was?

René ging in die Knie. Am Boden des Kühlschranks konnte er keine Spuren eines Kampfes ausmachen, keine Kratzer im Aluminium. Allerdings entdeckte er etwas anderes: einen rosa Kamm. Vorsichtig nahm er ihn in die Hand und richtete sich wieder auf.

»Was haben Sie da, Weck?«, bellte der Kommissar.

René zeigte ihm den rosa Kamm.

»Wollen Sie sich die Haare machen oder was?«

»Ich kenne den Kamm!« Eine Stimme ließ die drei Beamten herumfahren. Tobe Ohrn war ihnen offenbar nachgekommen. Nun blickte er entsetzt auf den Kamm in Renés Hand.

»Tatsächlich?«, fragte Inspektor Grieß misstrauisch. »Und wem gehört er?«

»Der gehört meinem Kollegen«, sagte Tobe und war jetzt genauso bleich wie sein kürzlich verblichener Arbeitgeber. »Der gehört dem Hasan!«

21.30 Uhr, *Capitol*, Mannheim

Hunderte Augenpaare bohrten sich in mich wie Nadelstiche. Meine Lederjacke musste mittlerweile fünf Kilogramm schwerer geworden sein, so viel Schweiß hatte sie aufgesogen. Mit aller Kraft versuchte ich, Hasan in mir wachzurufen, doch er blieb verschwunden, so unsichtbar wie ein Veganer am Oktoberfest.

»Das ist mal wieder typisch«, improvisierte ich, »die Deutschen zahlen und der Türke verdient, ohne zu arbeiten.« Ein Ruck ging durch das Publikum. Dann ertönte der erste Lacher. Die Spannung löste sich auf. Ich atmete erleichtert durch.

Die Hasan-Nummer ersetzte ich mit anderen Pointen und brachte das Programm routiniert zu Ende. Doch den restlichen Abend wollte mir das, was ich soeben erlebt hatte, nicht mehr aus dem Kopf gehen. Zum Abschluss sang ich einen meiner Songs und war froh, dass ich im letzten Moment die Nummer »Yallah Hopp«, die viel von Hasan enthielt, gegen »Wenn Metaller traurig sind« getauscht hatte. Wenn mir bei einer meiner Nummern eine Pointe nicht einfiel, konnte ich improvisieren. Aber einen ganzen Song zu vergessen, das wäre etwas anderes.

Das Publikum schien zum Glück nichts von meinem Ausfall bemerkt zu haben. Die Mannheimer bedachten mein neues

Programm mit viel Applaus. Normalerweise war ich in einem solchen Moment erleichtert und gelöst, wusste ich doch, dass meine Tour nun unter einem guten Stern stand. Diesmal jedoch waren meine Gedanken bei Hasan. Wohin war er heute Abend bloß verschwunden?

»Großartige Idee, Bülent«, sagte Dirk, mein Manager, nachdem ich von der Bühne gegangen war. Dirk und ich arbeiteten nun schon seit so vielen Jahren zusammen, er kannte mich bereits, als ich noch halb so lustig war. »Meister der Zahlen« wurde er innerhalb des Teams genannt, denn niemand fand so viel Freude am Zählen und Rechnen wie er. »Dass du die Hasan-Nummer einfach auslässt, damit hat niemand gerechnet.«

»Ich auch nicht«, sagte ich, aber so leise, dass Dirk es nicht hörte.

»Oh Gott, Bülent!« Caroline schmiss sich mir um den Hals. Sie war meine zweite Managerin und im Gegensatz zu Dirk zeigte sie ihre Emotionen stets offen. »Du hast mir einen ganz schönen Schrecken eingejagt!« Theatralisch griff sie sich ans Herz und lachte. »Bei der Tour machst du das bitte nicht.«

»Keine Sorge«, sagte ich. Die Vorpremiere war für das ganze Team, das mittlerweile zu meiner zweiten Familie geworden war, ein sehr wichtiger Abend. Monate des Planens und Organisierens gipfelten in diesen zwei Stunden. Alle konnten zum ersten Mal die Früchte ihrer Arbeit sehen. Ich wünschte, ich hätte mich ihrer Erleichterung anschließen können.

»Ich muss zur Physio«, sagte ich und lächelte entschuldigend. Comedy ging nicht nur auf die Lachmuskeln, sondern in meinem Fall auch ganz schön auf den Rücken. Ohne regelmäßige Physiotherapie könnte ich vermutlich schon lange nicht mehr so wild auf der Bühne herumspringen. Vielleicht war an der Sache mit Hasan bloß eine böse Verspannung der Lendenwirbel schuld?

Auf dem Weg in meine Garderobe fing mich Didi ab. Didi war der Tourmanager, auch »Captain« genannt. Mit seinem Ziegenbart und der Lederjacke hätte er auch als Manager von Guns N' Roses durchgehen können. Seit seinem siebzehnten Lebensjahr organisierte er Touren und hatte ein paar wilde Geschichten auf Lager.

»Hast du eine Minute?«, fragte er mich.

Ich folgte ihm ins »Kontrollzentrum«, wie wir sein Büro nannten, das er immer dort aufschlug, wo wir gerade eine Show spielten. Die Stifte und Zettel lagen alle in aufeinander abgestimmten Winkeln auf der Arbeitsplatte. Selbst die Kabel der Computer waren mit Klebeband so fixiert, dass sie ein geordnetes, aber undurchschaubares Labyrinth ergaben. Undurchschaubar für alle, außer für Didi.

»Auf dem Weg zur Physio?«, fragte er mich mit seiner brummigen Stimme.

»Ja«, sagte ich. »Bin ganz schön verspannt.«

Er setzte sich auf seinen Stuhl und rückte einen der Bleistifte einen Millimeter nach links. Das tiefe Glück, das er dabei empfand, leuchtete kurz in seinen Augen auf. »Das mit Hasan«, sagte er dann leise, ohne mich anzusehen, »das war nicht geplant, oder?«

»Wie meinst du das?« Ich versuchte, mir nichts anmerken zu lassen.

»Wenn du mit dem Publikum spielst, dauern deine Pausen für gewöhnlich zwischen fünf und zwölf Sekunden«, sagte Didi. »Diesmal waren es über fünfzehn. Das war nicht geplant, oder?«

»Kurzschluss«, sagte ich und zuckte mit den Schultern.

»Ist alles in Ordnung?« Er blickte mich besorgt an.

»Ja, klar«, beteuerte ich. Mit einem Lächeln verabschiedete ich mich aus dem Büro und verschwand in meiner Garderobe.

Im Raum herrschte gedämpftes, oranges Licht. Ein paar Pflanzen standen in den Ecken. Erst nach einigen Jahren auf Tour war mir aufgefallen, dass ich in meiner Garderobe nie niesen musste, obwohl ich ziemlich leicht allergisch reagierte. Bei genauerer Untersuchung hatte ich entdeckt, dass die Pflanzen aus Plastik waren. Es rührte mich, wie sehr mein Team an mich dachte.

Der Physiotherapeut war noch nicht da. Das gab mir Zeit, meine stinkende, verschwitzte Lederjacke auszuziehen und erst einmal eine halbe Wasserflasche auszutrinken. Dann setzte ich mich an den Tisch mit dem großen Spiegel, vor dem ich mich vorbereitete. Neben Schminksachen und Haarpflegemitteln stand dort ein kleines Pferd, das ich von meinen Kindern geschenkt bekommen hatte. Ein Glücksbringer, der mich überallhin begleitete. Somit waren sie immer an meiner Seite. Ich nahm das kleine Holzpferd in die Hand und musterte es. Auch wenn ich vorhin versucht hatte, es nicht zu zeigen, ließ mich die Frage nicht los: Wo war Hasan nur abgeblieben?

22 Uhr, Wohnung von Hasan, Waldhof, Mannheim

Der blonde Zopf hüpfte vor René hin und her. Wenn ihm eines der Haare in die Nase geriete, müsste er niesen und würde somit die gesamte Operation gefährden. Dabei konnte er sich kaum etwas Schöneres vorstellen, als sein Gesicht in den nach Rosen duftenden, langen Haaren von Lisa Meistersinger zu versenken.

Die Beamten vor ihm blieben stehen und bezogen Stellung. Sie waren umgehend vom Tatort zur Wohnung des Verdächtigen gefahren und standen nun im langen Flur eines Wohnhauses vor der Tür von Hasan. Für Inspektor Grieß war die Sache klar: Nach einem kurzen Telefonat mit der Zentrale hatte er herausgefunden, dass Hasan bereits einige Vorstrafen wegen diverser kleiner Vergehen gesammelt hatte. Er arbeitete erst seit wenigen Monaten im Kühlhaus. Nun war sein Chef tot, mit schwarzen Haaren, wie Hasan sie hatte, auf der Kleidung und einem Kamm, wie Hasan ihn für ebendiese schwarzen Haare benutzte, unter der Leiche. Und das Büro war verwüstet worden. »Es braucht kein Genie, um eins und eins zusammenzuzählen«, hatte Grieß gesagt, als er Verstärkung angefordert und zu Hasans Wohnung beordert hatte. »Wir haben es mit einem klaren Fall von Raubmord zu tun.«

Gut, hatte René gedacht, Genie sind Sie nämlich keins. Ein paar Details ließen ihm keine Ruhe. Aber jetzt war nicht die Zeit, mit seinem Vorgesetzten darüber zu diskutieren, der ohnehin nicht das vertrauensvollste Verhältnis zu dem frisch versetzten Polizisten hatte.

Grieß klopfte fest gegen die Tür. »Aufmachen!«, schrie er.

Keine Reaktion.

»Wir sollten vielleicht sagen, dass wir von der Polizei sind«, flüsterte Mark.

»Damit er sich vorbereiten und womöglich eine Waffe ziehen kann?«, zischte Grieß zurück.

»Wird er nicht ohnehin eine Waffe ziehen, wenn wildfremde Menschen spätabends gegen seine Tür schlagen?«, fragte Lisa in ihrem bezaubernden Mannheimer Dialekt, von dem René anfangs nur jedes zweite Wort verstanden hatte. Zumindest hatte es ihm einen Grund gegeben, ihre Lippen im Auge zu behalten.

»Polizei!«, schrie Grieß und machte sicherheitshalber einen Schritt zurück. Er wollte als Erster die Verhaftung durchführen, nicht eine Kugel in den Bauch.

Langsam öffnete sich die Tür einen Spaltbreit und der Kopf einer Frau tauchte auf. René hatte Mühe, unter der ganzen Schminke ein Gesicht auszumachen. Die Wimpern waren so lang, dass René das Gefühl hatte, eine Sonnenuhr um zwölf Uhr mittags zu betrachten. Die Finger, die sich um die Kante der Tür legten, hatten so lange, spitze Nägel, dass die Frau vermutlich keine Gabeln benötigte. Die Lippen waren aufgepumpt wie eine Luftmatratze.

»Wie kann ich Ihnen helfen?«, fragte die Frau schüchtern.

»Wir sind von der Polizei«, sagte Inspektor Grieß und zeigte seinen Dienstausweis. »Wir sind hier, um mit Ihrem Mann zu sprechen.«

»Hasan?«, fragte die Frau. »Der ist gerade nicht da.«

»Seltsam«, sagte Grieß beinahe freundlich. »Dabei steht sein Mercedes vor der Tür.« Dass es sich bei dem schwarzen SLG mit den Chromfelgen, der vor dem Wohnhaus parkte, um Hasans Wagen handelte, war klar geworden, nachdem die Beamten einen Blick auf das Nummernschild geworfen hatten: MA-KR 6969. »Macker 69«, hatte Lisa gesagt. »Geistreich.«

»Können Sie ein andermal wiederkommen?«, fragte die Frau. »Bitte?«

Als Antwort stieß Grieß mit einer heftigen Bewegung die Tür auf. Die Frau taumelte einige Schritte nach hinten. »Das ist kein Freundschaftsbesuch«, herrschte er sie an. »Das ist eine Mordermittlung. Wohnung durchsuchen!«

»Sie müssen meinen Vorgesetzten entschuldigen«, hörte René Lisa leise zu der eingeschüchterten Frau sagen. Am liebsten hätte er sie an Ort und Stelle nach einem Date gefragt, traute sich aber nicht. Wenn der vermeintliche Mörder von Lasse Hoppsen sich doch noch in der Wohnung befand und sich bei seinem Fluchtversuch auf René stürzen würde, dann wollte der Polizist nicht, dass seine letzte Abfuhr eine so endgültige war.

Hasans Wohnung war eine einzige große Geschmacksverirrung. An den Wänden hingen Fotos, die den Hausherren in unterschiedlichen Siegerposen zeigten. In der kleinen Küche standen ein massiver schwarzer Tisch und Stühle mit vergoldeten Armlehnen. Es knirschte, als René den Raum betrat. Er warf einen Blick auf den Boden und erkannte die dicken, braunen, etwas haarig aussehenden Schalen von Paranüssen. Im Bad fand René einen rosa Plüschteppich und eine Hello-Kitty-Zahnbürste. Über dem Ehebett hing ein Bild, das zwei Gazellen bei der Paarung zeigte. »Da kommt man ja richtig in Stimmung«, murmelte Lisa, die hinter René ins Zimmer getreten war. Keine Tierliebhaberin, speicherte René in Gedanken ab.

Grieß suchte jeden Zentimeter der Wohnung ab, sogar die Besteckschublade öffnete er, doch von Hasan keine Spur. René blieb im Schlafzimmer stehen und dachte nach. Etwas kam ihm seltsam vor. Die Küche hatte ein Fenster, das in einen Innenhof ging. Das Schlafzimmer, das zwei Räume weiter lag, ging auch auf die Hofseite, doch ein Fenster gab es nicht. Dort, wo eines hätte sein können, stand ein großer Schrank. Könnte es sein ...?

Langsam ging René auf den Schrank zu. Bereits der Gedanke raubte ihm den Atem. Sein Herzschlag wurde mit jedem Schritt schneller. Er hoffte, nie anzukommen, doch wie die meisten seiner Hoffnungen stellte sich auch diese als trügerisch heraus. Zitternd griff er nach dem Knauf. Er dachte an Lisa. Und wie sich seine Chancen bei ihr drastisch verringern würden, wenn er sich jetzt in die Hosen machen oder schreiend aus der Wohnung laufen würde. René hätte am liebsten die Augen geschlossen. Mit einem Ruck öffnete er die Schranktür.

Nichts. Dahinter waren bloß ein paar Hemden, Hosen und Jacken aufgehängt, die wild glitzerten. Kein Hasan. Eine Sekunde lang dachte René, die Welle der Erleichterung hätte seinen Magen erfasst und ihm die angestaute Luft entweichen lassen. Dann jedoch bemerkte er, dass nicht er den feuchten Luftzug verursacht hatte. Er steckte das Gesicht zwischen die Klamotten, die mit ihrem Geruch nachdrücklich eine Waschmaschine forderten. Er hatte sich nicht getäuscht: Von der Rückwand des Schranks drang ein Luftzug zu ihm.

René packte die Kleidung und warf sie aufs Bett.

»Suchst du was für dich?«, fragte Mark, der ins Schlafzimmer gekommen war und sich gelangweilt auf das Ehebett fallen ließ.

Ohne zu antworten, beugte sich René vor, bis sein Oberkörper im Schrank verschwand, und tastete die Rückwand ab. Da, eine kleine Rille! Er schob zwei Finger hinein und rüttelte daran. Langsam gab ein Teil der Rückwand nach und ließ sich zur Seite schieben. Mark war mit einem Schlag nicht mehr gelangweilt. Er sprang auf und bezog hinter René Stellung.

»Krass«, sagte er. »Ein versteckter Fluchtweg. Das ist ja wie in einem Krimi!«

»Natürlich ist das wie in einem Krimi«, presste René hervor, während er den Weg freilegte. »Du bist immerhin bei der Polizei!«

Sein Kollege hatte allerdings recht. Das war ein Fluchtweg! René steckte den Kopf durch die Öffnung und atmete die kühle Nachtluft ein. Hasan hatte die Rückwand des Schranks so präpariert, dass er von dort durch ein Fenster zu einer Regenrinne gelangen konnte, die an der Wand hing. An ihr musste er nach unten gerutscht und über den Innenhof entkommen sein.

»Grieß wird das gar nicht gefallen«, murmelte René, als er den Kopf wieder zurückzog und sich aufrichtete. Er seufzte. Die Hoffnung seines Vorgesetzten, den Fall mit einem Schlag zu lösen, war damit ebenso verschwunden wie der Hauptverdächtige. Wo konnte Hasan nur stecken?

MONTAG

8 Uhr, Haus der Familie Ceylan, Nähe Mannheim

»Verdammt!« Ein Auto fuhr mir über den linken großen Zeh, und ich schrie vor Schmerz auf. Ich hätte es besser wissen müssen. Jeder Schritt war gefährlich. Jede unbedachte Bewegung ein Gesundheitsrisiko.

Während ich auf einem Bein sprang und mir die Zehe hielt, saß mein Kleinster in einer Ecke vor seinen Spielzeugautos, betrachtete mich mit schiefgelegtem Kopf und lachte. Mit drei kleinen Kids galt: immer wachsam sein. Unangekündigt kamen ansonsten Autos über den Boden geschossen oder Flugzeuge durch die Luft geflogen.

Nachdem ich meine unfreiwillige Comedy-Nummer, deren einziger Zuseher sich vor Lachen am Boden wälzte, beendet hatte, ging ich in die Küche und kochte Kaffee auf. Ich hörte, wie die Haustür zufiel. Meine bezaubernde Frau rauschte zum Esstisch, warf die Post darauf und war, bevor ich mich umdrehen konnte, um sie mit einem verschlafenen Kuss zu beglücken, schon Richtung Badezimmer verschwunden. »Ich bin nur schnell duschen!«, rief sie. Kurz darauf hörte ich leise das Wasser rauschen.

Eigentlich hatte ich versprochen, unsere beiden älteren Kinder zur Schule zu bringen, wenn ich zu Hause war. So lautete unsere Abmachung: Während ich arbeitete, kümmerte sich meine Frau um unsere Kinder. Ich war ihr sehr dankbar dafür. Ohne ihre Leistung wäre es unmöglich für mich, ein erfolgreiches Berufs- und ein glückliches Familienleben zu vereinen. Sie arbeitete mindestens genauso viel wie ich, wenn nicht sogar mehr, bekam dafür aber nur von einem einzigen Menschen Applaus, nämlich von mir. Doch sie störte das nicht. Sie mochte es nicht, in der Öffentlichkeit zu stehen. Jedes Mal, wenn sie mitbekam, dass ich sie auf der Bühne erwähnt hatte, erhielt ich eine liebevolle Rüge.

Nach dem Auftritt gestern war ich jedoch so müde und ausgelaugt gewesen, dass ich heute Morgen nicht aus dem Bett gekommen war. Also hatte meine Frau die Kinder anziehen, mit Frühstück versorgen, für die Schule fertig machen und auch noch hinfahren müssen. Zwar machte sie das auch so beinahe jeden Tag, aber heute fühlte ich mich schlecht deswegen.

Unsere drei Kleinen waren für meine Frau ein ganz schöner Haufen Arbeit. Daher wollte ich versuchen, ihr in meiner Zeit zu Hause so gut wie möglich unter die Arme zu greifen. Einmal fragte uns ein Freund, was sich denn ändere, wenn ich zu Hause war. Meine Antwort: »Ich kümmere mich dann um die Kids, damit mein Schatz mehr Zeit für sich hat!« Und die Antwort meiner Frau: »Nichts ändert sich. Außer, dass Bülent die Kinder in die Schule fährt.« Kein Wunder, dass ich mich bereits nach unserem ersten Treffen in sie verliebt hatte.

Unserem Kleinsten war es langweilig geworden, mit den Autos zu spielen, was er mir lautstark mitteilte. Er sah Papa vor der Kaffeemaschine, also wollte er auch etwas zu trinken. Ich bereitete ihm eine warme Milch zu, setzte mich mit dem Kaffee und der Milch an den Esstisch und nahm meinen Sohn auf die Knie, wobei sein Kopf kaum bis zur Tischkante reichte: zwei Männer am Frühstückstisch, bei ihrer morgendlichen Milch (bei mir war auch etwas Kaffee dabei), über die Welt nachdenkend.

Da unser Haus auf einer leichten Anhöhe lag, konnte ich von unserem Wohnzimmer aus über Wiesen und Felder sehen, bis in die Pfalz hinein. Wir hatten den Mid-Century-Bau vor einigen Jahren gekauft und komplett renovieren lassen. Die Raumplanung war offen, die Zimmer gingen fließend ineinander über, und das viele Glas ließ die Sonne das Haus mit ihrem natürlichen Licht erfüllen. Hier fühlten meine Familie und ich uns geborgen.

Vor mir lag der Stapel Post. Aus Gründen der Privatsphäre ging meine ganze Fanpost an meinen Manager Dirk, bloß ein paar Rechnungen, abonnierte Zeitungen und behördliche Schreiben landeten in meinem Briefkasten. Während ich meinen Kaffee trank, blätterte ich im *Mannheimer Morgen*, der städtischen Tageszeitung. Ich hatte sie aufs Geratewohl aufgeschlagen und verschluckte mich fast, als ich den Aufmacher las:

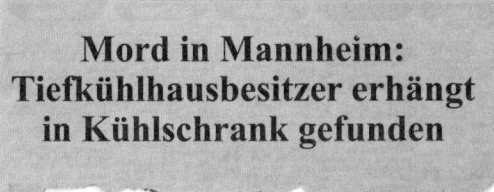

**Mord in Mannheim:
Tiefkühlhausbesitzer erhängt
in Kühlschrank gefunden**

Weniger die Schlagzeile war es, die mich Kaffee husten ließ, als vielmehr das Foto, das darunter abgebildet war.

Mein Kleinster musste meine Unruhe bemerkt haben. Er hatte sich aus meinen Armen befreit, lugte über die Esstischkante und presste seinen Finger auf das Foto. »Dada!«, sagte er und blickte mich ernst an. Tatsächlich hatte auch ich mich selbst für einen kurzen Moment auf dem Foto erkannt.

Erst beim zweiten Blick wurde mir klar, dass der Mann auf dem Foto älter aussah als ich, ein wenig außer Form, mit einem adretten Pferdeschwanz und einer Goldkette um den Hals. Darunter war zu lesen: Hasan C. gilt als Hauptverdächtiger und wird polizeilich gesucht.

Fieberhaft las ich den Artikel nach weiteren Informationen durch. Offenbar war dieser Hasan bereits mit ein paar kleinkriminellen Aktivitäten aufgefallen, ehe er eine Stelle im Kühlhaus *Der frische Finne* angetreten hatte. Das Verhältnis zwischen dem Chef und Opfer Lasse Hoppsen und seinem Mitarbeiter Hasan C. erhärtete den Verdacht der Polizei. Außerdem seien eindeutige Spuren sichergestellt worden, wie der Artikel den leitenden Inspektor, einen Mann namens Grieß, zitierte. Darunter war von einem Kamm die Rede, der Hasan gehörte und bei der Leiche gefunden worden war. Am Ende des Berichts war ein Bild des Kühlschranks abgedruckt worden, in dem sie den Kühlhausbesitzer gefunden hatten.

Ich legte die Zeitung weg. Instinktiv umschloss ich meinen Kleinsten mit den Armen und richtete meinen Blick auf die leeren Felder vor dem Fenster. In meinem Hirn rasten die Gedanken. Konnte das Zufall sein? Gestern hatte Hasan einfach nicht auf der Bühne auftauchen wollen. Das war mir zuvor noch nie passiert. Es hatte sich angefühlt, als hätte ich die Figur in mir verloren. Als wäre sie geflohen und hielte sich irgendwo versteckt. Und heute las ich in der Zeitung, dass ein Hasan C., der mir zum Verwechseln ähnlich sah, in einem Mordfall gesucht wurde. Gab es da eine Verbindung? Aber wie sollte diese aussehen? Meine Figuren konnten sich doch nicht verselbstständigen und morden. Handelte es sich bei diesem Hasan womöglich um einen verrückten Fan, der sich völlig mit meiner Rolle des Hasan identifizierte?

Ich warf einen Blick durch das offene Stiegenhaus in den zweiten Stock. Meine Frau befand sich noch immer im Badezimmer. Obwohl ich mir ziemlich dumm dabei vorkam, stand ich auf und ging mit meinem Sohn auf dem Arm zu dem großen Spiegel im Vorzimmer. Ich setzte ihn auf den Boden, wo er erwartungsvoll zu mir hinaufblickte. Dann räusperte ich mich und straffte den Rücken. »Uffbasse!«, wollte ich rufen, mein Schlachtruf, mit dem ich die Figur des Hasan meist auf die Bühne brachte. Doch außer ein ersticktes Hüsteln kam kein Laut aus meiner Kehle. Mein Kleinster fand das furchtbar komisch. Papas größter Fan.

Als Nächstes versuchte ich, meinen rechten Arm zu heben, den Bizeps anzuspannen und ihn zu küssen. Eine von Hasans Lieblingsbewegungen. Kaum hatte ich meinen Arm ein wenig in die Höhe gehoben, sank er kraftlos nach unten. Mein Kleinster zeigte mir, wie es ging: Er streckte den Arm aus und legte seinen Kopf darauf. Dabei lächelte er mir ermutigend zu. Aber all seine Unterstützung half leider nichts. Genau wie gestern wollte es mir einfach nicht gelingen, Hasan in mir heraufzubeschwören. Was zur Hölle ging hier vor?

Erschrocken und verwirrt ging ich zum Tisch zurück und kramte gedankenverloren in der übrigen Post. Neben Rechnungen und einem Prospekt für eine neue Fleischerei in der Innenstadt fiel mir ein Brief auf. Er war unfrankiert, bloß mit meinem Namen beschrieben. Erst im zweiten Moment wurde mir klar, was das bedeutete: Jemand musste ihn persönlich in unseren Briefkasten geworfen haben. Bei dem Gedanken bekam ich eine Gänsehaut.

Vorsichtig öffnete ich den Umschlag und lugte hinein. Zunächst verstand ich nicht, was das rosa Ding war. Erst, als ich in das Kuvert griff und es hinauszog, erkannte ich, was ich da in der Hand hielt.

»Macht sich unser Kleiner davon?« Die Stimme meiner Frau ließ mich zusammenzucken. Sie stand lächelnd und in ein Handtuch gewickelt auf der Treppe, unseren Jüngsten in den Armen. Vor lauter Aufregung hatte ich ihn im Vorraum vergessen! »Und was willst du damit? Dir die Haare machen?«, fragte sie und nickte in meine Richtung. In meiner Hand hielt ich einen rosa Kamm. Genau so einen Kamm verwendete ich in meiner Rolle als Hasan. Und ein Kamm war am Tatort des ermordeten Kühlhausbesitzers gefunden worden. Konnte das Zufall sein?

»Den hat mir jemand geschickt«, sagte ich zu meiner Frau und erklärte ihr in wenigen Worten, warum ich so beunruhigt war.

»Warum fasst du ihn an?« Sie setzte unseren Kleinen am Boden ab und kam zu mir gelaufen. »Das ist ein Beweisstück!«

»Wir sind doch nicht in einem Krimi!«, sagte ich, ärgerte mich aber, dass ich nicht daran gedacht hatte. »Das wird bloß ein schlechter Scherz sein«, versuchte ich, sie zu beruhigen.

»Das ist aber gar nicht komisch«, antwortete meine Frau. »Wer auch immer den geschickt hat, weiß, wo wir wohnen. Vielleicht weiß diese Person auch, wo unsere Kinder zur Schule gehen.«

Bei der Erwähnung meiner Kinder fühlte ich einen Stein in meiner Magengrube. »Und was soll ich jetzt tun?«, fragte ich.

»Geh zur Polizei«, sagte meine Frau sofort. »Du musst das melden.«

»Was soll ich denn melden?«

»Die Wahrheit.«

Die Wahrheit war, dass ich keine Ahnung hatte, was hier vor sich ging. Nur ein undeutliches Gefühl konnte ich fassen: Jemand wollte mir eine Nachricht schicken. Aber was hatte sie zu bedeuten?

9.30 Uhr, Polizeirevier Mannheim-Innenstadt, Quadrat H4

Natürlich hatte Inspektor Grieß René die Aufgabe erteilt, das Protokoll für den Mordfall Lasse Hoppsen zu schreiben. Weder die Autopsie noch der toxikologische Bericht hatten irgendetwas Auffälliges zutage gefördert. Tod durch Erdrosseln. Keine Kampfspuren, keine sonstigen Verletzungen. Die Spurensicherung hatte außer den Haaren und dem Kamm nichts gefunden. René verkniff sich, alle Ermittlungsfehler zu notieren, derer sich der Inspektor in seinen Augen schuldig gemacht hatte. Er wollte Grieß keinen Anlass geben, seinen Hass auf ihn noch zu intensivieren. Seit zwei Stunden quälte er sich damit, Formulierungen zu finden, die weder den Inspektor noch ihn selbst wie Vollidioten aussehen ließen, die den Hauptverdächtigen eines Mordfalls vor ihren Nasen hatten entschwinden lassen.

Entnervt wandte René seinen Blick vom Laptop ab und zog einen Stapel Dokumente zu sich heran, die heute auf seinem Schreibtisch gelandet waren. Es handelte sich um Informationen über einen Vandalen, der seit einigen Monaten in Mannheim sein Unwesen trieb. Sein Ziel waren die Murals, Graffiti-Kunstwerke, die Künstler aus der ganzen Welt auf Einladung der Stadt Mannheim an Hauswände malten und diese so verschönerten. Die Straßen wurden durch die überlebensgroßen Motive bunter und lebendiger.

Der Unbekannte hatte es sich zum Ziel gesetzt, die Murals mit obszönen Sprichwörtern und Zeichnungen zu beschmutzen. Besonders jene, die für Diversität und Gleichberechtigung standen. Obwohl man die Bevölkerung zur Mithilfe aufgerufen hatte, war der Täter ein Phantom geblieben und seine Zeichnungen wie aus dem Nichts aufgetaucht. Warum konnte er nicht in diesem Fall ermitteln? René würde lieber einem jugendlichen Sprayer nachlaufen als einem Mörder.

»Na, Weck, wie läuft's?« Mark kam ins Büro geschlurft, in der Hand einen halb aufgegessenen Schokoladen-Donut. Einmal mehr wunderte sich René, wie ähnlich Mark dem Polizisten aus den *Simpsons* sah.

Nicht nur was seine körperlichen Merkmale anging, sondern auch seine Arbeitsauffassung. Um seinen Nacken hing ein Paar große Kopfhörer, aus denen seltsame Musik drang. Eine Mischung aus nordischem Rock und Volksinstrumenten. Das Ergebnis klang für René, als hätte jemand in einer skandinavischen Bar nach der fünften Runde das Aufnahmegerät mitlaufen lassen.

»Was ist denn das für ein Krach?«, fragte er seinen Kollegen.

»Das? Das ist Humppa«, sagte Mark. »Echt krass. So eine Musik hat auch die Band von Lasse Hoppsen gemacht, unserem Opfer. *Die Fliegenden Finnen*. Die Kerle waren total abgefahren.«

»Lasse Hoppsen war in einer Band?«, fragte René.

»Ja«, antwortete Mark. »Haben seine Aufnahmen gesehen, als wir das Kühlhaus durchsucht haben. Ich habe mir eine CD besorgt. Groovy.«

Außer Mark sagte niemand mehr *groovy*. Aber trotz seiner veralteten Ausdrucksweise und seiner losen Arbeitsauffassung mochte ihn René. Mark hatte ihn seit seiner Ankunft in Mannheim vor etwa einem Monat freundlich behandelt. Und Freunde konnte René in dieser fremden Stadt gebrauchen. Zuvor war er in einem kleinen schwäbischen Kaff, eine halbe Stunde vom Disney-Schloss Neuschwanstein entfernt, als Polizist tätig gewesen. Als er um eine dringende Versetzung gebeten hatte, war die nächste freie Stelle in Mannheim gewesen. Ohne groß darüber nachzudenken, hatte René akzeptiert. Er, der in seinem Leben tendenziell stets zu viel nachdachte, hatte ein einziges Mal zu wenig nachgedacht. Ein schwerwiegender Fehler, wie sich zeigen sollte.

»Übrigens«, sagte Mark, »du musst noch deinen Kaktus bei mir abholen.«

Verdammt, der Kaktus! Den hatte René ganz vergessen. Als er in Mannheim angekommen war, hatte er nichts anderes als ein paar Sachen zum Wechseln mitgehabt – und eben den Kaktus. Mit genau diesen Sachen hatte er die erste Woche in der neuen Stadt auf Marks Couch verbracht.

Denn kaum war René in Mannheim angekommen, musste er feststellen, dass er vor einer leeren Wohnung stand. Einer völlig leeren Wohnung. Mannheims Innenstadt war, wie René erfahren musste, von Kurfürst Friedrich IV. bereits im 17. Jahrhundert als Planstadt angelegt worden. Der Kurfürst hatte sie hufeisenförmig zwischen den zwei großen Flüssen, dem Rhein und dem Neckar, erbauen lassen. Vor dem barocken Schloss im Süden lag, ähnlich einem Schachbrett, ein System aus Häuserblocks, die Quadrate. In diesen Quadraten standen die Gebäude der Innenstadt. Diese wurden nicht mit herkömmlichen Straßennamen und -nummern bezeichnet, sondern folgten einer alphabetischen und numerischen Ordnung. Stand man vor dem Schloss, begann zu linker Hand das Quadrat A1, daneben A2 und immer so weiter. Die nächste Reihe war B, die folgende C, bis zum Buchstaben K. Zur rechten Seite des Schlosses ging es im Alphabet weiter, von L bis U. Das Polizeigebäude etwa lag in H4.

Renés neue Wohnung befand sich in F4. Er hatte alle seine Möbel, einschließlich seines Bettes, dorthin geschickt: Mannheim, F4. Als er in Mannheim ankam, von seinen Möbeln jedoch nichts zu sehen war, hatte er die Umzugsfirma angerufen. Die Mitarbeiterin hatte ihm mitgeteilt, sie hätten die seltsame Adresse für einen schlechten Scherz gehalten und die Möbel zurückgeschickt. Obwohl die Mannheimer ihre Planstadt gern mit dem amerikanischen Manhattan verglichen und betonten, dass Mannheim ein paar Jahre älter war, kannte der Rest Deutschlands diese Einteilung offenbar nicht. So war René für eine Woche ohne Möbel geblieben und hatte bei Mark einziehen müssen.

»Ich hole ihn diese Woche«, sagte René und seufzte.

Mark beugte sich zu seinem neuen Kollegen. »Kein Grund, so dreinzuschauen. Komm mit, ich zeig dir jetzt mal eine waschechte Mannheimer Berühmtheit.«

»Eine Mannheimer Berühmtheit?«

Doch Mark deutete René nur, ihm zu folgen. Sie verließen das Großraumbüro, in dem sich mehrere Tische aneinanderreihten, und gingen den Flur entlang in Richtung Journaldienst. René spähte über die Schulter des groß gewachsenen Mark und sah einen Mann mit langen, schwarzen Haaren, die unter einer Kappe über seinen Rücken fielen. Er war ganz in Schwarz gekleidet: schwarze Jeans, schwarze Sneakers, schwarze Lederjacke.

»Wer ist das?«, fragte René, erhielt jedoch keine Antwort. Zu gebannt lauschte Mark dem, was sich vor ihm abspielte.

Ein rot angelaufener Inspektor Grieß stand vor dem schwarz gekleideten Mann und hielt einen rosa Kamm in der Hand.

»Sie glauben wohl, nur weil Sie eine Berühmtheit sind, können Sie sich wichtig machen!«, rief Grieß laut und fuchtelte mit dem Kamm herum. »Nur weil sich irgendeiner Ihrer sogenannten Fans einen dummen Scherz erlaubt, hat das nichts mit einer laufenden Mordermittlung zu tun! Die Information mit dem Kamm hätte sowieso nie in die Zeitung gelangen sollen! Diese verdammten Zeitungsfritzen!«

»Ich wollte nur Bescheid geben«, sagte der Mann höflich.

»Aufmerksamkeit heischen, das wollten Sie«, knurrte Grieß. »Aber nicht mit mir!« Damit drehte er sich um und stampfte davon.

»Warten Sie!«, rief Mark, als der Mann schon fast aus der Tür war. Der Mann drehte sich überrascht um. Mark baute sich vor ihm auf, in seiner vollen Größe und in Polizeiuniform eine bedrohliche Erscheinung, zumindest für die, die ihn nicht näher kannten. »Könnten wir vielleicht ein Selfie machen?«

René, der den Mann nicht einordnen konnte, wandte sich ab und ging in den Flur zurück. Etwas an der Szene, die er gerade beobachtet hatte, störte ihn. Nicht die Unhöflichkeit seines Vorgesetzten, die war er gewohnt. Etwas anderes ... Da fiel es ihm ein. Mit einem schnellen Satz sprang er zurück in den Vorraum, doch dieser war bis auf die Beamten im Journaldienst und Mark leer. Sein Kollege grinste glücklich und starrte auf sein Handy.

»Wo ist der Mann hin?«

»Gerade gegangen«, sagte Mark, ohne von seinem Display aufzuschauen.

René stieß die Tür nach draußen auf und blickte über die Kreuzung. Doch der Mann war nirgends mehr zu sehen. Dabei hätte ihm René gern noch ein paar Fragen gestellt. Denn ihm war klar geworden, was ihn so gestört hatte: Im Zeitungsartikel des *Mannheimer Morgen*, der Inspektor Grieß so aufregte, war zwar von einem Kamm die Rede gewesen. Dass dieser rosa gewesen war, hatte die Polizei jedoch für sich behalten. Die Medien wussten nichts davon. Wie also kam ein rosa Kamm in die Hände dieses Mannes?

12 Uhr, *Café Florian*, Weinheim

Die Septembersonne schien ungewöhnlich stark und hielt den anbrechenden Herbst fern, während ich vom Weinheimer Marktplatz in das holzvertäfelte Innere des *Café Florian* trat. An einem der hinteren Tische saßen bereits Dirk und Caroline. Kurz bevor ich bei ihnen ankam und mich setzen konnte, packte mich jemand an der Schulter. Andrés, der Besitzer des *Florian*, ließ mir nicht mal Zeit, mich umzudrehen, bevor er mich an sich drückte.

Andrés war Spanier, den es vor vielen Jahren hierher verschlagen hatte. Mit seinem offenen Naturell passte er gut in diese Gegend, wo die Menschen sich zur Begrüßung gern umarmten und Körperkontakt so häufig ausgetauscht wurde wie Wörter. Mittlerweile war Andrés' Café, das eigentlich ein Restaurant war, mit seinen gefärbten Glasfenstern, den Art-Nouveau-Schriftzügen darauf und dem parisischen Look eine feste Institution in der Stadt.

»Wie geht'sch dir?«, fragte er mich mit seinem spanischen Akzent, der für fremde Ohren kaum vom Dialekt der Mannheimer zu unterscheiden war.

»Ganz gut«, log ich und lächelte.

»Bald steht deine neue Tour an!«, rief er aufgeregt. »Da muscht du erst wasch Gutes essen!« Lachend schob er mich auf meinen Stuhl. Kaum war er in die Küche gerauscht, war auch die gute Stimmung verflogen. Dirk und Caroline sahen mich mit sorgenvollen Mienen an.

»Du hast den Kamm zur Polizei gebracht?«, fragte Dirk, den ich sofort nach meinem unfreundlichen Kontakt mit diesem Inspektor angerufen hatte.

»Ja«, sagte ich. »Aber die Polizei denkt nicht, dass das etwas Ernstes ist.«

»Wir glauben auch nicht, dass der Kamm von einem Mörder stammt«, sagte Caroline. »Aber ernst ist es trotzdem. Wir glauben ...«

»Was darf'sch denn sein?«, unterbrach sie Andrés mit erfreuter Stimme. »Das Steak mit Pommes?«

»Dreimal«, sagte ich nach kurzem Blick auf meine beiden Manager. Es war die Spezialität des Hauses. Das Fleisch saftig und zart. Die Pommes Frittes knusprig und gold glänzend. Glückselig notierte Andrés unsere Bestellungen.

Als wir wieder unter uns waren, beugte sich Caroline in meine Richtung und flüsterte verschwörerisch: »Wir glauben, jemand will dir schaden!«

Ein fürchterliches Geräusch penetrierte mein Gehör von rechts hinten. Ich wandte mich ruckartig um. Ein älterer Herr saß zwei Tische weiter. Mit der Körperform von Obelix und dem Haar von Miraculix sah er aus, als wäre er eine wilde Mischung aus den Asterix-Comicfiguren. Und wie ein Gallier schlürfte er seinen Kaffee. Als wollte er die Innenseite seiner Tasse aufsaugen, klebten seine gespitzten Lippen am Rand der Kaffeetasse wie ein Saugnapf. Das Geräusch, das er dabei verursachte, ließ vermuten, dass er den Kaffee nicht in seinen Magen fließen ließ, sondern in sein Gehirn hinaufsog. Während er trank, pfiff der Mann aus Körperöffnungen, die es meinem anatomischen Verständnis nach gar nicht geben konnte. Als er diese Gruselorgel, die sein Körper war, endlich ab- und die Tasse zurückgestellt hatte, sah ich ihn zu meinem größten Entsetzen die Dessertgabel nehmen, mit der er gerade seinen Kuchen gegessen hatte, und damit in seinem Kaffee rühren. Das kratzende Geräusch fuhr mir durch alle Knochen.

»Bülent?«, fragte Dirk. »Alles in Ordnung?«

»Entschuldige«, antwortete ich. »Geräusche.« Ich war unglaublich anfällig für Geräusche. Hochsensibel, sagte ich. Überempfindlich, sagte meine Frau. Beim Singen konnte das von Vorteil sein, aber im Alltag war es ganz schön entnervend. Wenn mein Beifahrer einen Apfel aß, würde ich mich am liebsten einfach aus der Autotür auf die Straße werfen. Auch auf der Autobahn. Schmatzen, schniefen, den Rotz in der Nase hochziehen, nervös über eine Tischplatte kratzen, all diese Geräusche registrierte ich sofort und sie verstärkten sich in meinem Inneren um das Hundertfache, als gäbe es einen Stadionlautsprecher in meinem Kopf. Ich konnte nichts dagegen tun und manchmal trieb es mich in den Wahnsinn.

»So, hier ischt erscht mal der Salat!« Mit schwungvollen Bewegungen, einem Tänzer gleich, ließ Andrés die Salatteller über den Tisch rutschen. »Muscht gut essen, dasch du mir mal groß und stark wirscht!« Lachend hieb er mir gegen die Schulter, um sich kurz darauf den nächsten Gästen zuzuwenden.

»Hast du gehört, was wir gesagt haben?«, fragte Caroline besorgt. »Jemand will dir schaden.«

»Das ist doch nichts Neues«, versuchte ich, locker zu antworten. In meiner Karriere als Comedian hatten schon verschiedenste Menschen versucht, mir zu schaden. Meist kamen sie aus dem rechten Eck, aber es waren auch religiöse Fundamentalisten darunter, denen meine Nummern nicht gefielen. Deswegen arbeitete ich schon seit vielen Jahren mit Ali, meinem Personenschützer, zusammen. Er war meine Augen und Ohren und wenn nötig auch meine Fäuste.

»Diesmal ist die Sache anders«, sagte Dirk. »Wir glauben, dass dir diesmal jemand schaden will, der um einiges raffinierter vorgeht als die sonstigen Querköpfe.«

»Raffinierter?«, fragte ich. »Was soll das heißen?«

»Wir haben von einem unserer Freunde aus den Medien erfahren, dass jemand auf die Verbindung zwischen dem Verdächtigen in diesem Mordfall und deiner Bühnenfigur des Hasan hingewiesen hat«, erklärte Caroline. »Wenn die Medien das aufgreifen, schreiben sie vielleicht, dass ein Mörder Vorbild für deine Figur war. Oder, noch schlimmer, dass sich ein Mörder deine Figur zum Vorbild genommen hat.«

»Egal, in welche Richtung«, sagte Dirk. »Die Geschichte würde unsere ganze Tour ruinieren, bevor sie überhaupt begonnen hat.« Ich stocherte ein wenig in meinem Salat herum, Dirk und Caroline schwiegen betreten. Niemand wusste so recht, was er sagen sollte. Caroline setzte gerade an, um das Gespräch wiederaufzunehmen, als eine fröhliche Stimme sie unterbrach.

»Eschen fertig!« Der Geruch der Steaks stieg mir in die Nase, doch mein Hunger war verschwunden. »Hier habt ihr Butter, zum Zerschmelzen!« Andrés stellte einen kleinen Teller mit Kräuterbutter vor uns ab. »Soll keiner verhungern bei mir, gell?«

Dirk griff zu und ließ die Butter über seinem Steak zergehen. Caroline und ich blickten ihn an. »Was?«, fragte er. »Die Butter zergeht sowieso. Da kann sie auch über meinem Steak zergehen.« Das Steak roch köstlich, doch mein Appetit hielt sich in Grenzen. Während wir aßen, gingen wir Einzelheiten der bevorstehenden Tour durch: Wann würde ich wo sein, wo würde ich übernachten, und wir besprachen die einzelnen Besonderheiten der Veranstaltungsorte und des Publikums. Nie war das Publikum gleich, jedes Mal musste die Show ein wenig an die Vorlieben der Zuseher angepasst werden. Wir versuchten, ungezwungen zu wirken, doch eine Frage hing unausgesprochen zwischen uns.

»Wer verbreitet diese Geschichten?«, fragte ich in eine Gesprächspause hinein, als ich es nicht mehr länger aushielt. »Gibt es irgendwelche Spuren?«

»Das wissen wir nicht«, sagte Caroline. »Wir arbeiten dran, das herauszufinden. Aber fürs Erste wäre es besser, du hältst dich aus dem Rampenlicht fern.«

»Also keine Polizei«, sagte Dirk, während er ein besonders feines Stück Fleisch von einer Wange in die andere schob. »Keine unnötige Aufmerksamkeit.«

Ich kannte Dirk. Während Caroline ihre Emotionen offen zeigte, behielt er nach außen hin stets die Ruhe. Doch ein unvorhersehbares Ereignis wie dieses, so kurz vor dem Start einer neuen Tour, musste ihn innerlich die Wände hochgehen lassen. Vermutlich wäre er weniger besorgt, wenn herauskäme, dass Aliens die Quadrate in der Mannheimer Innenstadt angelegt hatten. Das hätte wenigstens nichts mit mir zu tun.

»Versprichst du es uns?«, riss mich Caroline aus meinen Gedanken. Sie blickte mich erwartungsvoll an.

»Was?«

»Dass du dich aus allen Schwierigkeiten heraushalten wirst«, sagte Dirk. Er hatte sein Besteck weggelegt und richtete seine Augen nun ebenfalls auf mich.

»Ich versuche mein Bestes«, sagte ich.

Bevor sie weiter nachbohren konnten, kam Andrés herangeeilt. »Da war aber einer schnell!«, rief er erfreut, als er Dirks leeren Teller sah. »Na, wasch sagt das Bäuchle zu was kleinem Süßem?«

19 Uhr, Kühlhalle *Der frische Finne*, Industriegebiet Rheinau, Mannheim

Im Leerlauf brummte der Motor wie ein wollüstiger Eber. Ich drehte den Schlüssel im Zündschloss. Das Brummen erstarb, die Lichter erloschen.

Nach dem Gespräch mit meinem Management war ich nach Hause gefahren und hatte versucht, die Füße still zu halten. Das war mir drei Stunden lang gelungen. Jemand wollte mich mit einem Mordfall in Verbindung bringen, meinen Ruf ruinieren, meine neue Tour sabotieren und mich außerdem mit unerwünschten Geschenken einschüchtern. Die Polizei dachte offenbar, ich würde mir etwas einbilden.

Meine Frau war mit unserer Tochter zum Schwimmen gegangen, den Kleinsten hatte sie mitgenommen. Unser Großer war beim Basketball. Zeit für mich, nachzudenken. Und einen Entschluss zu fassen: Ich würde die Sache selbst in die Hand nehmen. Wenn es stimmte, dass dieser Hasan irgendeine Verbindung zu mir hatte, dann konnte ich in diesem Fall womöglich etwas herausfinden, das der Polizei verborgen blieb. Ich würde zum Ermittler werden. Mit Lederjacke und Sonnenbrille gab ich schon eine glaubhafte Figur ab, fand ich. Fehlte nur noch der passende Begleiter. Ich hinterließ eine kurze Notiz am Küchentisch und ging in die Garage.

Ford Mustang, Baujahr 1966, mattgrün, 164 Pferdestärken, eines der musikalischsten Autos, die es gab. Er klang wie ein Symphonieorchester, das Heavy Metal spielte. Auf diesen Wagen war ich ungemein stolz. Ich hatte ihn beinahe im Originalzustand bekommen, mittlerweile aber einige Teile austauschen lassen müssen. Mit ihm konnte ich mich in die Reihe der berühmten Auto-Ermittlerduos meiner Kindheit einreihen: Thomas Magnum und sein Ferrari in *Magnum P.I.*, Michael Knight und sein Pontiac in *Knight Rider*, Starsky und Hutch in ihrem roten Ford Gran Torino. Und jetzt eben Bülent und sein Ford Mustang.

Kaum hatte ich mich in den weichen Ledersitz fallen lassen, stellte sich mir eine neue Frage: Wo sollte ich überhaupt hinfahren? Wie begann ich mit meinen Ermittlungen? Die Polizei zu kontaktieren, war ja nicht gerade erfolgreich verlaufen.

Was wusste ich über den Fall? Hasan war auf der Flucht. Seinen Wohnort kannte ich nicht. Die einzige Adresse, die ich aus der Zeitung erfahren hatte, war die des Tatorts: das Kühlhaus *Der frische Finne* in Rheinau. Also beschloss ich, dort vorbeizufahren. Vielleicht konnten mir Kollegen von Hasan etwas verraten.

Als ich gegen sieben mit dem Mustang vor der Kühlhalle zu stehen kam, sah sie verlassen aus. Kein Licht brannte, keine Autos parkten davor. Meine Hände krampften sich um das Lenkrad. Was tat ich eigentlich hier? Sollte ich nicht auf den Rat meiner Manager hören, nach Hause zurückkehren und warten, bis die Polizei den Fall löste? Der »Supertürk«, als den ich mich auf der Bühne gern bezeichnete, war ich im echten Leben nicht. Ich war, wie meine Frau bestätigen konnte, ein ganz normaler Typ. Von so langem und glänzendem Haar wie meinem konnte Miss Marple zwar nur träumen, aber würde ich mit ihrem Scharfsinn mithalten können?

Vielleicht wäre ich wieder umgedreht, wenn der rosa Kamm nicht neben mir auf dem Beifahrersitz gelegen hätte. Der Kamm bewies, dass mir jemand, der mit dem Mordfall an dem Kühlhausbesitzer Lasse Hoppsen zu tun hatte, eine Botschaft schicken wollte. Gut möglich, dass es dieselbe Person war, die eine Verbindung zwischen Hasan und mir hergestellt und der Presse zugespielt hatte. Das Ganze roch für mich nach Herausforderung. Und zu Herausforderungen sagte ich für gewöhnlich: »Yallah Hopp.« In diesem Fall: »Yallah Mord.«

Ich stieg aus dem Auto und machte mich auf den Weg zum Eingang. Es gab zwei große Tore, durch die Lastwagen gefahren wurden, um Bestellungen abzuliefern oder abzuholen. Die Tore waren heruntergelassen und bestanden aus massivem Stahl. An einer Seite der Halle erkannte ich eine Metalltreppe, die in den ersten Stock führte. Dort befand sich eine Tür und über ihr eine Lampe, die brannte.

Ich stieg die Stufen hinauf und klopfte an die Tür. Zunächst leise, dann, als sich nichts tat, immer lauter. Nach dem Mord hatten sie den Laden womöglich vorübergehend dicht gemacht. Daran hatte ich gar nicht gedacht! Ich wollte bereits, verärgert über mich selbst, den Rückzug antreten, als bei meinem letzten kräftigen Klopfen die Tür aufsprang. Sie war nicht abgesperrt gewesen.

Ich trat ins Innere. An der Wand fand ich einen Lichtschalter. Bläuliches, kühles Licht erhellte einen kleinen Vorraum mit Türen zu beiden Seiten. Als ich die Tür rechts öffnete, sah ich ein verwüstetes Büro. Alte, bereits leicht angerostete Aktenschränke standen offen. Papiere lagen auf dem Boden verteilt. Ein Bürostuhl, dem eine Armlehne fehlte, war umgestoßen worden. War hier eingebrochen worden? Vor oder nach dem Mord?

Ich ging in den Vorraum zurück und öffnete nun die zweite Tür. Sie führte auf einen kleinen Metallsteg, von dem aus man die Lagerhalle überblicken konnte. Es war ein unheimlicher Anblick: Im Dunkel surrten mehrere Kühlcontainer, die in der Halle verteilt standen wie Maulwurfshügel. Sie verfügten über kleine, rechteckige Fenster, aus denen gedämpftes Licht drang.

Eine Treppe führte von dem Steg hinab in die Halle. Als sich meine Augen an das schwache Licht gewöhnt hatten, stieg ich hinunter und ging die Container ab. Neben den Türen waren Displays angebracht, die unterschiedliche Temperaturen anzeigten. Minus zwanzig Grad, las ich. Allein bei dem Gedanken fröstelte es mich. Für eine TV-Show hatte ich einmal Zeit in einem Kühlhaus verbringen müssen. Die Menschen dort arbeiteten in Schutzkleidung, damit die Kälte ihnen nicht so schnell zusetzte. »Ein bisschen Kälte schadet mir schon nicht«, hatte ich den Produzenten davor gesagt. Es sollte der kürzeste Auftritt meiner Karriere werden: Kaum hatte ich den Raum betreten, fühlte ich nicht nur meine Haare zu Eiszapfen werden und rannte sofort wieder hinaus ins Freie. Zu blöd, dass Comedians keine Stuntdoubles hatten.

Vor einem der Container blieb ich nun stehen. Ein Gestank ließ mich angewidert das Gesicht verziehen. Nicht nur Geräusche konnten mich in den Wahnsinn treiben, sondern auch Gerüche. Dass ich mich immer vierfach mit Parfüm einsprühte, hatte nichts damit zu tun, dass ich Türke war, sondern mit meinem Geruchssinn. Hier roch es nach faulem Fisch. Ich presste mein Gesicht gegen das kleine Fenster und versuchte, einen Blick ins Innere zu erhaschen. Ich sah auf Paletten gestapelte Pakete mit Tiefkühlgerichten, Hygieneartikeln und Medizinprodukten, aber keine Fische.

Ein Geräusch ließ mich herumfahren. Es war ein Quietschen, als würde sich eine Gummisohle über den Boden schieben. So leise wie möglich schlich ich weiter und sah einen Schatten hinter einem der Container verschwinden. Was ich nun tat, war ziemlich dumm und so ganz anders als Miss Marple: Ich nahm die Verfolgung auf. Vielleicht war der Mörder zum Ort seiner Tat zurückgekehrt? Dann könnte ich den Fall an einem einzigen Abend lösen und diesem aufgeblasenen Inspektor seinen Täter auf dem Silbertablett präsentieren. Bülent Ceylan, Comedy-Detektiv.

Mit schnellen Schritten bog ich um die Ecke des Containers, doch die Person war nicht mehr zu sehen. Ich konnte hören, wie sie an der Wand entlanglief. Sie wollte über die Treppe nach oben und aus der Halle flüchten!

Ich drehte mich um, sprintete zwischen ein paar Containern hindurch und versuchte, ihr den Weg abzuschneiden. Ich zwang mich, leise zu atmen, presste meinen Rücken gegen eine kühle Containerwand und spähte um die Ecke. Nichts zu sehen. Wenn ich den Plan der Lagerhalle, den ich mir von dem Steg aus gemacht hatte, richtig im Kopf behalten hatte, müsste der Flüchtende an mir vorbei, wenn er zu der Treppe wollte. Während er eine größere Runde an der Wand der Lagerhalle entlanggelaufen war, hatte ich die kürzere mittendurch genommen.

Tatsächlich hörte ich gleich darauf Schritte. Sie kamen immer näher. Was sollte ich tun? Für viel Nachdenken war keine Zeit mehr. Ich verließ mich auf das Motto, das mir in meiner Comedy-Karriere stets gute Dienste geleistet hatte: Augen zu und durch! Also schloss ich die Augen, straffte die Schultern und lauschte den Schritten. Als es so weit war, stieß ich einen lauten Schrei aus und sprang aus meinem Versteck.

Mit voller Wucht traf ich auf jemanden. Der Mensch war leichter, als ich gedacht hatte. Der Aufprall überraschte ihn, sodass er das Gleichgewicht verlor und zu Boden ging. Ich nutzte die Verwirrung, rollte mich auf ihn und drückte seine Hände mit aller Kraft nach unten. Was ich weiter tun sollte, wusste ich allerdings nicht. So verharrten wir, ich rittlings auf einem Mann, der ein junges Gesicht besaß, einen schlecht rasierten Dreitagebart und kurze braune Haare. Wie ein Mörder sah er nicht aus, aber machte ihn das nicht bloß noch verdächtiger? Und würde ich so auf ihm sitzen bleiben müssen, bis die Polizei kam, um ihn festzunehmen? Er wirkte weder besonders stark noch gefährlich. Verängstigt hatte er den Kopf zur Seite gedreht und hielt die Augen fest zusammengepresst.

»Bitte, tun Sie mir nichts«, stammelte der Mann. »Ich bin Polizist!«

19.30 Uhr, Kühlhalle *Der frische Finne*, Industriegebiet Rheinau, Mannheim

So machte ich die Bekanntschaft des Polizisten René Weck. Nachdem er mir versichert hatte, sein Ausweis sei in seiner Tasche, griff ich, noch immer rittlings auf ihm sitzend, in seine Hose. Zu meiner Verteidigung: Es war eine Ausnahmesituation.

Der Ausweis bestätigte seine Behauptung. Ich stieg von ihm runter und half ihm verlegen auf. Die ganze Sache fühlte sich an, als wäre mein jüngeres Ich beim Spiel »Sieben Sekunden im Himmel« mit einem Mädchen in einen dunklen Schrank gesperrt worden und hätte endlich seinen ersten Kuss bekommen, nur damit sich das Mädchen beim Einschalten des Lichts als die eigene Cousine entpuppte. Es war jedenfalls ziemlich peinlich.

»Sollten nicht eigentlich Sie mich verfolgen?«, fragte ich, um die Stille zu durchbrechen. Der Polizeibeamte klopfte sich den Staub von seiner Jeans. Selbst im schwachen Licht der Kühlhalle konnte ich sehen, dass er rot angelaufen war. »Normalerweise haben Polizisten immer starke Auftritte, in denen sie sich wilde Verfolgungsjagden oder Schießereien liefern«, fuhr ich fort. »Sie sind der erste Polizist, der vor der Gefahr wegläuft.«

»Warten Sie mal, Sie kenne ich doch!« Endlich hatte der Polizist seinen Blick auf mich gerichtet. »Sie waren doch heute Morgen bei uns im Präsidium. Der Mann mit den lustigen Haaren und dem rosa Kamm!«

War das alles, was nach all den Jahren auf Deutschlands Bühnen von mir geblieben war? Der Mann mit den lustigen Haaren und dem rosa Kamm? Nein, es gab eine andere Erklärung für das seltsame Verhalten dieses Mannes. Ich hörte es in seiner Stimme.

»Sie sind nicht von hier, oder?«, fragte ich. »Mir hätte es schon vorher auffallen können. Der Dialekt!«

»Schwabe«, sagte der Mann. Es klang fast entschuldigend. »Gerade erst hierher versetzt worden.«

»Ich habe eine super Nummer, in der ein Schwabe und ein Bayer miteinander sprechen«, begann ich ganz automatisch. »Beginnt der Bayer: ›I hoß Thomas.‹ Fragt der Schwabe: ›Ja, warum hassen Sie denn den Thomas?‹ Und dann …«

»Was machen Sie überhaupt hier?«, unterbrach er mich. »Sie dürfen gar nicht hier sein! Das ist unerlaubtes Betreten eines Tatorts und Behinderung von Ermittlungen!« Aus seinem Mund klang das ganz schön übel.

»Ich will wissen, was hinter dem Mord an Lasse Hoppsen steckt.« Ich beschloss, bei der Wahrheit zu bleiben, und erzählte ihm in knappen Worten von dem rosa Kamm und meiner Hasan-Figur. Dass ich sie aus irgendeinem Grund nicht mehr spielen konnte, behielt ich jedoch für mich.

»Sie sehen diesem Hasan auch wirklich ähnlich«, meinte René. »Ein bisschen weniger dichtes Haar haben Sie ...«

»Sie können die Polizei rufen«, unterbrach ich ihn, bevor er weitere Vergleiche zwischen dem Mordverdächtigen und mir ziehen konnte. »Aber dann erzähle ich Ihren Kollegen, dass Sie vor mir davongelaufen sind.« Es war eine schwache Drohung, aber ich sah keine andere Möglichkeit, aus der Sache rauszukommen.

»Sie sind also Comedian«, war alles, was der Polizist zu meiner Geschichte sagte. »Entschuldigung, dass ich Sie nicht kenne. Ich schaue lieber *Tatort*.«

Dort laufen die Ermittler aber nicht davon, wollte ich schon sagen, konnte es mir aber gerade noch verkneifen. Allerdings schien meine Geschichte etwas in dem Polizisten ausgelöst zu haben. Er ging an mir vorbei in die Mitte der Lagerhalle. Ich folgte ihm. Dort blieb er vor einem gut zwei Meter großen, metallischen Kühlschrank stehen, der mit schwarz-gelbem Flatterband abgesperrt worden war. Ich erkannte das Gerät von dem Foto in der Zeitung.

»Darin wurde das Opfer eingefroren?«, fragte ich.

»Nicht eingefroren«, entgegnete René. »Der Kühlschrank ist kaputt, er funktioniert gar nicht. Wir haben ihn bloß erhängt darin gefunden. Aber es gibt einige Ungereimtheiten.«

»Ungereimtheiten?«

»Das ist ein Wildtierkühlschrank«, erklärte er mir, während er um das silberne Ding herumging. »Normalerweise werden in ihm erlegte Wildtiere aufgehängt. Doch gestern Abend fanden wir den Besitzer dieses Kühlhauses darin, Lasse Hoppsen. Erhängt mit seinem eigenen Gürtel.«

»Davon habe ich gelesen«, sagte ich.

»Sehen Sie sich den Boden des Kühlschranks an. Was fällt Ihnen auf?«

Ich blickte auf die blankpolierte, metallische Oberfläche. »Nichts«, gab ich zu.

»Genau«, antwortete René, scheinbar erfreut über meine Antwort. »Nichts! Keine Kratzer oder Schmierspuren. Wenn jemand stranguliert wird, tritt er für gewöhnlich mit den Füßen um sich. Das würde Spuren am Boden hinterlassen. Aber dort sind keine zu finden.«

»Das bedeutet also, er wurde woanders getötet?«, schlussfolgerte ich.

Der Polizist hatte seine Runde um den Kühlschrank beendet. Er blickte mich an. Es wirkte nicht, als habe er damit gerechnet, dass ich ihm tatsächlich zuhörte. »Exakt«, sagte er. »Das bedeutet es. Es gibt aber noch andere Auffälligkeiten. Die Uhr des Opfers war viel kälter als der Rest seines Körpers. Und wir fanden einen Kamm und Haare am Tatort, die auf einen der Mitarbeiter hindeuten.«

»Hasan«, sagte ich.

René nickte. »Den lässt mein Vorgesetzter jetzt von allen verfügbaren Einheiten suchen. Dabei ist eine Sache komisch. Um die Leiche in die Höhe zu ziehen« – er zeigte auf den Haken, der am oberen Ende des Kühlschranks befestigt war – »muss man einen Knopf betätigen. Dadurch wird eine Seilwinde aktiviert. Auf diesem Knopf fanden wir aber keine Fingerabdrücke. Auch sonst nirgends, nicht mal im verwüsteten Büro. Warum also ist der Täter vorsichtig genug, nirgendwo Fingerabdrücke zu hinterlassen, aber vergisst seinen Kamm und seine Haare neben dem Opfer?«

Ich dachte nach. »Sie meinen also, jemand hat den Kamm und die Haare absichtlich zurückgelassen?«

»Genau das denke ich«, sagte Weck, sichtbar erfreut, dass ich seine Überlegungen verstand. Vielleicht würde er mich ja doch nicht festnehmen? »Leider will mein Vorgesetzter davon nichts hören. Deswegen muss ich ihm beweisen, dass er falsch liegt. Ich hatte gehofft, etwas zu finden, das wir beim ersten Mal übersehen haben.«

»Ich kann Ihnen helfen«, sagte ich sofort. Als er mich misstrauisch anblickte, holte ich den rosa Kamm aus meiner Tasche und berichtete ihm, wie er in meine Hände gekommen war. »Es gibt eine Verbindung zwischen mir und diesem Fall«, sagte ich abschließend. »Auch wenn ich noch nicht weiß, welche.«

Weck nahm den rosa Kamm aus meiner Hand und begutachtete ihn. »In der Zeitung stand zwar etwas von einem Kamm, der neben dem Opfer gefunden wurde, allerdings nichts von der Farbe. Wer auch immer Ihnen diesen Kamm geschickt hat, lag also entweder zufällig richtig …«

»… oder ist der Täter«, beendete ich Renés Satz.

»Also gut«, sagte René. »Vielleicht fällt Ihnen ja wirklich etwas auf, das uns weiterhelfen kann. Aber kein Wort zu meinem Vorgesetzten, klar? Ich vergesse, dass Sie hier unerlaubt aufgetaucht sind, und Sie erzählen nicht, dass ich …« Er überlegte offenbar, wie er es ausdrücken sollte.

»… dass Sie erschrocken vor mir weggelaufen sind?«, half ich ihm.

»Wir sollten uns das Büro von Lasse Hoppsen ansehen« war alles, was René darauf antwortete.

Beim zweiten Anblick wirkte das Büro noch chaotischer. Die Papierstapel sahen aus wie Miniaturausgaben des Schiefen Turms von Pisa. Ein alter Computer stand auf dem Tisch, der Bildschirm war eingeschlagen worden. Lose Kabel hingen an der Rückseite hinab. Der Rechner war ebenfalls zertrümmert worden.

»Hier hat jemand ganze Arbeit geleistet«, sagte René. »Mein Vorgesetzter glaubt, Hasan hat seinen Chef ermordet und dann die Geschäftskasse gestohlen.«

»Hätte er das nicht jederzeit machen können?«, fragte ich. »Als Mitarbeiter der Firma? Dafür muss er doch nicht seinen Chef ermorden.«

René zuckte bloß mit den Schultern.

»Wohin führt die?«, fragte ich und deutete auf eine Tür, die mir erst jetzt aufgefallen war. Sie befand sich neben einem breiten Aktenschrank und war vom Eingang des Büros aus nicht zu sehen gewesen.

»Dahinter befindet sich eine kleine Wohnung«, sagte René. »Lasse Hoppsen dürfte sie genutzt haben, wenn er viel Arbeit hatte.«

»Darf ich sie mir ansehen?«, fragte ich.

»Nur zu«, antwortete René.

Ich öffnete die Tür und trat in einen kleinen Vorraum, der von einer nackten Glühbirne erleuchtet wurde. Darin befanden sich ein Waschbecken und ein Gasherd. Durch einen Türrahmen, in dem keine Tür hing, trat ich in einen etwas größeren Raum. Darin gab es ein Fenster, vor dem ein wackliger Tisch stand. An der gegenüberliegenden Wand befand sich ein zugeklapptes Schrankbett. Neben mir stand ein Kleiderschrank. Das einzig Bemerkenswerte an dieser kahlen Wohnung war die mir gegenüberliegende Wand. Sie war vollständig mit einem Regal verbaut, in dem sich zahlreiche Platten, CDs und sogar Kassetten befanden. In einer Ecke stand eine sündteuer aussehende Musikanlage. Mit ihr konnte man sowohl CDs als auch Platten und Kassetten abspielen. An den Wänden hingen ein paar vergilbte Poster von Bands, deren Namen ich noch nie gehört hatte. Eines davon zeigte vier junge Männer mit langen Haaren, Strickpullovern und Kapitänsmützen. Ein psychedelischer Schriftzug wies sie als *Die Fliegenden Finnen* aus.

»Lasse Hoppsen war wohl ein ziemlicher Musikliebhaber«, sagte ich zu René, der hinter mir ins Zimmer getreten war. Ich ging zu dem Regal und sah mir die Musiksammlung des Opfers durch.

»Wir haben herausgefunden, dass er als junger Mann in einer Band spielte«, sagte René. »Deswegen kam Hoppsen nach Deutschland. Hoffte wohl auf seinen Durchbruch. Mehr als ein Album kam dabei aber nicht heraus.«

Aufgehängt statt durchgebrochen, dachte ich.

Auf dem Tisch stand nichts anderes als ein Foto, das in einem billigen Rahmen steckte. Es zeigte einen jüngeren Lasse Hoppsen und eine schlanke Frau mit langem rötlichem Haar und stechend grünen Augen.

»Seine Frau?«, fragte ich. René nickte.

Blieb nur noch der Schrank, der neben dem Türrahmen stand. Es handelte sich dabei um einen Standardentwurf eines bekannten schwedischen Möbelhauses. Als ich die Türen öffnete, wurde ich von penibel gefalteten Kleidungsstücken überrascht. Unterwäsche, Hosen und Hemden waren fein säuberlich zu Stapeln geordnet worden, jeweils nach Farben sortiert.

»Tun Sie sich keinen Zwang an«, sagte René, »aber wir haben schon alles durchsucht und nichts Wichtiges finden können.«

Seine Worte ignorierend, fühlte ich vorsichtig zwischen den Kleidungsstücken herum. Es schien, als hätte René recht. Außer Stoff konnte ich nichts ertasten.

Ich ließ mich auf die Knie fallen und drückte meine Wange gegen den kalten Boden. Am unteren Ende des Schranks befanden sich zwei Schubladen, in denen Lasse Hoppsen offenbar seine Schmutzwäsche aufbewahrt hatte. Sie ließen sich nur zur Hälfte herausziehen.

Ich wühlte darin herum und versuchte dabei, so wenig wie möglich zu atmen, um nicht in Ohnmacht zu fallen. Wenn es in Krimis hieß, Ermittler müssten »im Dreck wühlen«, um an Informationen zu kommen, hatte ich dabei nie an schmutzige Unterwäsche gedacht.

Da fühlte ich etwas Weiches, das meine Handfläche kitzelte. Ich stutzte. Das Gefühl kannte ich. Aber woher?

»Ist was?«, fragte René, der bemerkt haben musste, dass ich innehielt.

Ich antwortete nicht. Mir war eingefallen, woher ich dieses Gefühl kannte – aus meinen Shows! »Pelz!«, rief ich aus.

»Ich bin eher der Jeans-Typ«, antwortete René.

»Nein«, sagte ich und verdrehte die Augen. »Sehen Sie.« Mit einem festen Ruck zog ich die beiden Schubladen aus ihren Halterungen. Dahinter kam eine Tüte zum Vorschein, aus der etwas Pelziges herausragte. Ich holte die Tüte hervor und stellte sie auf den Tisch.

René beugte sich darüber.

»Das ist uns entgangen«, sagte er peinlich berührt.

Ich warf einen Blick in die Tüte. Zunächst konnte ich nicht erkennen, was sich darin befand. Es sah aus wie ein schwarzes Knäuel. Ich nahm es heraus und hielt es in der Luft, wo René und ich es betrachteten.

»Was ist denn das?«, fragte René.

Es fühlte sich warm und weich an, als würde man über einen flauschigen Teppich streichen. Es war aus Pelz, so viel wusste ich. Aber was war es? Erst als ich es ein wenig hin- und herdrehte, verstand ich. »Ich glaube, das ist eine Corsage«, sagte ich, »aus Pelz.«

»Ob das seiner Frau gehört?«, fragte René.

»Bei der Größe passt es nicht zu der Frau auf dem Foto«, meinte ich. »Und außerdem, warum sollte er die Corsage seiner Frau verstecken?«

»Dann bedeutet das ...« René musste den Satz nicht vollenden. Ich wusste nur zu genau, was das bedeutete. Vielleicht hätte es den Verstorbenen getröstet, wenn er gewusst hätte, dass nicht seine Frau das Teil gefunden hatte, sondern ein Comedian, der ähnliche Situationen schon so oft für Pointen genutzt hatte, dass er kein Urteil mehr darüber fällen wollte.

Mir fiel der subtile Schriftzug auf, der auf die Tüte gedruckt worden war. Als ich den Namen las, stutzte ich.

»Ich weiß, wo das liegt«, sagte ich.

»Glückwunsch«, sagte René Weck. »Damit haben wir die erste richtige Spur im Mordfall Lasse Hoppsen.«

DIENSTAG

9 Uhr, Oststadt, Mannheim

An diesem Morgen brachte ich meine zwei Älteren in die Schule, fuhr danach aber nicht nach Hause. Ich hatte meiner Frau gesagt, dass ich einige Erledigungen zu machen hätte. Dass ich in einem Mordfall ermittelte, behielt ich erst mal für mich. Nicht nur, um sie nicht zu beunruhigen. So leicht geriet meine Frau schon nicht aus der Ruhe. Sondern vielmehr, um nicht blöd dazustehen, wenn die Ermittlungen im Sand verlaufen sollten. Niemand sprach »Ich habe es dir ja gesagt« so genüsslich aus wie meine Frau. Und niemand gab ihr dafür so oft Gelegenheit wie ich.

Das Pelzdessous, das René und ich gestern gefunden hatten und das jetzt neben mir im Auto lag, führte mich in eine Straße der Oststadt, dem exklusiven Mannheimer Stadtteil. Die Kids waren ganz aus dem Häuschen gewesen, dass ich sie heute mit dem grünen Mustang in die Schule gebracht hatte. Am liebsten wäre es ihnen gewesen, ich wäre damit durch das Schultor, über den Schulhof und durch die Mauer bis in die Klasse gefahren.

Nun parkte ich neben dem *Dolceamaro*, einem italienischen Restaurant unter den Arkaden, die um den Friedrichsplatz führten und unter denen es sich im Sommer angenehm mit einem Kaffee sitzen ließ. Das Panorama auf den imposanten Wasserturm wurde nur von den zahlreichen Autos gestört, die um den Platz fuhren und so für mächtig Lärm und Gestank sorgten. Diesmal hatte ich jedoch keine Zeit für einen Kaffee. Ich ließ den Straßenlärm hinter mir und ging Richtung Charlottenplatz. Mit jeder Seitengasse wurde es ruhiger. Stadtvillen im klassizistischen Stil mit großen Gärten bestimmten die Umgebung. Dazwischen lagen ein paar feine Boutiquen. Auf eine davon steuerte ich zu.

Es handelte sich um ein elegantes Geschäftslokal im Art-déco-Stil mit großen Schaufenstern, eingefasst von hölzernen Rahmen und mit vergoldeten Ornamenten aus Metall, die sich über die Fassade zogen. Ein goldenes Schild hing über dem Eingang. *Pelz-Palast* stand darauf.

Ein leises Klingeln war zu hören, als ich die Tür öffnete. Im Verkaufsraum herrschte schummriges Licht, es roch muffig. Zahlreiche Pelzmäntel hingen von der Decke: Fuchs, Nerz, Kanin, sogar die teuren Zobel, Hermelin und Chinchilla waren darunter. Ein Zoo, der allein aus Pelz bestand. Mir kam vor, als befände ich mich in einem behaarten Raum. Ich musste an eine Joseph-Beuys-Ausstellung denken, die ich einmal gesehen hatte. Wäre das Haus eingestürzt, das Fell hätte sich schützend über mich gelegt.

Aus einem Durchgang hinter der Verkaufstheke kam eine Frau geeilt. Kurz glaubte ich, in einen seltsamen Spiegel zu blicken. Bis jetzt hatte mein Verstand sich offenbar geweigert, eins und eins zusammenzuzählen: Hasan, ein rosa Kamm, ein Pelzdessous. Die Welt und meine Bühne hatten sich miteinander vermischt. Bevor ich darüber nachdenken konnte, wieso und warum, war mein Mund – wie so oft – schneller als mein Hirn. Ich fragte: »Anneliese?«

Die Frau mit den langen schwarzen Haaren, der eckigen Brille mit Tigermuster und dem leichten Oberlippenflaum sah meiner Bühnenfigur Anneliese zum Verwechseln ähnlich! Ihr ging es bei meinem Anblick wohl nur wenig anders als mir bei ihrem, denn sie riss den Mund auf, stieß ein kurzes Grunzen aus und versuchte beides zu verbergen, indem sie die rechte Hand vor ihr Gesicht hielt.

»Gehört das vielleicht dir?«, fragte ich und holte das elegante Pelzdessous hervor.

Wie dumm das war, erkannte ich eine Sekunde später. Denn da tauchte ein groß gewachsener, breiter Mann hinter der Frau auf. Im Gegensatz zu ihr hatte er kaum Pelz auf der Matte. Er trug einen grauen Anzug und wirkte wie ein Buchhalter. Allerdings ein Buchhalter mit aggressivem Blick und gefährlichem Schnaufen. Er erinnerte mich mit seinem Dreitagebart an einen haarlosen Robert Habeck, allerdings mit einem viel bestimmteren Auftreten.

»Woher kennst du meine Frau?«, fragte er laut, kam um den Verkaufstisch herum und auf mich zu. Nein, dieser Kerl war sicher nicht wie Robert Habeck. »Was ist das?« Bevor ich etwas sagen konnte, hatte er mir das Pelzdessous aus den Händen gerissen.

Er musterte es, doch dem Blick des Experten war sofort klar, worum es sich handelte. Die Frau, die aussah wie Anneliese, stand geschockt da und starrte uns an. Das tat sie auch noch, als mich der Mann, der wohl ihr Ehemann sein musste, am Kragen meines Sweaters packte und mich mit einer widernatürlichen Kraft ins Hinterzimmer zog, aus dem er aufgetaucht war. »Ich wusste es«, murmelte er dabei in sich hinein. Was er wusste, konnte ich mir denken. Doch ich bekam zu wenig Luft, um ihn aufzuklären. Ohnehin sah der Mann nicht so aus, als wäre er für eine vernünftige Diskussion zugänglich.

Der Hinterraum war groß und kahl. Zwei Arbeitstische aus Holz standen herum, darauf lagen ein paar Werkzeuge, mit denen wohl der Pelz bearbeitet wurde. Am Ende des Raumes sah ich eine Maschine, deren Funktion mir unbekannt war. Es handelte sich um einen sehr großen, langen Tisch, in dessen Mitte keine Platte lag, sondern ein festes Tuch aufgespannt war. An den Seiten waren Halterungen angebracht. Vielleicht konnten darauf Pelze fixiert werden?

Der Mann hievte mich auf den Tisch. Das Tuch war ziemlich widerstandsfähig und gab nicht nach, als ich darauf lag. Ich wollte mich aufrichten, doch mit einer Hand presste der Mann meinen Oberkörper nach unten, mit der anderen zog er dünne Seile durch die Halterungen und fixierte meine Arme daran. Danach auch meine beiden Beine. Noch bevor ich verstehen konnte, wie mir geschah, lag ich unbeweglich auf dieser Foltermaschine. Was zum Teufel hatte er vor? Das war mein erster Gedanke. Der Zweite galt meiner Frau und lautete: Ich habe es dir ja gesagt ...

Der Mann blickte mich grimmig an. »Ich habe schon vermutet, dass Anneliese mir untreu war«, sagte er. Seine Stimme war überraschend hoch. »Doch mit einem solchen Plebejer ... Schändlich ...«

»Das ist ein Missverständnis!«, stieß ich panisch hervor. »Ich schwöre, ich kenne Ihre Frau nicht!«

Der Mann schüttelte den Kopf. »Mal sehen, ob Sie das der Wahrheit näherbringen wird.« Er drückte auf einen Knopf, der sich an der Seite des Tisches versteckte. Plötzlich vibrierte der Tisch und ich hörte ein lautes Dröhnen. Wollte der Typ mich zersägen? Würde ich meine Beine verlieren? Oder würde das Tuch weggezogen und darunter lauerten spitze Schwerter oder hungrige Piranhas?

Meine James-Bond-Fantasien wurden enttäuscht. Ein starker, heißer Luftstrom schoss von unten herauf und fuhr mir direkt in den Allerwertesten. Vor Überraschung blieb mir vor lauter Luft im Po die Luft in den Lungen weg.

»Das ist ein Zwecktisch«, erklärte der Mann. »Damit glätten wir für gewöhnlich Pelze. Er kann aber auch anders eingesetzt werden.« Die Hand des Mannes bewegte sich, er musste wohl einen Regler einstellen. Die Hitze nahm zu. Wie warm konnte dieses Ding werden?

Der Mann schien meine Gedanken erraten zu haben. »Noch ist es vielleicht ganz angenehm«, sagte er. »Aber warten Sie, bis die Hose unten ist.«

Ich wand mich wild, doch die Seile hielten. Währenddessen kam Annelieses Ehemann mit gesenktem Kopf auf mich zu, mit der Entschlossenheit eines Bullen, der verstanden hat, dass sein wahrer Feind nicht die rote Fahne war, sondern der Mann, der sie schwang. Wie sollte ich aus diesem Schlamassel bloß wieder herauskommen?

9 Uhr, Wohnung von Hasan, Waldheim

Kaum war die Tür geöffnet worden, flog sie auch schon wieder mit einem lauten Knall zu. »Ihr Bullen könnt mir gestohlen bleiben!« Obwohl Hasans Freundin keine laute Stimme besaß, hörte René ihr Zischen durch die geschlossene Tür.

»Ich glaube, dass Ihr Mann unschuldig ist!«, rief René.

Einen Moment herrschte Stille. Dann öffnete sich die Tür wenige Zentimeter. Eine Sicherheitskette war eingehängt. Hatte Corinna diese anbringen lassen, nachdem die Polizei bei ihr vorbeigeschaut hatte? Und da sollte noch mal jemand sagen, die Polizei tue nichts für die Sicherheit der Bürger.

»Hasan ist nicht mein Mann«, sagte Corinna und zeigte demonstrativ ihren nackten Ringfinger. »Er wartet noch auf den perfekten Moment.«

Na klar, dachte René, es liegt bestimmt nur daran. »Ich denke nicht, dass Ihr Freund etwas mit diesem Mord zu tun hat«, versuchte René weiter, die skeptisch dreinblickende Frau zu überzeugen. »Ich glaube, ihm möchte jemand etwas in die Schuhe schieben.«

»Ja!«, rief Corinna begeistert, als hätte René einen lange gehegten Verdacht bestätigt. »Die Politiker und die Medien! Alles Lügner und Rassizisten! Die glauben, nur weil Hasan Türke ist, ist er kriminell!«

Auch das noch, dachte René. Aber für eine Diskussion über Verschwörungstheorien blieb keine Zeit. »Darf ich reinkommen?«, fragte er. »Wenn Sie mir ein paar Fragen beantworten, kann ich Hasan vielleicht helfen.«

Langsam schien Corinna aufzutauen. Vielleicht dachte sie auch, mit René könnte sie im Notfall allein fertig werden. Sie entriegelte das Sicherheitsschloss und öffnete die Tür.

Keine fünf Minuten später saß René bereits in einem der massiven, goldverzierten Stühle und ließ sich Milch in den Kaffee schütten, die aus der Flasche mehr herausfiel als zu fließen. Er hoffte, ihr Informationen entlocken zu können, die nicht im Protokoll der offiziellen Vernehmung standen. Darin hatte sich Corinna äußerst wortkarg gezeigt.

»Ich habe mir gleich gedacht, dass Hasan so etwas nie tun würde«, berichtete sie. Ihr Misstrauen René gegenüber hatte sie offenbar aufgegeben, als sie die Möglichkeit gesehen hatte, jemandem ihre Sicht der Dinge darzulegen. »Nicht, wo ich schwanger bin.« Sie legte sich die Hand auf den Bauch. Erst jetzt, als René genauer hinblickte, erkannte er die leichte Wölbung.

»Glückwunsch!«, sagte er und Corinna strahlte.

»Er würde mich und das Kleine nicht im Stich lassen«, fuhr sie überzeugt fort. »Kaum hatte ich ihm den dritten Schwangerschaftstest gezeigt, hat Hasan sein Leben verändert. Er hat zum ersten Mal einen richtigen Job begonnen.«

»Im Kühlhaus?«, fragte René.

Corinna nickte. »Er sagt immer, ein Türke im Kühlhaus, das ist wie ein Pinguin in der Wüste. Aber es war ein monatliches Einkommen. Eine ehrliche Arbeit.«

Wie schon beim ersten Besuch in Corinnas und Hasans Wohnung fielen René die Paranussschalen auf. Sie bedeckten nicht mehr den Boden, allerdings sah er Krümel davon auf dem Tresen und dem Tisch liegen.

Corinna bemerkte seinen Blick. »Hasan liebt Paranüsse«, sagte sie, während sich ihre Augen sich langsam mit Tränen füllten. »Er konnte kaum genug davon bekommen. Hat sie jeden Tag gegessen. Seinen Freunden hat er immer erzählt, er kann die Paranüsse knacken mit die Arschbacken. Als sie ihm dann welche mitgebracht haben und wollten, dass er seinen

Worten Taten folgen lässt, hat er sie nur noch zu Hause, im Geheimen, gegessen.« Sie schniefte.

»Haben Sie irgendeine Ahnung, wo er sein könnte?«, fragte René. »Oder ob er Feinde hatte?«

»Hasan hat sich mit vielen Kerlen angelegt«, sagte Corinna, während sie sich in ein Taschentuch schnäuzte. »Einmal hat mich einer schief angekuckt, Hasan hat ihm gleich eins auf die Nase verpasst. Hat erst danach gemerkt, dass der Mann schielte. Aber jemand, der so etwas tun würde ... ihm einen Mord anhängen ...«

Im Stillen gab ihr René recht. Es klang nicht so, als würde sich Hasan mit Menschen anlegen, die intelligent genug waren, einen Mord zu planen und ihn Hasan in die Schuhe zu schieben. Warum sich solche Mühe machen? Warum Hasan nicht einfach in die Goschen hauen? »Wenn Sie etwas hören«, sagte René schließlich und stand auf, »rufen Sie mich an.« Corinna schniefte und nickte.

Im Vorzimmer stach René ein kleiner Rucksack ins Auge, der unter dem Garderobenständer an der Wand lehnte. Er sah ziemlich mitgenommen aus. Ein paar Schulhefte ragten heraus.

»Ich wusste nicht, dass Sie bereits ein Kind haben«, sagte René.

»Oh, das gehört keinem Kind«, sagte Corinna und musste zum ersten Mal lachen. »Das gehört Hasan.« Kaum hatte sie es ausgesprochen, schlug sie sich die Hand vor den Mund, wobei ihre langen Fingernägel nur knapp ihr Auge verfehlten. »Verdammt, das hätte ich nicht sagen sollen!«

»Was sagen?« René baute sich vor ihr auf. »Jede Information ist wichtig!«

Corinna blickte zwischen der Schultasche und René hin und her. Schließlich nahm sie die Hand vom Mund und atmete tief durch. »Hasan meinte es ernst, als er sagte, er möchte sich ändern«, erzählte sie. »Er besucht einen Deutschkurs, weil er dem Kleinen ein Vorbild sein will. Möchte nicht, dass es mit einer schlechten Sprache aufwächst wie sein Vater. Und dann von anderen Kindern vielleicht ausgelacht wird. Das ist ihm aber peinlich, deswegen soll ich es niemandem erzählen.«

René holte einen Notizblock und einen Kugelschreiber aus der Innentasche seiner Wildlederjacke. »Könnten Sie mir verraten, wo dieser Kurs stattfindet?«

9.20 Uhr, Pelz-Palast, Oststadt, Mannheim

»Contenance!« Der Ehemann und ich wandten unsere Köpfe. In der Mitte des Raums stand Anneliese, das Pelzdessous in der Hand. »Etiketti! Dieter, hör auf! Dieser Mann ist unschuldig!«

»Das wollen wir erst mal sehen«, entgegnete ihr Ehemann, doch er blieb zumindest stehen.

»Siehst du nicht, wer das ist?«, fragte Anneliese. Erkannte sie mich etwa, so wie ich sie erkannt hatte? »Das ist dieser Comedian.«

»Comedian?«, fragte Dieter verwirrt.

»Ja, der offen gegen Pelz protestiert«, sagte Anneliese und rümpfte die Nase, wobei ihr beinahe die Brille herunterfiel. »Kaya Yanar.«

Ich wollte schon lautstark widersprechen, da tauchte der Schädel des Ehemannes über mir auf. »Tatsächlich?«, fragte er zweifelnd und war mir dabei so nahe, als würde er mich riechen wollen. Konnte er Pelzgegner riechen? Rochen die wie Veganer?

»Wirklich!«, versicherte Anneliese. »Glaubst du etwa, ich würde dich mit einem Tierschützer betrügen? Der könnte mir doch nicht mal einen Fuchsschal schenken.«

Dieser Gedanke schien offenbar selbst dem misstrauischen Ehemann zu abwegig. Er verschwand aus meinem Blickfeld, kurz darauf verebbte der warme Luftstrom. Die Hose blieb an.

Als ich meinen Kopf hob, war der Mann verschwunden. Anneliese trat an das Gestell heran und begann, mich loszubinden. »Ich muss mich für Dieter entschuldigen«, sagte sie. »Er kann ungehalten werden, wenn es um mich geht.« Als sie das sagte, hielt sie sich die rechte Hand vor die Lippen und gab ein leichtes Hicksen von sich, das wohl ein Kichern imitieren sollte. »Wollen Sie vielleicht ein Glas Wasser? Kommen Sie mit ins Büro.«

Auf wackeligen Beinen folgte ich ihr in eine kleine Besenkammer, in der ein paar Aktenschränke und ein viel zu kleiner Schreibtisch standen. Fenster gab es keine. Sie schenkte mir aus einer staubbedeckten Karaffe Wasser ein. Ich setzte mich auf einen Plastikstuhl und nahm einen Schluck. Es half mir, die Ruhe wiederzugewinnen.

Auf dem Tisch entdeckte ich neben gezeichneten Pelzmantelentwürfen, Rechnungen und Prospekten auch einen in grellen Farben gehaltenen Flyer eines Kollektivs namens MFKA, doch bevor ich entziffern konnte, worum es sich dabei handelte, versperrte mir Anneliese die Sicht, indem sie sich lässig auf die Tischkante setzte und sich zu mir hinunterbeugte.

»Woher haben Sie dieses Dessous, Sie Schlingel?« Ich wusste nicht, ob sie mich verhörte oder mit mir flirtete, und war zu verstört, um zu fragen.

»Von Lasse Hoppsen«, sagte ich. »Die Polizei fand es in seiner Wohnung im Kühlhaus.«

Bei der Erwähnung des Namens zuckte Anneliese zurück. »Schreckliche Geschichte«, sagte sie bloß und strich sich über die langen Haare.

»Das Dessous hatte Lasse gut versteckt«, fuhr ich fort. Nachdem ihr Mann verschwunden war, sah ich meine Chance, Anneliese vielleicht doch ein paar wichtige Informationen zu entlocken. Wenn sie wirklich etwas mit meiner Bühnenfigur gemein hatte, dann war sie bestimmt auch eine Tratsche. »Er wollte wohl nicht, dass es irgendjemand sieht. Seine Frau zum Beispiel. Die es dann Ihrem Mann erzählen könnte.« Langsam gewann ich mein Selbstvertrauen zurück. So mussten es richtige Ermittler machen: Egal, wie oft sie auf eine Zweckbank gespannt wurden und ihr Hintern zu verbrennen drohte, danach mussten sie die richtigen Sätze zum richtigen Zeitpunkt sagen. Comedy funktionierte gar nicht so anders.

»Mein Mann weiß nichts von Lasse und ich hätte auch gern, dass das so bleibt«, sagte Anneliese, ohne mich anzusehen. Ich verstand nur zu gut, warum sie Dieter lieber im Ungewissen lassen wollte.

»Wo waren Sie Sonntagvormittag?«, fragte ich. Diese Zeit war vom Gerichtsmediziner als Todeszeitpunkt festgestellt worden.

Schockiert blickte mich Anneliese an. »Sie wollen doch nicht insinusitieren, dass ich was mit dem Mord zu tun haben hätte gekonnt?« Ich schwieg eisern und blickte sie herausfordernd an. Schließlich seufzte sie und klimperte mit ihren langen Wimpern. »Na gut, wenn Sie es unbedingt wissen wollen.« Sie winkte theatralisch ab. »Ich war mit meinem Mann unterwegs. Frühschoppen. Das wird er bestätigen können. Danach wollte ich den Tiger ein wenig brüllen lassen, aber er hatte bloß kastrierten Kater anzubieten.«

Zu viel Information. Das Klingeln der Türglocke unterbrach Anneliese zum Glück, bevor sie mir erzählen konnte, was sie mit kastrierten Katern tat. Kaum war sie aus der Tür geeilt, blickte ich mich im Zimmer um. Was wäre ich für ein Ermittler, wenn ich nicht jede unbeobachtete Sekunde nutzte, um herumzuschnüffeln?

Ich öffnete wahllos ein paar Schubladen, aber das Papierchaos überforderte mich. Hastig ließ ich meinen Blick von einer Ecke in die andere wandern. Aus der untersten Schublade des Schreibtisches ragte ein dunkles Etwas heraus. Ich öffnete die Lade und fand ein Notizheft, dessen Buchdeckel mit Pelz überzogen waren. Als ich es aufschlug, las ich: *Kalender Dieter*.

Schritte. Das Klackern von Stöckelschuhen. Schnell steckte ich den Kalender in die Schublade zurück, hatte aber keine Zeit mehr, sie zu schließen, bevor ich wieder auf dem Stuhl Platz nahm und ein unschuldiges Gesicht aufsetzte. Ich nahm das Wasserglas, das ich neben dem Stuhl auf den Boden gestellt hatte, so schnell hoch, dass ich mir den restlichen Inhalt über die Jeans kippte.

»Oh, Sie kleiner Schmutzfink«, tönte Anneliese, kaum hatte sie den Raum betreten. Sie nahm ein Stofftaschentuch aus ihrer Handtasche, die sie am Schreibtisch abgestellt hatte, und schrubbte an meinem Oberschenkel herum. Obwohl das Wasser auf meine Knie gespritzt war. »Falls Sie es wissen wollen«, hauchte sie, während sie mir über die Oberschenkel fuhr, als müsste sie einen Block Holz schleifen, »ich hatte mit Lasse schon länger keinen Kontakt mehr. Das letzte Mal haben wir uns vor Wochen gesehen. Er hoppste zwar gut im Bett, aber das war auch schon alles.« Gerade als das Taschentuch gefährlich nahe dran war, meinen Hosenstall zu säubern, flog die Tür auf.

»Das ist nicht Kaya Yanar!« Dieter war im Türrahmen aufgetaucht. »Das ist dieser andere Comedian!« Autsch. Danke aber auch, dachte ich. Das tat mehr weh, als heiße Luft in den Allerwertesten geblasen zu bekommen.

Anneliese lehnte mit hochrotem Kopf am Tisch und atmete schwer. Offenbar hatte sie das Abwischen meines Oberschenkels in leichte Erregung versetzt. Um ihre Ehe konnte es wirklich nicht gut stehen. Dieter sprang nach vorne, um mich zu packen, doch ich hechtete an Anneliese vorbei hinter den Tisch. So standen wir uns gegenüber: Dieters Fratze vor Wut verzerrt, Schaum zwischen den Lippen, den Wahnsinn in den Augen. Nur ein Tisch trennte mich von meinem sicheren Ende.

Als sich der große Mann in Bewegung setzte, zog ich den Kalender aus der Schublade vor mir und lief an der anderen Seite des Tisches zum Ausgang. Kaum war ich durch die Tür und hatte sie hinter mir zugeschlagen, hörte ich von drinnen Anneliese schreien, die offenbar zu neuen Kräften gekommen war: »Contenaaaance, Dieterchen!«

Erst, als ich ein paar Querstraßen zwischen den *Pelz-Palast* und mich gebracht hatte, wagte ich es, stehenzubleiben und tief Luft zu holen. Ich zog den Kalender hervor und betrachtete ihn.

Wenn es um Anneliese ging, verlor ihr Mann schnell die von ihr so gepriesene Contenance. Ich konnte mir gut vorstellen, wie er Lasse Hoppsen gepackt und auf dem Haken des Wildtierkühlschranks erhängt hatte. Vielleicht war es gar nicht Anneliese, deren Alibi ich überprüfen sollte, sondern das ihres Ehemannes? Oder steckten die beiden vielleicht sogar unter einer Decke? Ich hoffte, Antworten darauf zwischen den pelzigen Buchdeckeln zu finden.

In diesem Moment klingelte mein Handy. Ich steckte den Kalender wieder in die Tasche meiner Lederjacke und zog das Smartphone aus meiner Hosentasche. Die Nummer, die auf dem Display aufleuchtete, erkannte ich wieder. Ich hatte sie erst gestern Abend eingespeichert, unter dem Namen: Dr. Watson.

12 Uhr, Ludwig-Frank-Gymnasium, Neckarstadt-Ost, Mannheim

Als ich mit dem Wagen vorfuhr, lehnte René bereits an der Hauswand der Ludwig-Frank-Schule. Hinter ihm war ein großes Plakat angebracht worden, das den Auftritt der Band *Korn* in der SAP-Arena bewarb, der letzten Samstag stattgefunden hatte. Am Abend von Lasse Hoppsens Mord, schoss es mir durch den Kopf.

Nachdem wir die Kühlhalle gestern verlassen hatten, hatte mir René das Du angeboten. Machte uns das offiziell zu Partnern? Ich wusste es nicht. Was ich wusste: Es war ein weiterer seltsamer Zufall, der mein Leben mit diesem Fall verband, dass ich selbst einmal hier Schüler gewesen war.

Ich war im Waldhof aufgewachsen, einer Arbeitergegend. Große, graue Wohnblöcke wuchsen dort aus dem Boden wie Bäume in einem Wald. In einem davon, das hatte mir René erzählt, lebte Hasan mit seiner Freundin. Als ich ein Kind war, wohnte meine Familie damals zuerst zu sechst, dann zu fünft auf 68 Quadratmetern. Dass ich ins Gymnasium gehen konnte, war eine große Sache. Ich war immer schon ehrgeizig gewesen, und die Schule im Bezirk Neckarstadt-Ost motivierte mich noch mehr. Hier sah ich, wohin mich harte Arbeit eines Tages führen konnte.

Ich parkte den Wagen hinter einem schwarzen Mercedes mit verspiegelten Scheiben und machte mich auf den Weg zu meinem neuen Partner. René begrüßte mich mit einem fassungslosen Blick. »Mit so einem Auto hätten wir viel mehr Respekt im Straßenverkehr«, sagte er. Er hatte mich nach seinem Treffen mit Corinna informiert, dass Hasan hier einen Deutschkurs besuchte. Die Ludwig-Frank-Schule stellte einen Raum zur Verfügung, wo verschiedene Kurse mit integrativem Charakter stattfanden. »Ich kann nicht einfach in einem Deutschkurs auftauchen und mich umhören«, hatte René am Telefon gesagt. »Du allerdings schon.« Das war nicht gerade taktvoll, aber er hatte recht. Mein Mannheimer Dialekt wurde als Leistung angesehen, von ihm wurde er vorausgesetzt.

Wir betraten die kühle Eingangshalle des Gebäudes. Die Gänge waren leer. Es herrschte eine gespenstische Stille.

»Welcher Raum?«, fragte ich.

»Ich glaube 205«, sagte René. Wir gingen die Treppen nach oben. Auf dem Flur des zweiten Stocks entdeckte ich einen Mann im Hausmeisterkittel, der sich an einem Heizkörper zu schaffen machte.

»Entschuldigen Sie«, fragte René den Mann. »Wissen Sie, wo der Deutschkurs stattfindet?«

Der Hausmeister unterbrach seine Arbeit nicht, streckte jedoch eine Hand aus, in der er eine Wasserpumpenzange hielt, und deutete den Flur entlang. Am Ende des Ganges fanden wir eine Tür, auf der neben der deutschen Flagge auch die mehrerer anderer Länder gezeichnet waren, die allesamt im Nahen Osten lagen. Hier waren wir wohl richtig.

»Also«, sagte René und öffnete die Tür, »viel Glück. Ruf nachher an.« Und schon hatte er mich hineingestoßen und die Tür hinter mir geschlossen.

Ungefähr zwanzig Gesichter starrten mich an. Es war allerdings ein ganz anderes Starren, als ich es sonst kannte. Hier war ich nicht Bülent, der deutsche Entertainer mit den türkischen Wurzeln. Hier war ich schlicht der Türke, der zu spät gekommen war. Bevor ich etwas sagen konnte, zischte mir ein ziemlich muskulöser Kerl in der ersten Reihe etwas zu. »Setz dich!«, sagte er und warf einen ängstlichen Blick zur Tür. »Setz dich, bevor der Lehrer reinkommt!« Die anderen nickten.

»Stehst du auf der Liste?«, fragte ein anderer. Seine Goldkette und das Tattoo an seinem Hals passten so gar nicht zu dem furchtsamen Ton in seiner Stimme.

»Äh, also ich ...«, stotterte ich. »Ich bin neu hier ...«

»Wenn du nicht auf der Liste stehst, dann wird der Lehrer ganz schön ungemütlich werden!«

Wer auch immer dieser Lehrer war, diese harten Kerle hatten ganz schön Schiss vor ihm. Und ihr Deutsch war ziemlich in Ordnung. Er musste also gute Arbeit leisten.

»Setz dich!«, rief der Große von vorhin. »Ich glaube, ich kann ihn hören!«

Um nicht noch mehr Panik auszulösen, schnappte ich mir den letzten freien Stuhl in der zweiten Reihe. Als ich mich so zwischen meine neuen Klassenkollegen quetschte, fiel mir auf, dass alle fein säuberlich ihre Bücher, Notizblöcke und sogar gespitzte Bleistifte vor sich liegen hatten. Wo war ich hier bloß gelandet?

In diesem Moment ging die Tür auf. Ich traute meinen Augen nicht, als ich den Hausmeister von zuvor eintreten sah. Er trug noch immer den Kittel und hatte eine Schiebermütze auf dem Kopf. In einer Tasche seines Mantels sah ich die Wasserpumpenzange. Endlich zeigte er mir sein Gesicht. Ich glaubte erneut, in einem schlechten Traum gelandet zu sein, ohne aufwachen zu können. Ich kannte dieses Gesicht. Es hatte die letzten Jahrzehnte zu mir gehört.

»Herr Lehrer Bockenauer!« Meine Klassenkameraden waren alle gleichzeitig aufgestanden, womit ich nicht gerechnet hatte. Verdutzt saß ich da.

»Setzen«, rief der Lehrer, der dem Hausmeister aus meiner Bühnenshow zum Verwechseln ähnlich sah, ohne die Klasse eines Blickes zu würdigen. Die Schüler gehorchten aufs Wort.

»Heute werden wir die Schwierigkeiten der deutschen Sprache kennenlernen«, verkündete er mit dem Rücken zur Klasse, weshalb er mich nicht gleich bemerkte. »Manchmal haben dieselben Sätze eine unterschiedliche Bedeutung. Ich demonstriere!« Den letzten Satz rief er so unvermutet aus, dass ein paar Schüler zusammenzuckten. »Ich kann sagen: Ich möchte die Klimakleber *um*fahren. Gleicher Satz, andere Bedeutung: Ich möchte die Klimakleber um*fahren*.«

Außer Mompfreds lauter Stimme war nur das Kratzen von Bleistiften auf Papier zu hören.

»Kranken Vögeln helfen. Oder: Kranken vögeln helfen. Das eine ist ein Tierschützer, das andere ein Pflegeberuf.« Mittlerweile war Mompfred dazu übergegangen, Beispiele mit Kreide an die Tafel zu schreiben: »Ich möchte deine Küche aus*bauen*. Oder: Ich möchte deine Küche *aus*bauen. Erstes Beispiel ist ein deutscher Installateur, zweites Beispiel ein polnischer. Ich würde am liebsten aus*rasten*. Oder: Ich würde am liebsten *aus*rasten. Erstes Beispiel bin ich, wenn ich spät nach Hause komme. Zweites Beispiel ist die Waltraud, meine Frau, wenn ich spät nach Hause komme. Ich *trete* zurück. Oder: Ich trete *zurück*. Erstes Beispiel ein AfD-Politiker, wenn er einen Flüchtling sieht. Zweites Beispiel ein AfD-Politiker kurz danach.«

In dieser Art ging es weiter, bis fast kein freier Fleck mehr auf der Tafel zu finden war. Schließlich drehte sich Mompfred um. Die Schüler hielten hörbar die Luft an. Ich fühlte mich an meine eigene Schulzeit zurückerinnert. Würde es jetzt gleich eine mündliche Prüfung geben? Und würde ich ausgewählt werden?

»Wörter, die verschiedene Bedeutungen haben können, nennt man Januswörter«, erklärte Mompfred und klang dabei viel intelligenter, als ich es ihm zugetraut hätte. »Achtet darauf, sonst glauben irgendwelche Spaßvögel, sie könnten euch damit veräppeln. Aber nicht mit uns, Männer! Denn wir kennen die deutsche Sprache! Wir lassen uns von niemandem veräppeln!«

»Jawohl, Herr Lehrer Bockenauer«, schallte es unisono von den Schülern zurück.

»Moment!« Sein Blick landete auf mir. Er hatte mich entdeckt. »Das ist doch ein neues Gesicht. Bist du der Cousin von irgendwem, oder was? Stehst du auf meiner Liste?«

»Nein«, gab ich zu.

»Nicht auf der Liste?« Plötzlich senkten meine Sitznachbarn verlegen ihren Blick in ihre Notizhefte. Ich fühlte mich wieder wie fünfzehn, als ich zur Stundenwiederholung drangenommen wurde und mit einem Schlag jegliche Kollegialität aus der Klasse verschwunden war. »Du glaubst wohl, du kannst hier einfach mitschneiden, ohne dich anzumelden wie die anderen!« Mompfred griff in seine Tasche und holte die Wasserpumpenzange heraus. Bevor ich wusste, wie mir geschah, war er neben mich getreten und hatte den Kragen meines Shirts eingezwickt.

»He!«, schrie ich. Der Hausmeister verstand sein Handwerk. Er hatte mich in der Hand, oder besser gesagt, in der Zange. Mit einem leichten Ruck brachte er mich dazu, aufzustehen. Er führte mich um den Tisch herum und an die Tafel.

»Das passiert, wenn man sich nicht ordnungsgemäß anmeldet!« Zwanzig Schüler blickten gebannt nach vorn zur Tafel. Eins musste ich ihm lassen: Er wusste, wie man einen Klassenraum unter Kontrolle bekam.

»Ich bin wegen Hasan hier«, presste ich hervor. »Ich ermittle im Mordfall Lasse Hoppsen!«

Mompfred senkte die Zange und starrte mich an. »Okay, Männer«, sagte er dann. »Die Lektion ist für heute beendet.«

Der Raum leerte sich schnell. Als wir allein waren, ging Mompfred zum Lehrerpult und lehnte sich dagegen. Die Zange schlug er sich sachte gegen die linke Handfläche. »Du bist wegen Hasan hier?«, fragte er argwöhnisch.

»Ja«, sagte ich und richtete mir den Kragen. »Er befindet sich auf der Flucht.«

Mompfred nickte. »Davon habe ich gehört.«

»Ich glaube nicht, dass er etwas mit dem Mord zu tun hat«, sagte ich. »Aber um das zu beweisen, brauche ich Hinweise.«

»Meine Schüler sind keine Kriminellen«, sagte Mompfred bestimmt. »Was willst du wissen?«

»Hat sich Hasan in letzter Zeit irgendwie seltsam verhalten?«

Mompfred dachte einige Momente nach. »Er war nicht dümmer als die anderen. Aber auch nicht klüger. In letzter Zeit kam er mir besonders unruhig vor. Konnte sich schlecht konzentrieren, kam zu spät, wirkte fahrig.«

»Hat er irgendwas gesagt? Wurde er von jemandem bedroht, hatte er vor jemandem Angst?«

»Wenn er vor jemandem Angst gehabt hätte, dann hätte er es sicher nicht mir gesagt«, meinte Mompfred. »Die haben alle Angst.« Er nickte in Richtung der leeren Pulte. »Aber sie würden nie darüber reden. Dafür sind sie zu stolz.«

»Ihre Schüler?«, fragte ich.

»Was bist du, Rassist?«, fragte Mompfred. »Ich meinte Männer.«

»Irgendeine Ahnung, wo er sich verstecken könnte?«, fragte ich hartnäckig.

»Nein«, sagte Mompfred. »Er hat auch einen Türkischkurs besucht. Gleicher Flur, aber am Nachmittag. Vielleicht weiß dort jemand was.«

Einen Türkischkurs? Wollte mich der Hausmeister auf den Arm nehmen? »Ist der Lehrer dort auch Hausmeister?«, fragte ich mit ironischem Unterton.

»Ne«, antwortete Mompfred und blickte mich an, als hätte ich den Verstand verloren. »Natürlich nicht. Der ist Friseur.«

15 Uhr, Friseur *Hakans Haarem*, Klein-Istanbul, Mannheim

Es war mein größter Albtraum. Oft wachte ich nachts schweißgebadet auf, wenn sich diese Bilder in meinen Schlaf schlichen. Scharfe Instrumente, dazu bestimmt, abzuschneiden, zu verunstalten. Wenn sie mir begegneten, wandte ich den Blick ab, tat so, als gäbe es sie nicht. Doch ich hätte es besser wissen müssen. Wie sehr ich das Unvermeidliche auch zu ignorieren versuchte, früher oder später holte es mich ein.

»Nur Haarschnitt oder auch Rasur?«, fragte mich Hakan, Inhaber von *Hakans Haarem* und Friseur, selbst sein bestes Model. Der lange, dichte schwarze Bart war akkurat gestutzt, der Verlauf millimetergenau abgestimmt. Die ebenfalls schwarzen Haare so perfekt gestylt, dass er trotz all der Arbeit aussah, als wäre er mit dieser Frisur heute Morgen aus dem Bett gestiegen. Noch dazu roch er gut, eine Mischung aus Weihrauch, Rosen und Moschus.

Den Namen von Hakans Laden hatte mir Mompfred gegeben. Hakan unterrichtete in seiner Freizeit eine Türkischklasse, in der offenbar auch Hasan saß. Vielleicht wusste er mehr über sein Verschwinden. Der Friseurladen lag in jenem Teil von Mannheim, der Klein-Istanbul genannt wurde. Den Namen hatte er wegen der zahlreichen türkischen und arabischen Geschäfte bekommen, die sich innerhalb von ein paar Quadraten fanden: Juweliere,

Modeshops, Friseure, vor allem aber Restaurants. Nirgendwo in Mannheim konnte man so gut essen wie hier. Und anders als in vielen anderen Städten war dieses Zentrum der Multikulturalität nicht an den Rand verbannt worden, sondern lag im Herzen der Innenstadt.

»Geht vielleicht auch nur eine Beratung?«, fragte ich. Ich brachte es kaum über mich, die Kappe abzunehmen. Die Haare waren meine erste große Revolte gewesen. In der Schule war ich oft Ziel von Sticheleien und Spott gewesen. Nicht so schlimm, wie es andere Kinder erlebt hatten, aber ich war Türke und ich war arm. Das waren zwei Eigenschaften, die mit der Mehrheitsgesellschaft schwer verträglich schienen. Zudem war ich sehr ehrgeizig, was mir schnell den Ruf eines Strebers einbrachte. Ich trug Cordhosen, gebügelte Hemden und interessierte mich wenig für die angesagte Mode. Bis ich dann mit sechzehn Jahren begann, richtige Musik zu hören, *Korn* und *Metallica*. Ich ließ mir die Haare wachsen und nannte mich Billy.

Der Name war verschwunden, die Haare waren geblieben und zu meinem Markenzeichen geworden. Ohne lange Haare war ich nicht mehr Bülent. Diese Seite von mir gab ich nur in die Hände von Menschen, denen ich bedingungslos vertraute. Selbst von ihnen ließ ich mir nur die Spitzen schneiden und die Konturen nachziehen. So gut Hakan seine Arbeit offenbar machte, ein solches Vertrauen herrschte noch nicht zwischen uns.

»Ich würde gern über Hasan sprechen«, sagte ich, noch unentschlossen, ob ich Platz nehmen sollte.

»Über Hasan? Der ist doch auf der Flucht«, meinte Hakan erstaunt. Er musterte mich. »Hey, bist du nicht dieser berühmte Musiker? Winnetou oder so ähnlich?«

»Apache«, sagte ich, »und nein, bin ich nicht, aber wir werden oft verwechselt.«

Hakans Blick verriet mir, dass ich ihn nicht völlig überzeugt hatte. »Du hast krasse Haare«, sagte er. »Weißt du was? Ich darf sie dir schneiden und dafür erzähle ich dir was über Hasan.«

Lieber hätte ich mir eine wilde Verfolgungsjagd oder eine gefährliche Schießerei geliefert, aber es schien die einzige Möglichkeit, mehr Informationen über meinen Fall herauszufinden. »Also gut«, sagte ich und ließ mich zu einem lederbezogenen Barbierstuhl führen.

»Das ist Hasans Platz«, sagte der Friseur ehrfürchtig. »Jeden Freitag kam er für Bart und Verlauf. Die Werkzeuge, die ich für seine Haare brauche, liegen alle parat.«

Vor mir lag eine Reihe von Utensilien aufbereitet, die funkelten und spiegelten: verschiedene Scheren, elektrische Rasierapparate, Rasierklingen. Ich fühlte mich wie ein Kind bei seinem ersten Zahnarztbesuch: Es weiß nicht, was genau es erwartet, aber es weiß, dass es wehtun wird. Neben den ganzen Werkzeugen des Schreckens fiel mir eine Tube auf, die halbleer unter dem Spiegel lag. Es handelte sich um schwarzes Haarfärbemittel.

»Deal ist Deal«, sagte ich, als mir Hakan ein Handtuch um den Hals wickelte. »Das Färbemittel war auch für Hasan?«, fragte ich und zeigte auf die Tube.

»Eigentlich Berufsgeheimnis«, erwiderte Hakan. »Ich sag's dir trotzdem: Ja, Hasan ließ sich die Haare färben. Brauchst du auch ein bisschen Farbe?«

»Nein, ich habe nur gefragt«, antwortete ich empört. »Was kannst du mir sonst noch über Hasan erzählen?«

»Ein toller Kerl«, sagte er, während er sich die Hände wusch. »Sitzt bei mir in der Klasse.«

Als ich sah, wie er die Schere in die Hand nahm, schrie ich auf. »Kein Waschen davor?«

Er beäugte mich skeptisch. »Das kostet aber extra.«

Er brachte eine Waschschüssel auf Rollen, senkte den Stuhl nach hinten und ließ mein Haar in das Wasser gleiten. Es war angenehm warm.

»Mit Shampoo, bitte«, sagte ich und versuchte so, mehr Zeit herauszuholen. Während Hakan meine Haare einseifte, fragte ich weiter: »Er ist jetzt in so eine Mordgeschichte verwickelt. Hast du davon gehört?«

»Ja«, sagte Hakan. »Aber ich kann mir nicht vorstellen, dass Hasan so etwas tun würde.«

»Bitte sanfter einmassieren«, warf ich ein. »Und langsamer.«

Hakan lockerte den Druck seiner Finger und strich mir nun behutsamer über die Kopfhaut.

»War er denn in den letzten Wochen irgendwie anders?«, fragte ich, während ich mit geschlossenen Augen die Massage genoss. »Ist dir irgendetwas an ihm aufgefallen?«

»Nein, eigentlich nicht«, meinte er. »Vielleicht war er etwas ruhiger als sonst. Hasan kann ziemlich impulsiv sein. Das liegt aber womöglich an seiner Freundin. Die ist schwanger, habe ich gehört.«

Er hob meinen Kopf mit einer schnellen Bewegung aus dem Becken und trocknete mich mit einem Handtuch ab. Als ich die Augen wieder öffnen konnte, hatte er bereits die Schere in der Hand.

»Warte!«, rief ich. »Zuerst den Nacken ausrasieren!«

»Aber den Nacken rasiert man doch erst zum Schluss aus«, sagte Hakan.

»Bei mir ist das immer so«, behauptete ich. »Ich muss mich erst daran gewöhnen, dass meine Haare kürzer werden.« Ich hoffte, so ein paar Minuten mehr herauszuschinden. Aber ich musste bald etwas aus Hakan herauslocken. Begierig starrte er die Schere an. Der Mann wollte mir etwas abschneiden, dabei brauchte ich jeden Zentimeter! »Hatte er Stress in der Arbeit?«, fragte ich weiter. Ein Schuss ins Blaue, aber bisher führten alle Spuren in das Kühlhaus des *Frischen Finnen*. Nicht nur war der Mord dort passiert und Lasse Hoppsen Hasans Chef gewesen, auch Annelieses Pelzdessous hatten wir dort gefunden. »Irgendein Kollege, mit dem er sich nicht vertrug?«

Hakan hielt kurz inne. »Tatsächlich gab es einen Kerl, über den er sich oft beschwerte«, sagte er und begann, die Härchen in meinem Nacken zu rasieren, was mir alle anderen auf meinem Körper aufstellte. »Hieß Tobe Ohrn oder so. War sein Kollege in der Kühlhalle. Hasan beschwerte sich, dass der Typ unzuverlässig war. Kam zu spät, tauchte manchmal gar nicht auf. Wurde trotzdem nie entlassen. Hasan meinte, wenn er einmal zu spät gekommen wäre, hätte man ihn bestimmt rausgeschmissen. Von wegen Gleichberechtigung.«

»Irgendeine Ahnung, wo ich diesen Tobe Ohrn finden kann?«

»Der spielt seltsame Musik in einem Club oder einer Bar«, erzählte Hakan. »Glaube, Hasan hat da mal was erwähnt. Der Name war Blaumaul oder Blumgaul?«

Das *Bloomaul*! Für Hakans Hochdeutsch war dieses Wort aus dem Mannheimer Dialekt ein richtiger Zungenbrecher.

»Bloomaul« bezeichnete einen charmanten Angeber oder jemanden, der in seinen Erzählungen gern übertrieb. Einen echten Mannheimer eben. Jedes Jahr wurde der Bloomaulorden an einen Menschen vergeben, der den Mannheimer Dialekt lebendig hielt, und war dem Blumepeter gewidmet, einem Blumenverkäufer aus Mannheim, der den heimischen Legenden zufolge mit seiner unkonventionellen Lebensphilosophie, seiner Schlagfertigkeit und seinem derben Witz der Stadt alle Ehre gemacht hatte. Ich selbst hatte den Orden 2012 erhalten und war als Kind von Monnem sehr stolz auf diese Auszeichnung.

Die Bar *Bloomaul* verdankte ihren Namen ihrer Kundschaft, die vornehmlich aus Menschen dieses Schlags bestand. Vor vielen Jahren, zu Beginn meiner Comedy-Karriere, hatte ich dort ein paar Vorstellungen gegeben.

»Danke«, sagte ich.

»Keine Ursache«, meinte Hakan und griff erneut nach der Schere. »Können wir jetzt anfangen?«

Kaum hatte er die Worte ausgesprochen, riss ich mir das Handtuch vom Hals und sprang aus dem Sessel. Der verdutzte Friseur konnte mir nur noch hinterherstarren, als ich mit nassen Haaren aus dem Salon lief. Im Hinauslaufen klatschte ich ein paar Geldscheine auf den Tresen.

»Vielen Dank!«, rief ich ihm aus der Tür zu. »Meine Haare haben sich wunderbar erholen können. Sie fühlen sich zehn Jahre jünger an!« Damit schloss ich die Tür hinter mir und machte mich schleunigst auf den Weg zu meinem Wagen, den ich ein paar Querstraßen weiter geparkt hatte. Nach einer kurzen Internetrecherche rief ich René an und fragte ihn, ob er heute Abend nicht Lust hätte, gemeinsam auf ein Konzert zu gehen.

21 Uhr, *Bloomaul*, Nähe Flugplatz Mannheim City, Mannheim

Das Licht war schummrig, die Musik viel zu laut, die Gäste wortkarg: der perfekte Mannheimer Barabend. Ich saß auf einem Hocker am Tresen des *Bloomaul*, das versuchte, die Eleganz des Art déco – Glas, Spiegel und goldene Verzierungen – mit Bierzelt-Romantik in Einklang zu bringen. Die Bar lag unweit des Mannheimer Flughafens, wo es eine kleine Anzahl an Passagierfliegern gab. Seit Jahren schon stand der Flugplatz der Stadt in der Kritik wegen seiner schlechten Beleuchtung der Landebahn. Sicherer und günstiger war es, im *Bloomaul* zu fliegen. Dafür reichten ein paar der starken Mischgetränke.

»Ein Soda, bitte«, sagte ich, als die Barkeeperin vor mir auftauchte. Ihr Blick triefte vor Verachtung. Ich gehörte offensichtlich nicht zur Stammkundschaft. »Und eine Schale Nüsse, wenn Sie haben.«

»Ein zweites Soda.« René ließ sich neben mir auf einen Hocker gleiten. Er sah müde aus. Erst jetzt fielen mir die Grübchen auf seinen Wangen auf. Damit wirkte er noch jünger. »Haben die überhaupt Wasser?«, fragte er mich, nachdem sich die Barkeeperin wortlos abgewandt hatte. Ich zuckte nur mit den Schultern.

Meiner Frau hatte ich gesagt, ich müsse heute noch etwas für meine neue Show erledigen, die in weniger als einer Woche starten würde. Das war nicht völlig gelogen, immerhin hing von diesen Ermittlungen der Erfolg meiner neuen Tour ab. Schlecht fühlte ich mich trotzdem, die wenige Zeit, die ich vor dem nächsten Auftritt bei meiner Familie verbringen konnte, stattdessen bei seltsamer finnischer Musik im *Bloomaul* zu verschwenden.

»Nüsse«, bemerkte René, als die zwei Gläser Soda und eine Schale Erdnüsse gekommen waren.

»Was?«, fragte ich.

»Hasan liebt Paranüsse«, erklärte René. »Hat sie ständig gegessen. In seiner Wohnung liegen überall die Schalen herum.«

Hatten die Paranüsse irgendeine Bedeutung? Sagten die Essgewohnheiten von Menschen etwas über ihren Charakter aus?

»Das ist unser Mann«, sagte René und riss mich aus meinen Gedanken. Ich blickte zu der viel zu kleinen Bühne. Die Scheinwerfer warfen ihr Licht an den Musikern vorbei, die alle so eng zusammengedrängt standen, dass ich kaum erkennen konnte, wer welches Instrument spielte. Es waren vier Männer, alle trugen sie Seemannskleidung und Kapitänsmützen. Da sie aber schon jenseits der vierzig waren, wirkten sie weniger wie eine süße Boygroup und vielmehr wie ein aus dem Ruder gelaufener Junggesellenabschied. Es war die gleiche Kleidung, die auch Lasse Hoppsen auf dem Foto in seiner Wohnung getragen hatte.

Die Band bestand aus einem Keyboarder, einem Akkordeonisten, einem Schlagzeuger und einem Gitarristen. Über ihnen hing ein Neonschild, ein großes, geschwungenes S, das in fluoreszierendem Grün leuchtete.

»Das ist Tobe!« René musste schreien, um sich in diesem Krach verständlich zu machen. Er zeigte auf den Gitarristen, der auch sang. Tobe hatte strohblondes, lichtes Haar. Ein Ohrring glitzerte silbern und seine Unterarme zierten Tattoos. Die Nase hatte er von Gérard Depardieu gestohlen.

Die Musik war anders, als ich es aus dem *Bloomaul* gewohnt war. Sie erinnerte an einen rasenden Foxtrott, als wollte man einen Tänzer dazu animieren, um sein Leben zu laufen. Aus den Boxen quietschte und krachte es. Ich erkannte berühmte Songs wieder, etwa »Smells Like Teen Spirit« von *Nirvana* oder »Boulevard of Broken Dreams« von *Green Day*, allerdings wurden sie auf einer fremdartigen Sprache gesunden. Ich nahm an, es handelte sich um Finnisch, es hätte aber auch eine Tiefseefrequenz sein können, um Wale zur Paarung zu ermuntern.

Die Gäste des *Bloomaul* mussten die Band kennen, ansonsten wären sie wohl längst auf die Barrikaden gestiegen und hätten ihre halbvollen Biergläser in Richtung der Bühne geworfen. Überrascht stellte ich fest, dass die Zuhörer jedoch ruhig in sich versunken wirkten. Manche wippten sogar die Köpfe, wobei es sich dabei auch um das Zucken von Betrunkenen handeln könnte, kurz bevor sie der Schlaf übermannte.

Tobe genoss es sichtlich, im Vordergrund zu stehen. Immer wieder schob er sich an seinen Bandkollegen vorbei an den vorderen Rand der Bühne. *Die Fliegenden Finnen* liefen so Gefahr, die Fallenden Finnen zu werden und von der Bühne zu stürzen. Während er seiner Gitarre jaulende Klänge entlockte, hielt er seine Augen versonnen geschlossen. Ich kannte diesen Ausdruck. Menschen, die sich wie Stars fühlten, trugen ihn zur Schau. Dem lag jedoch oft eine Selbsteinschätzung zugrunde, die nicht unbedingt von der Außenwelt geteilt wurde.

»Wie wäre es, wenn wir uns aufteilen?«, fragte mich René.

»Wie meinst du das?«

»Ich locke Tobe an die Bar, spendiere ihm ein Bier und frage ihn aus«, erklärte René.

»Und was mache ich?«, fragte ich.

René lächelte. »Du machst die richtige Detektivarbeit.«

21.30 Uhr, *Bloomaul*, Nähe Flugplatz Mannheim City, Mannheim

René hatte die ganze Abschlussnummer »Stairway to Heaven« Zeit, sich zu überlegen, wie er Tobe in ein Gespräch verwickeln konnte. Er wusste, dass die Musiker nach den Konzerten stets zur Bar gingen. Offenbar hatten sie die Hoffnung nicht aufgegeben, von irgendjemandem auf ihr musikalisches Talent angesprochen zu werden. Also bestellte er bei der Barkeeperin ein großes Bier für Tobe und legte sich einen Einstiegssatz zurecht. Er probte ihn in seinem Kopf so lange, bis er dachte, ihn halbwegs glaubwürdig aussprechen zu können. Kaum hatte die Band geendet und Tobe sich auf den Weg zur Bar gemacht, stellte sich René neben ihn und sagte: »Guter Auftritt!«

Der Musiker drehte sich zu dem Polizeibeamten um und musterte ihn. Seine Augen waren grau und undurchsichtig. Erkannte er ihn wieder? Als René ihn am Tatort gesehen hatte, war Tobe verstört gewesen und hatte unter Schock gestanden. Er selbst hatte nicht mit ihm gesprochen. Konnte er sich noch an ihn erinnern? Wusste Tobe, dass René ein Polizist war? »Danke, Mann«, sagte Tobe cool. In seiner Stimme war ein leichter Akzent zu vernehmen. Er schnappte sich das Bier, das ihm die Barkeeperin hinstellte, und trank einen kräftigen Schluck. Danach wischte er sich mit dem Handrücken über die Lippen.

René wusste, dass Tobe bereits von Inspektor Grieß vernommen worden war. Doch sein Vorgesetzter hatte dem Kühlhausarbeiter bloß Fragen über Hasan gestellt, die diesen in ein möglichst schlechtes Licht rückten. An andere Möglichkeiten dachte Grieß nicht.

»Ich bin ein großer Fan der *Fliegenden Finnen*«, begann René. »Verfolge euch schon lange. War nicht Lasse Hoppsen ein Teil der Band?«

»Lasse.« Tobe stieß den Namen verächtlich hervor. »Bevor wir groß rauskommen konnten, bekam er kalte Füße. Hat den Traum aufgegeben für ein Leben als Arbeiter.«

Warst du nicht sein Angestellter, dachte René, war aber klug genug, das nicht laut auszusprechen. Stattdessen nickte er verständnisvoll. »Nicht jeder ist zum Musiker geboren.«

»Du sagst es.« Tobe prostete ihm zu. »Vor Kurzem war *Korn* in der Stadt. Das ist eine Band. Das ist Musik.« Er schloss die Augen und legte den Kopf in den Nacken. »Als ich sie spielen gesehen habe, dachte ich: Das hätten wir sein können.«

Daran zweifelte René stark, wenn er an die vier Männer in Matrosenanzügen dachte. Aber er tat, was ein guter Ermittler in einer solchen Situation zu tun hatte: Er hielt den Mund. »Dennoch tragisch, was mit Lasse passiert ist«, versuchte er stattdessen, sich sanft voranzutasten. »Irgendeine Ahnung, wer es gewesen sein könnte?«

»Ich habe ihn das letzte Mal Samstagabend gesehen«, sagte Tobe kühl. René wusste, dass er das auch bei der Vernehmung zu Protokoll gegeben hatte. »Wir waren allein im Kühlhaus und haben gemeinsam Kisten eingepackt. Aber über Musik haben wir schon lange nicht mehr gesprochen.«

Der letzte Satz klang so, als ob ein Mensch, der nicht über Musik sprach, sowieso schon so gut wie tot war. Ob Tobe etwas von der großen Musiksammlung wusste, die nur durch eine Tür vom Büro des Kühlhauses getrennt lagerte? Hätte er Lasse dann anders betrachtet?

»Danke für das Bier«, sagte Tobe und stellte das leere Glas auf den Tresen. »Vielleicht sieht man sich ja mal wieder.«

Als der Musiker aufstand und sich in Richtung des Notausgangs bewegte, blickte René ihm nach. Wo war sein Partner abgeblieben?

21.40 Uhr, *Bloomaul*, Nähe Flugplatz Mannheim City, Mannheim

Als die Band ihre letzte Nummer ansagte, verließ ich die Bar. Von meinen früheren Besuchen wusste ich noch, wo im *Bloomaul* die Garderoben lagen. Wobei Garderobe ein ziemlich hochtrabendes Wort war. Es handelte sich um einen kleinen Raum, in dem man seine Sachen abstellen konnte und der kaum je versperrt wurde. Er befand sich hinter der Bühne, im Flur, der auch als Notausgang diente. Während René Tobe ablenkte und die anderen Bandmitglieder an einem Tisch saßen und still an ihren Bieren nippten, schlich ich mich in den Flur. Ich hatte Glück: Die Tür war tatsächlich offen.

In dem kleinen Raum herrschte ziemliches Chaos. Boxen für das Bandequipment, Koffer und Taschen lagen über den Boden verstreut. Ich kramte in den Taschen, um herauszufinden, welche davon Tobe gehörte. Die Chance war nicht hoch, dass er etwas mit sich herumtrug, das uns im Fall Lasse Hoppsen weiterbringen konnte. Aber so nah wie heute Abend würden wir ihm nicht noch einmal kommen. Und Tobe Ohrn hatte aus meiner Sicht durchaus ein Motiv. Lasse hatte die Band vor vielen Jahren verlassen und mittlerweile arbeitete Tobe als sein Angestellter. Das musste den

Bandleader mit Neid erfüllen. Vielleicht machte er Lasse für das Versagen verantwortlich und wollte späte Rache?

Die dritte Tasche war ein Volltreffer. Ich fand darin eine Plastikpackung mit Gitarrensaiten. Mit so einer Saite konnte man einen Menschen bestimmt leicht erwürgen. Ob ich sie einstecken sollte? Könnte René sie in einem Labor auf Spuren untersuchen lassen? Hatte die Mannheimer Polizei überhaupt ein Labor? Ich hielt inne, als ich ein vergilbtes Papier vor mir sah. Es lag unter einem stinkenden Schweißtuch und einer Packung Kondome, die seit dem Mauerfall abgelaufen sein musste. Rockstarleben eben.

Ich zog das Papier heraus. Es war ein altes Foto, zerknittert, mit Spuren von Fett und Feuchtigkeit, aber ich konnte noch immer gut erkennen, was darauf zu sehen war. Es war ein um viele Jahre jüngerer Tobe, ich schätzte ihn auf Mitte zwanzig, der die Hand einer Frau hielt. Glücklich lächelten sie in die Kamera. Die Frau hatte rotes Haar, geschwungene Lippen und hervorstehende Wangenknochen. Sie kam mir bekannt vor. Doch woher?

Bevor ich die Antwort finden konnte, flog die Tür auf. Ich schrak hoch, steckte das Foto zurück in die Tasche und drehte mich um. Tobe Ohrn stand im Türrahmen. Er hatte sein Handy gezückt und hielt es in meine Richtung.

»Hey, was soll das?«, rief er. »Diebstahl!«

»Ich wollte nichts stehlen!«, sagte ich. »Ich habe mich verlaufen!«

»Verlaufen und dann beschlossen, in den Sachen fremder Leute zu wühlen!«, sagte Tobe wütend. Ich konnte nur hoffen, dass er nicht gesehen hatte, wie ich das Foto zurücksteckte.

»Ich bin ein großer Fan«, stammelte ich, »und wollte sehen, mit welchen Instrumenten die Band so spielt ...«

»Warte mal«, unterbrach mich Tobe. Seine Stimme schlug von Ärger in Verwirrung um. »Bist du nicht dieser Comedian?«

»Bülent Ceylan«, stellte ich mich vor.

Tobe musterte mich argwöhnisch, als wäre ich in eine Castingshow geplatzt und er sollte entscheiden, ob ich es in die nächste Runde schaffte oder nicht. Ich gab mir keine guten Chancen.

»Du singst doch auch, oder?«, fragte er.

»Ja«, antwortete ich und sah eine Möglichkeit, doch noch aus der Sache rauszukommen. Immerhin waren wir beide Musiker. Vielleicht würde ihn diese Gemeinsamkeit über mein unerlaubtes Betreten hinwegsehen lassen? »Ich habe vor Kurzem mein erstes Album herausgebracht ...«

»Ich mache dir einen Vorschlag«, sagte Tobe. »Am Freitag haben wir unseren nächsten Gig. Du spielst mit uns. Dafür zeige ich dich nicht wegen versuchten Diebstahls an und lade das Video von dir nicht ins Netz.«

Bei der Vorstellung wurde mir übel. Das Video konnte mir erheblich mehr schaden als die Anzeige. »Ich kann doch nicht einfach so mit euch auftreten«, sagte ich. »Mein Management bringt mich um!«

»Mal sehen«, sagte Tobe kalt und machte sich an seinem Handy zu schaffen. »Poste ich es zuerst auf Instagram oder auf Facebook?«

»Also gut!«, rief ich. »Ich spiele mit euch. Aber keiner darf davon erfahren. Ich komme inkognito.«

»Geht in Ordnung«, sagte Tobe. »Solange wir dort Fotos und Videos machen können. Das wird den Namen unserer Band mit einem Schlag stadtbekannt machen.«

Und meine musikalische Karriere, an der ich so lange und hart gearbeitet hatte, mit einem Auftritt aufs Spiel setzen. Aber ich wusste, dass Tobe das nicht interessierte.

»Eine Bedingung«, sagte ich.

Mürrisch blickte Tobe von seinem Handy hoch. »Und die wäre?«

Ich seufzte. »Wir spielen meine Songs.«

22 Uhr, Parkplatz vor dem *Bloomaul*, nahe Flugplatz Mannheim City, Mannheim

Als ich das Bloomaul verließ, lehnte René mit verschränkten Armen an meinem grünen Mustang und blickte ungeduldig in meine Richtung. »Wo bist du so lange gewesen?«, fragte er. »Hätte fast eine Vermisstenanzeige aufgegeben.«

In knappen Worten erzählte ich ihm, was passiert war.

Doch er schien weniger an meinem Leid interessiert zu sein als an dem Foto, das ich gefunden hatte. »Die Frau mit den roten Haaren ... wer könnte das nur sein?«, fragte er.

Diese Frage beschäftigte auch mich. Ich kannte sie, da war ich mir sicher. Doch woher? Es war noch nicht lange her ...

»Moment mal!«, entfuhr es mir, als ich ein vertrautes Auto erblickte. Ein schwarzer Mercedes stand etwa dreißig Schritte von uns entfernt unter einer Straßenlaterne. Ich hatte ihn schon heute Morgen in der Nähe des Ludwig-Frank-Gymnasiums gesehen. Ich hatte sogar direkt hinter ihm geparkt. War das ein Zufall? Entschlossen ging ich auf den Wagen zu.

»Was machst du da?«, rief mir René nach.

»Ich kenne das Auto!«

Ich war vielleicht noch zwanzig Schritte entfernt, da leuchteten die Scheinwerfer des Mercedes grell auf und blendeten mich. Schützend hob ich meinen Arm vor das Gesicht. Ich hörte, wie der Motor aufheulte, kurz darauf das Quietschen der Reifen.

»Bülent, pass auf!«, rief René.

Instinktiv sprang ich zur Seite. Nur Augenblicke später raste der Mercedes genau über die Stelle, auf der ich kurz zuvor noch gestanden hatte. Als ich mich aufgerappelt hatte, war das Auto bereits vom Parkplatz verschwunden. Von René keine Spur. War er todesmutig auf den Wagen gesprungen und hielt sich jetzt am Dach fest, während der Fahrer versuchte, ihn abzuschütteln?

Da sah ich zwei Beine, die unter einem Pick-up-Truck hervorlugten, der direkt neben meinem Mustang parkte. Dort war René also abgeblieben! Er war unter ein Auto geflüchtet.

»Du kannst rauskommen«, sagte ich. »Gefahr vorüber.«

René robbte rückwärts unter dem Auto hervor. Nun hatte er sich schon zum zweiten Mal beim ersten Anzeichen von Gefahr aus dem Staub gemacht. Langsam kamen mir Zweifel an meinem neuen Partner.

»Was sollte das?«, fragte René atemlos. Erst jetzt, während das Adrenalin langsam verebbte, bemerkte ich, dass ich zitterte. »Der muss dich doch gesehen haben ...«

»Der hat mich gesehen«, sagte ich. »Deswegen ist er losgefahren.«

»Du meinst, das war ein Anschlag auf dein Leben?«

Mein Schweigen war Antwort genug. Doch warum? Wer hatte hinter dem Steuer gesessen?

»Konntest du das Nummernschild erkennen?«, fragte ich meinen Partner.

René blickte verlegen zu Boden. »Konnte keinen guten Blick darauf werfen, die Scheinwerfer haben geblendet ...« Außerdem hat es wohl kaum geholfen, sich unter einem Auto zu verkriechen, dachte ich. »Zumindest hat er dir kein Haar gekrümmt«, meinte René. »Und sieh es positiv: Offenbar sind wir auf der richtigen Spur. Sonst hätte der Fahrer des Mercedes keinen Grund, in dir eine Bedrohung zu sehen.«

Da erst wurde mir bewusst, was René soeben gesagt hatte: kein Haar gekrümmt. Mir fiel ein, was ich meinem Partner schon die ganze Zeit hatte erzählen wollen.

»Ich habe heute etwas herausgefunden«, sagte ich. »Hasan ließ sich die Haare färben!« Ich berichtete von dem Färbemittel, das ich an Hasans Platz in *Hakans Haarem* gesehen hatte.

»Das stärkt unsere Vermutung, jemand könnte Hasan die Schuld für Lasse Hoppsens Mord zuschieben wollen«, sagte René. »Die schwarzen Haare an dem Opfer waren nicht gefärbt.«

Wenn Hasan nicht der Mörder war, wer war es dann? Anneliese und ihr Mann? Oder ... Dann traf mich die Erkenntnis wie der Blitz. Es war in der Wohnung über der Kühlhalle gewesen! Dort hatte ich die Frau auf Tobe Ohrns Foto schon einmal gesehen. Die Frau, die vor vielen Jahren so glücklich lächelnd Tobes Hand gehalten hatte, war keine andere als Lasse Hoppsens Ehefrau.

MITTWOCH

9 Uhr, Kühlhalle *Der frische Finne*, Industriegebiet Rheinau, Mannheim

Der Hund fletschte die Zähne, knurrte und blickte mich aus mordlüsternen Augen an. Wäre er nicht angeleint gewesen, er hätte sich bestimmt auf mich gestürzt. Als ich seinen Speichel auf den Boden tropfen sah, wurde mir klar, dass ich noch ein Stück angebissenes Bifi in meiner Hosentasche herumtrug. Meine Kleine hatte es mir heute Morgen als Stärkung für den Tag mitgegeben, und ich hatte vergessen, es zu entsorgen. Nun wollte es diese Bestie verschlingen, und meinen Oberschenkel gleich mit.

»Das ist aber ein süßer Chihuahua«, sagte René und beugte sich hinunter, um dem Monster den Kopf zu streicheln. Der Hund schnappte nach seiner Hand. Im letzten Moment konnte der Polizist seine Finger in Sicherheit bringen.

»Danke«, sagte die Frau, die in einem Bürosessel saß und mit überschlagenen Beinen und vor der Brust verschränkten Armen zu uns hinaufblickte. »Ihr Name ist Tootsie.«

Seit dem Tod von Lasse Hoppsen waren bereits mehr als drei Tage vergangen, aber noch hatte niemand das Büro der Kühlhalle aufgeräumt. Ich stand inmitten von umgeworfenen Aktenschränken und Papierfetzen, um herauszufinden, ob die Frau auf Tobe Ohrns Foto etwas mit dem Mord an ihrem Ehemann zu tun hatte: Viola Hoppsen, geborene Bratsch.

Bevor mich René heute Morgen abgeholt hatte, erzählte ich meiner Frau von den Ermittlungen. Ich konnte sie nicht länger im Dunkeln lassen, aber wollte sie auch nicht beunruhigen. Ich würde der Polizei zur Verfügung stehen, sollten sie meine Hilfe benötigen. Damit hatte ich nichts Falsches behauptet.

Lasses Ehefrau zählte laut den Polizeiakten nicht zum Kreis der Verdächtigen. Sie hatte ausgesagt, zur Tatzeit zu Hause gewesen zu sein. Ein mögliches Motiv konnte die Polizei nicht feststellen, wobei mir René erzählte, Inspektor Grieß hätte die trauernde Witwe nicht allzu hart anfassen wollen. Allerdings wusste der Inspektor auch nichts von dem Foto von Tobe Ohrn. Hatten die Ehefrau des Opfers und sein Mitarbeiter eine gemeinsame Vergangenheit, oder sogar eine Gegenwart gehabt? War der Mord an Lasse Hoppsen womöglich ein Verbrechen aus Leidenschaft? Das galt es herauszufinden.

Es roch nach zu viel Haarspray und Cognac, wobei ich bereit war, das dem Eau de Toilette der Dame zuzuschreiben. Oder den Umständen, immerhin trauerte diese Frau um ihren Mann. Besonders traurig sah sie jedoch nicht aus. Viola Hoppsen trug einen grauen Blazer und einen schwarzen Rock. In dem Businessoutfit wirkte sie überaus selbstsicher. Ihre langen roten Haare bildeten einen starken Kontrast zu ihren grünen Augen. Im Gegensatz zu ihrem bleichen Mann hatte sie sonnengebräunte Haut. Ihre Lippen hatte sie mit geschicktem Einsatz von Lippenstift spitzer gemacht, und diese spitzen Lippen lächelten uns nun entgegen.

»Was kann ich für Sie tun, die Herren Polizeibeamten?«

»Er ist nicht von der Polizei«, sagte René schnell und deutete auf mich.

Viola musterte mich aufmerksam. »Kenne ich Sie nicht von irgendwoher?«

»Ich bin so etwas wie ein externer Ermittler«, murmelte ich. Es schien mir nicht passend, mich in dieser Situation als Comedian vorzustellen.

»Wie Sherlock Holmes?«, fragte Viola interessiert.

Bevor ich das bestätigen konnte, fragte René: »Wie war denn Ihre Beziehung zu Ihrem Ehemann?«

Viola seufzte und strich sich eine Haarsträhne hinters Ohr. Dabei bemerkte ich, dass der Ringfinger ihrer rechten Hand nackt war. Die Haut war gleichmäßig gebräunt.

»Das habe ich doch der Polizei schon zu Protokoll gegeben«, sagte sie genervt. »Unsere Ehe war wie viele andere auch. Lasse war überaus ordentlich und penibel, aber auch sehr ängstlich und unsicher. Kein Romantiker, eher ein stilles Wasser. Wir lernten uns sehr früh kennen, da spielte er noch in einer Band.«

»*Die Fliegenden Finnen?*«, warf ich ein.

Viola nickte. »Ja. Damals dachte ich, es wäre aufregend, mit einem Musiker zusammen zu sein. Ich hatte keine Ahnung, dass er bloß sparte, um eine Kühlhalle zu kaufen.«

»Keine Probleme in der Ehe?«, fragte René.

»Nein«, sagte Viola. »Das Feuer war ausgebrannt, das gebe ich zu. Wir haben uns arrangiert.«

»Er war aber nicht der einzige Musiker, mit dem Sie zusammen waren, oder, Frau Hoppsen?«, fragte René. »Sie hatten auch eine Beziehung mit Tobe Ohrn.«

Viola blickte irritiert, als René sie vor diese Tatsache stellte, doch fing sich schnell wieder. »Das war eine kurze Sache. Man kann es kaum Beziehung nennen. Tobe und ich sahen uns einige Monate, bevor ich Lasse näher kennenlernte. So ist das, wenn man jung ist.«

Vielleicht lag es daran, dass ich schon so viele Jahre mit Didi, unserem Tourmanager, zusammenarbeitete und an den Anblick seines perfekt geordneten Schreibtisches gewöhnt war. Mir fiel jedenfalls der einzige kleine Punkt der Ordnung in diesem Raum ins Auge, während um ihn herum Chaos herrschte. Der sorgfältig geordnete Stapel Papiere auf dem Schreibtisch hinter Viola wirkte wie ein Ruhepol. Ich war mir sicher, dass er noch nicht dagewesen war, als René und ich das Büro zum ersten Mal durchsuchten. Hatte Viola die Papiere im Büro geordnet? Hatten sie eine Bedeutung?

Während René die nächste Frage stellte, holte ich langsam das Stück Wurst aus meiner Hosentasche. Viola hielt die Leine ihres Chihuahuas nur zwischen zwei Fingern. Sie würde keine Chance gegen dessen rohe Gier haben.

Ich ließ das Fleischstück zu Boden fallen. Was als Nächstes geschah, spielte sich vor mir beinahe in Zeitlupe ab: Die kleinen Augen der Hündin weiteten sich, ihre Nase blähte sich auf, die Leine spannte sich. Viola verzerrte das Gesicht, als es zwischen ihren Fingern hindurchglitt. Tootsies Hirn sendete mit aller Kraft einen einzigen Befehl: Renn und friss! Die Hündin schoss nach vorne, über die Papierblätter hinweg. Mit einer unbemerkten Bewegung meiner Fußspitze schob ich das Fleischstück unter einen Papierhaufen. Nun war das schon sicher geglaubte Mittagessen aus dem Blickfeld der Hündin verschwunden. Wild lief sie dem

Geruch nach, der noch in der Luft hing, grub sich unter die Papiere und zerfetzte sie mit ihren kleinen Zähnen.

»Tootsie, nein!«, schrie Viola. »Aus! Aus! Böse Tootsie!« Sie ließ sich auf die Knie fallen, um die Hündin von den Papieren wegzureißen. René beugte sich ebenfalls hinunter, doch er stellte sich dabei so unbeholfen an, dass er mit Viola zusammenstieß. Ich nutzte diese Ablenkung, um über die beiden Körper zu steigen, mein Handy aus der Tasche zu holen und die ersten Seiten des Papierstapels abzufotografieren. Daneben entdeckte ich einen Flyer, der mir bekannt vorkam. Er war gelb und trug die Aufschrift MFKA. So einen hatte ich auch im *Pelz-Palast* gesehen! Doch ich hatte keine Zeit, ihn genauer zu studieren. Mein Ablenkungsmanöver ging zu Ende.

»Au, verdammt!« Das war die Stimme von René, der hinter meinem Rücken wohl gerade gebissen worden war.

»Schlagen Sie meinen Hund nicht!«

»Schlagen? Er hat mich gebissen! Das Tier hat mit seiner Schnauze meine Hand geschlagen!«

»Tierquälerei!«

Ich drehte mich um und sah, wie Viola Tootsie in Händen hielt und das schnappende Maul der Hündin in Renés Richtung schwang. Die Hündin bleckte ihre spitzen Zähne. Unter großen Mühen gelang es meinem Partner, sich aufzurichten und zur Tür zu flüchten. »Sie hören von uns!«, rief er noch, bevor er aus dem Büro verschwand. Ich holte ihn erst auf den Treppen ein, die auf den Parkplatz vor der Halle führten.

»Was war denn das?«, fragte er, als er wieder zu Atem gekommen war. Er hielt sich die Hand, die leicht blutete. Ein Abdruck von Tootsies Babyzähnen war darauf zu erkennen. Verletzt in

Ausübung seiner Pflicht. Allerdings würde es dafür wohl kaum einen Orden geben.

»Hast du gesehen?«, fragte René. »Die Frau konnte es offenbar gar nicht erwarten, den Ehering abzunehmen. Der Körper ihres Mannes ist noch nicht mal kalt.«

»Der war schon länger ab«, sagte ich. »Sie hatte keinen hellen Hautstreifen auf dem Ringfinger. Im Gegenteil, die Haut hat die gleiche Farbe wie die anderen Finger. Wenn sie den Ring erst vor Kurzem abgestreift hätte, wäre die Stelle bleich.«

René blickte mich ungläubig an. »Nicht übel für einen Anfänger.«

»Für meine Pointen muss ich so einiges wissen«, sagte ich bescheiden. »Außerdem glaube ich, dass es um die Ehe von Lasse und Viola noch schlechter stand, als sie behauptet hat.«

»Warum?«, fragte René.

»Erinnerst du dich, als wir Lasses Zimmer in der Kühlhalle durchsucht haben?«, fragte ich. »Dass er dort Wäsche deponiert, falls er mal über Nacht arbeiten muss, das kann ja sein. Aber seine schmutzige Wäsche? Würde er die nicht nach Hause bringen, um sie dort zu waschen?«

»Es sei denn«, setzte René meinen Gedanken fort, »er schlief gar nicht mehr zu Hause.«

»Bingo«, sagte ich.

Der Polizist klopfte mir anerkennend auf die Schulter. »Wenn das stimmt, dann hat uns Viola angelogen. Wir müssen rausfinden, warum.«

11 Uhr, Haus der Familie Ceylan, Nähe Mannheim

Da mein Management über die Jahre zu meinen engsten Freunden geworden war, konnten wir Besprechungen auch bei mir zu Hause führen. Meine Frau saß mit unserem Kleinsten auf dem Boden des Wohnzimmers und ließ Autos von einer Seite auf die andere rollen, während Dirk, Caroline und ich am Esstisch Platz genommen hatten. Eigentlich wollten wir die letzten Details für den Beginn der großen Tour nächsten Montag besprechen. Aber nun gab es Wichtigeres.

»Jemand hat die Verbindung zwischen deiner Bühnenfigur und dem flüchtigen Mörder der Presse gesteckt«, sagte Caroline. »Ich bekam heute zwei Anrufe von Mannheimer Journalisten. Noch warten sie mit den News, falls sich das Ganze doch als Irrtum herausstellt. Aber die Lunte ist gelegt. Wenn sie jemand anzündet, können wir die Explosion nicht mehr verhindern.«

Ich kannte Caroline gut genug, um zu wissen, dass sie so drastische Worte nicht verwenden würde, wenn es nicht ernst war.

»Wir wissen noch immer nicht, wer diese Gerüchte streut«, sagte Dirk. »Aber wer auch immer es ist, die Person weiß viel über dich.«

»Ich habe Hinweise darauf, dass Hasan unschuldig ist«, sagte ich.

Die Reaktion meiner Gegenüber war nicht, wie ich sie mir vorgestellt hatte. Dirk lehnte sich zurück und verschränkte die Arme. Caroline fragte sanft: »Was denn für Hinweise, Bülent?«

»Ich habe ermittelt«, sagte ich stolz. »Mit einem Partner von der Polizei. Wir haben neue Informationen, die andeuten, dass die ganze Sache Hasan in die Schuhe geschoben worden ist.«
»Von wem?«, fragte Caroline.
»Warum?«, fragte Dirk.
»Das weiß ich noch nicht«, gab ich zu. »Aber wir werden es herausfinden.«
»Bülent«, sagte Dirk. »Denkst du nicht, du solltest die Ermittlungen lieber der Polizei überlassen? Die wissen schon, was sie tun.«
»Das wissen sie eben nicht!«, rief ich und dachte an Inspektor Grieß.
»Du bist kein Detektiv, Bülent«, sagte Caroline vorsichtig. »Das könnte deiner Karriere schaden. Du solltest dich nicht noch weiter in diesen Fall verstricken.«
Die Sanftheit in Carolines Stimme machte mich wütend. Mein Management schenkte meinen Behauptungen keinen Glauben. Vermutlich dachten sie, für mich wäre das irgendein Spiel oder ein Zeitvertreib. Ich gab zu, es klang auch alles verrückt. Aber nichts machte mich so wütend, wie nicht ernst genommen zu werden.
»Ich bin ziemlich müde«, sagte ich knapp. »Wir sollten das Gespräch ein andermal fortsetzen.«
Dirk und Caroline kannten mich lange genug, um zu wissen, wann ich eingeschnappt war. »Wir wollen nur, dass du keine Schwierigkeiten bekommst«, sagte Caroline. Doch ich blieb stumm.
»Ruf uns an, wenn du dich ausgeruht hast«, sagte Dirk diplomatisch. Die beiden standen auf und verabschiedeten sich.

»War das nicht etwas hart?«, meinte meine Frau, nachdem die Haustür ins Schloss gefallen war. Sie war aufgestanden und hatte sich neben mich gesetzt. Ihr Oberarm streifte meinen. Das Gefühl ihrer Haut ließ meine Emotionen augenblicklich umschwingen. Diesen Effekt hatte sie immer schon auf mich gehabt. Als würde jemand Luft aus einem Ballon lassen, entwich der ganze Ärger aus mir.

»Ich bin da an etwas dran«, sagte ich. »Du musst mir glauben.«

»Ich glaube dir«, sagte sie und blickte mir fest in die Augen. »Aber du darfst dich von dieser Sache nicht so vereinnahmen lassen. Du musst an deinen Beruf denken, an deine große Tour. Und an uns.«

Natürlich hatte sie recht. Ich legte meinen Kopf an ihre Schulter.

»Wie wäre es, wenn wir gemeinsam einkaufen gehen?«, fragte sie. »Vor ein paar Tagen lag eine Reklame für eine neue Fleischerei in unserem Briefkasten. Sah wirklich gut aus und die haben tolle Angebote. Ich war gestern schon dort und der Besitzer war sehr freundlich. Ich muss sowieso ein paar Sachen in der Stadt besorgen. Du könntest mitkommen, mir beim Tragen helfen, und heute Abend koche ich was Gutes. Das wird dich bestimmt ablenken. Was meinst du?« Als Antwort küsste ich sie auf die Wange.

12.30 Uhr, Fleischerei Roh, Oststadt, Mannheim

Auf meinen beiden Armen hingen bereits schwere Einkaufstüten, aber ich durfte mein Gesicht als Mann nicht verlieren, also nahm ich einen tiefen Atemzug und folgte meiner Frau ohne Proteste in die Fleischerei Roh, von der sie geschwärmt hatte. Der Laden lag in der Oststadt, nicht weit von Annelieses *Pelz-Palast* entfernt, und zog vermutlich die gleiche betuchte Kundschaft an, die keine Supermarktware in der Küche wollte. Tatsächlich war im kleinen Verkaufsraum alles auf Hochglanz poliert. Die Ausstattung war rustikal, alle Geräte in einem Retro-Stil, der nun wieder so modern war. Würste hingen von der Decke, in der Theke lagen, fein säuberlich sortiert, verschiedenste Fleischwaren. In Kühlschränken gab es zahlreiche Gewürze und Soßen. Als ich sie mir näher ansah, fiel mir auf, dass ich den Namen, der klein auf dem Kühlschrank eingraviert war, kannte: *Der Frische Finne.*

»Guten Tag!« Ein Koloss von einem Mann erschien hinter der Theke. Er trug eine Metzgerschürze, die sich über seinen Bauch spannte. Seine Hände waren so gewaltig, dass er meinen Kopf darin vermutlich wie in einem Schraubstock zusammenpressen konnte. Sein Gesicht war so rundlich wie sein Oberkörper, darauf wuchs außer einem kleinen Schnauzer und winzigen Augenbrauen kein einziges Haar. Die Wangen leuchteten rot, während die kleinen Äuglein darüber wie dunkle Kohlen funkelten. »Schön, Sie wiederzusehen«, sagte er zu meiner Frau. »Was kann ich für Sie tun?«

Während meine Frau alles einkaufte, was sie für die Lasagne Bolognese brauchte, die sie heute Abend zubereiten wollte, sah ich mich im Verkaufsraum um. Vielleicht entdeckte ich noch weitere Hinweise auf Lasse Hoppsen.

»Schatz?«

Ich drehte mich um. Meine Frau und der Metzger blickten mich an. Hatte sie schon länger mit mir gesprochen? Ich war so in Gedanken versunken gewesen, dass ich nichts gehört hatte.

»Ja?«, fragte ich.

»Herr Roh hat dich etwas gefragt.«

»Bitte, nennen Sie mich Kostas«, sagte der Metzger höflich. Dann wandte er sich mir zu: »Sie sind doch Bülent Ceylan, oder? Der berühmte Comedian?«

Wie jedes Mal fühlte ich mich zugleich geschmeichelt und seltsam nackt, wenn mich jemand erkannte. Ich ging zum Tresen und reichte dem Mann meine Hand, die in seiner Pranke verschwand.

»Freue mich, Sie kennenzulernen«, sagte ich.

»Oh nein, die Freude ist ganz meinerseits!« Der Metzger strahlte. »Es ist eine Ehre, Sie hierhaben zu dürfen. Wäre es zu viel verlangt, Sie um ein Autogramm zu bitten?«

»Kein Problem«, sagte ich und lächelte. »Haben Sie Stift und Papier?«

»Im Hinterzimmer«, meinte der Metzger. »Würden Sie mitkommen?«

Das war die Gelegenheit, ihn nach Lasse Hoppsen auszufragen. Ich warf meiner Frau einen Blick zu, sie lächelte. »Geh nur, ich warte hier mit den Einkäufen.« Ich stellte die Taschen am Boden ab und folgte dem Metzger nach hinten.

Im Hinterzimmer stand ein großer Tisch aus Metall, auf dem ein Schwein lag. Bei dem Anblick drehte sich mir der Magen um. Es roch nach Blut und kaltem Fleisch. Mir wurde kurz schwindlig, doch ich versuchte, mich auf meinen Fall zu konzentrieren. Während der Metzger zu einem kleineren Tisch ging, auf dem ein paar Büroartikel lagen, versuchte ich, eine beiläufige Stimme anzuschlagen: »Sie kannten Lasse Hoppsen? Ich habe den Kühlschrank draußen gesehen.«

Der Metzger drehte sich überrascht zu mir um. »Ja, schreckliche Sache, was mit Lasse passiert ist. Er war einer der Guten. Wir kennen uns schon lange. Früher hat er Kühlschränke verkauft, wissen Sie? Gute Ware, hielten ewig. Dann hat er die Kühlhalle aufgemacht.« Der Metzger seufzte, nahm ein großes Hackbeil von einem Brett an der Wand und trat an den Tisch, auf dem das tote Schwein lag. Das Autogramm hatte er offenbar vergessen. »Das Geschäft ist in den letzten Jahren immer schwieriger geworden«, sagte er gedankenverloren, während er das Beil mit einer kurzen Bewegung hochhob und schwungvoll niedersausen ließ. Als sich das Beil in das Fleisch des Schweins bohrte, erzeugte das Platzen der Haut ein dumpfes Geräusch. Übelkeit stieg in mir auf. »Große Ketten übernehmen alles. Fleischereien wie meine schließen, aber auch Kühlhäuser wie das von Lasse werden nicht mehr gebraucht. Die großen Lebensmittelhäuser haben ihre eigenen Kühlhallen. Hab gehört, Lasse hatte auch ein paar Angebote vorliegen, seine Halle zu verkaufen, aber er wollte nicht. Obwohl ihn Viola immer dazu drängte.«

»Viola war in das Geschäft involviert?«, fragte ich und bemühte mich, dass nichts anderes als Worte meinen Mund verließen.

Der Metzger schlug mit dem Beil erneut zu. Diesmal blieb es im Bauch des Tieres stecken. Er hobelte darin herum, um die Bauchdecke zu öffnen. Ich konnte kaum hinsehen.

»Ja, Viola ist Partnerin. Sie hat ihm geholfen, das Unternehmen aufzubauen. Ich denke mal, das Geschäft gehört jetzt ihr. Würde mich nicht wundern, wenn sie es bald verkauft.«

»Aha.« Mehr brachte ich nicht heraus. Mehr wollte ich nicht herausbringen.

»Lasses Tod kam so unerwartet. Am Tag davor habe ich noch mit ihm gesprochen ... Und dann das.« Der Metzger seufzte und zog das Beil aus dem Tier. Das schmatzende Geräusch fuhr mir durch Mark und Bein. Der Geruch der Innereien breitete sich im Raum aus. Mir wurde langsam schwarz vor Augen. »Würde mich nicht wundern, wenn einer dieser großen Konzerne für Lasses Tod verantwortlich ist«, fuhr der Metzger ungerührt fort. Und dann schlug er erneut zu, diesmal besonders heftig. Der Ton füllte meinen Kopf völlig aus, breitete sich in meinem Körper aus und verwandelte sich in ein gleichmäßiges, metallenes Klirren. Ich fühlte, wie etwas Nasses und Kaltes meine Wange berührte. Ich betastete sie und sah einen kleinen roten Fleck auf meinem Zeigefinger.

Ich musste eine Entscheidung treffen. Entweder ich würde mich übergeben oder das Bewusstsein verlieren. Noch ehe ich alle Optionen abwägen konnte, schlossen sich meine Augen. Keine Geräusche, keine Gerüche. Nichts als Schwärze.

13 Uhr, Fleischerei Roh, Oststadt, Mannheim

Ein glückliches Schwein. Es stand vor mir, die Schnauze tief in der Erde vergraben. Ich wusste, es ließ sich gerade Trüffel schmecken. Wir, das Schwein und ich, waren allein auf einem weiten Feld. Die Sonne beschien uns mit ihrer heimeligen Wärme. Das Schwein hob den Kopf, blickte mich an und grunzte zufrieden. Es war ein wunderschönes Geschöpf.

Dann wachte ich auf.

»Endlich!« Über mir erschien das besorgte Gesicht meiner Frau. Ich blickte mich um und bemerkte, dass ich nicht mehr in der Fleischerei Roh war, sondern zwischen zwei Bäumen auf einer Parkbank gegenüber der Fleischerei lag.

»Herr Roh hat dich sofort nach draußen gebracht, als du ohnmächtig geworden bist«, erklärte meine Frau, die meinen verwirrten Blick bemerkt haben musste. »Er hat dich wie einen nassen Sack über die Schulter geworfen und hierhergetragen.«

Beim Gedanken, dass mich dieser Metzger problemlos herumtragen konnte, erlitt meine Selbsteinschätzung als abgebrühter Ermittler leichte Dellen.

Meine Frau strich mir liebevoll über den Kopf. »Er sagte, das kommt häufiger vor. Dass jemand umkippt, der seine Arbeit nicht gewohnt ist. Er hat sich tausendmal entschuldigt. Er meinte, ihr habt über seinen kürzlich verstorbenen Freund gesprochen und dabei kam er ganz durcheinander.«

Ich rappelte mich auf und klopfte mir den Dreck von der Jeans. Dabei musste ich daran denken, was mir Kostas Roh erzählt hatte, kurz bevor ich ohnmächtig geworden war: Viola hatte die Kühlhalle verkaufen wollen und Lasse hatte sich geweigert. Ich glaubte zwar nicht, dass eine Verschwörung großer Lebensmittelkonzerne hinter Lasses Tod steckte, vielleicht aber spielte Gier durchaus eine Rolle.

»Sind unsere Einkäufe erledigt?«, fragte ich hoffnungsvoll.

Mit einem Lächeln hob meine Frau vier Einkaufstaschen in die Höhe. »Für das Hackfleisch hat uns der Metzger sogar einen Sonderpreis gemacht!«

15 Uhr, Polizeirevier Mannheim-Innenstadt, Quadrat H4

René blickte auf den Hals seiner Kollegin, der keine zwei Tische weiter wie ein Elfenbeinturm in die Höhe ragte und das ganze Büro zum Strahlen brachte. Umrahmt von ihren blonden Haaren prangte darauf ein Leberfleck, der die Form der Mannheimer Quadrate besaß. Mit Lisas unfreiwilliger Hilfe hatte René so in nur einer Woche die Straßenordnung der Mannheimer Innenstadt auswendig gelernt.

»Geh schon rüber.« Die brummende Stimme von Mark unterbrach Renés Schwärmereien. Ertappt blickte er zu seinem Kollegen hoch, der in seinen dichten Bart lächelte. »Lisa ist ein tolles Mädel. Du wärst nicht der Erste, der sich an ihr die Zähne ausbeißt. Aber wenn du es nicht probierst, wirst du nie wissen, was hätte sein können.«

Mark besaß nicht nur den Kräutergarten eines Schamanen, sondern manchmal auch dessen Weisheit. Doch René war nicht gerade der Mutigste. Die Aussicht, zu Lisa zu gehen und sie nach einem Date zu fragen, verwandelte ihn in einen schmelzenden Eisberg. Diese Horrorvorstellung stand René so klar vor Augen, dass er nicht sofort begriff, was sich da vor ihm materialisiert hatte. Lisa war zu Mark und ihm gekommen und setzte sich auf die Kante seines Tisches. Renés Finger krallten sich so tief in seine Hose, dass es schmerzte.

»Hey«, sagte sie. Falls sie sein Starren bemerkt hatte, ließ sie es sich nicht anmerken. »Ich habe mitbekommen, dass du an Grieß' offizieller Stellungnahme im Mordfall Lasse Hoppsen zweifelst.«

René schluckte. Zumindest konnten sie über die Arbeit sprechen. Etwas, auf das er sich konzentrieren konnte, um Lisa nicht wie ein Idiot anzustarren und kein Wort herauszubringen. »Ja«, stammelte er. »Wir haben neue Informationen über den Fall. Die ganze Sache ist weitaus ... komplizierter. Wir glauben, Hasan könnte Opfer eines Täuschungsmanövers sein.«

»Wir?«, fragte Lisa und zog eine Augenbraue hoch.

»Ein externer Berater«, sagte René und versuchte, nicht rot anzulaufen.

»Aha.« Lisa gab sich damit offenbar zufrieden. »Finde ich jedenfalls cool, dass jemand diesem Idioten mal die Meinung sagt. Grieß hat keine Ahnung. Falls ich helfen kann, gib Bescheid.«

Als Lisa vom Tisch glitt, um zu ihrem Platz zurückzukehren, kniff Mark seinem Kollegen heftig in die Schulter. Jetzt oder nie, sollte das wohl heißen. »Au!«, entfuhr es René.

Lisa drehte sich um. »Hast du was gesagt?«

»Wir könnten den Fall ja mal besprechen, wenn du Interesse hast ...«, begann René. »Bei einem Bier oder so ... abseits der Arbeit ...«

»Klar«, sagte Lisa und setzte in ihrem Dialekt etwas hinzu, das für René klang wie: »Und ich könnte dir mein' jungen Busch zeigen.«

»Ähm ...« René musste husten, ehe er weitersprechen konnte, »ich bin sicher, dein junger Busch ist wundervoll, aber wollen wir es nicht langsam angehen ...«

»Jungbusch ist das angesagte Viertel in Mannheim«, flüsterte Mark ihm zu. »Lisa wohnt dort.«

»Oh. Natürlich. Das wusste ich ...« Der Polizeibeamte wäre vor Scham am liebsten im Boden versunken. Zum Glück rettete ihn das Klingeln seines Handys. »Da muss ich rangehen!« Er nahm das Handy, das auf dem Tisch lag, sprang auf und stürmte in den Flur. Es war der externe Berater, wie er Bülent gegenüber Lisa genannt hatte. »Was gibt es?«, meldete sich René.

Mit wenigen Sätzen berichtete Bülent von dem, was er bei Kostas Roh erfahren hatte.

»Hast du Beweise, dass Viola daran interessiert war, das Kühlhaus zu verkaufen?«, fragte René.

»Erinnerst du dich an die Unterlagen, die ich im Büro fotografiert habe?«

»Nur zu gut«, sagte René und blickte auf seine mittlerweile verbundene Hand, auf der sich Tootsie verewigt hatte.

»Ich schicke dir die Fotos gleich rüber.«

Nachdem René aufgelegt hatte, lehnte er sich gegen die Wand und atmete hörbar aus. Hatte er all seine Chancen bei Lisa verspielt? War es zu Ende, noch ehe es begonnen hatte? Dabei hätte er sie fast so weit gehabt, mit ihm auf ein Bier zu gehen! Welche verdammte Stadt nennt ihr Jugendviertel auch Jungbusch?

Der Signalton seines Handys riss ihn aus dem Selbstmitleid. Bülent hatte ihm mehrere Aufnahmen gesendet. René überflog die Fotos. Viele Informationen konnte er daraus nicht gewinnen, aber die erste Seite war genug: *Kaufvertrag* stand gut lesbar darauf. Das Objekt, um das es ging, war die Kühlhalle *Der Frische Finne*. Offenbar konnte es die Witwe nicht erwarten, das Kühlhaus zu verkaufen. Das Einverständnis ihres verstorbenen Mannes benötigte sie nun nicht mehr.

René wusste, dass sie etwas auf der Spur waren. Anders als Inspektor Grieß noch immer behauptete, handelte es sich bei dem Verbrechen an Lasse Hoppsen nicht um einen spontanen

Raubmord. Es gab mehrere Menschen, die ein gutes Motiv hatten, den Finnen an den Haken zu bringen. Seine Frau Viola: Um ihre Ehe stand es offenbar nicht besonders gut. Sie wollte das Kühlhaus verkaufen. Das Einzige, das dabei im Weg stand, war ihr Ehemann. Dann wären da noch Anneliese und Dieter, die Pelzhändler. Der gehörnte Ehemann und die Femme fatale. Es wurde höchste Zeit, tiefer in die Vergangenheit von Lasse Hoppsen einzutauchen. Inspektor Grieß hatte das bisher nicht für nötig gehalten. René musste eine Möglichkeit finden, wie er feststellen konnte, ob es bereits in der Vergangenheit Anzeichen für eine Feindschaft zwischen einem der Verdächtigen und dem Opfer gegeben hatte, ohne dass sein Vorgesetzter etwas davon mitbekam.

Er kehrte in das Büro zurück, nahm all seinen Mut zusammen und ging direkt zu Lisas Platz. »Wenn du helfen willst, den wahren Mörder im Fall Lasse Hoppsen zu finden«, sagte er, »dann brauche ich alle Anzeigen der letzten Jahre, die mit ihm zu tun haben. Von ihm aufgegeben oder gegen ihn eingebracht. Und Grieß darf davon nichts mitbekommen.«

Lisa nickte. »Gib mir zwei Stunden«, sagte sie. »Dann hast du alle Infos, die du brauchst.«

19 Uhr, *Café Florian*, Weinheim

Andrés hatte uns extra einen Tisch im hinteren Teil des Restaurants freigemacht, wo wir uns ungestört unterhalten konnten. Nach dem abrupten Ende unserer Besprechung heute Mittag hatte mich Dirk um ein weiteres Treffen gebeten. Diesmal bestellten wir kein Essen. Selbst Andrés, der sonst eine alles überstrahlende Frohnatur war, bemerkte die abgekühlte Stimmung. Er brachte bloß Wasser mit Zitrone.

Dirk und ich blickten uns an. Schließlich seufzte mein Manager. »Wir machen uns Sorgen, Bülent«, sagte er. »Du weißt, wie viel Arbeit jeder von uns in diese Tour gesteckt hat. Es hängt einiges vom Erfolg der Show ab. Du kannst dir vorstellen, dass Caroline und ich alarmiert sind, wenn du plötzlich behauptest, deine Figuren hätten sich selbstständig gemacht und zu morden begonnen.«

»Ich kann es doch auch nicht erklären«, gestand ich verzagt.

»Aber macht es nicht irgendwie Sinn?« Dirk betrachtet mich zweifelnd. »Hör zu.« Seit ein paar Tagen schon stellte ich eine Überlegung nach der anderen an, verwarf sie wieder, fing von vorne an. Diese schien mir bisher die Überzeugendste. »Es sind gar nicht *meine* Figuren. Sie gehören mir nicht. Du weißt, dass sie manchmal von selbst handeln, dass sie mich Sachen sagen lassen, die ich gar nicht geplant hatte. Auf die ich selbst nie gekommen wäre. Diese Figuren werden von meinen Fans so geliebt, weil sie lebensnah sind. Jeder im Publikum kennt eine Anneliese, einen Mompfred, einen Hasan. Es ist also gar nicht so abwegig, dass sie wirklich existieren!«

Mein Manager seufzte erneut. »Wir können darüber so viel philosophieren, wie wir möchten. Fakt ist, dass ein Mensch tot ist. Und der Verdächtige mit dir in Verbindung gebracht wird. Wenn das rauskommt, wird die Presse nur noch darüber schreiben. Und nicht über deine neue Tour.«

»Bisher hat die Presse stillgehalten«, sagte ich.

Schweigend griff Dirk in seine Jackentasche und zog einen Brief heraus. Er reichte ihn mir. Die Schrift auf dem Umschlag kam mir bekannt vor. »Das kann sich jeden Tag ändern«, sagte er leise. »Jemand will deinen Ruf zerstören, Bülent. Das ist heute bei mir angekommen. Weder Absender noch Briefmarke.«

Es war die gleiche Schrift wie auf dem Umschlag, der den rosa Kamm enthalten hatte. Warum war er nicht bei mir zu Hause abgegeben worden? Wollte der Unbekannte kein Risiko eingehen und hatte daher die Adresse gewechselt? Er musste wissen, dass alle meine Fanpost über Dirk zu mir gelangte. »Hast du ihn aufgemacht?«, fragte ich. Dirk nickte.

Ich öffnete das Kuvert und zog ein Foto heraus. Darauf erkannte ich mich wieder, als Hasan. War das bei meiner letzten Show aufgenommen worden? Nein, als ich es genauer betrachtete, bemerkte ich, dass es sich um ein altes Foto handelte. Ein sehr altes. Ich hielt darauf einen rosa Kamm in der Hand, wie jenen, der am Tatort gefunden worden war. Ich konnte nicht erkennen, wo oder wann das Foto aufgenommen worden war. Es musste zwanzig Jahre oder älter sein. Die Aufnahme war eine Halbtotale von mir, der Hintergrund war verschwommen und kaum zu erkennen. Bloß rechts oben sah ich etwas leuchten. War das ein Schild? Ich versuchte, es zu entziffern, aber vergeblich. Was hatte das zu bedeuten?

»Jetzt wäre der Zeitpunkt gekommen, an dem ich dir raten würde, zur Polizei zu gehen.« Dirk seufzte. »Aber was sollen wir denen erzählen? Dass sich deine Figuren selbstständig gemacht und gegen dich verschworen haben? Die werden uns für verrückt halten.«

Ich betrachtete weiterhin das Foto. Das war ich, vor so vielen Jahren. Ich konnte mich kaum daran erinnern. Manchmal, wenn ich an diese Jahre zurückdachte, wirkten sie fast wie ein

Traum. Als hätte gar nicht ich sie erlebt, sondern eine meiner vielen Figuren. So unwirklich wirkten sie, wie die Tatsache, dass Hasan sich versteckte, weil er zu Unrecht des Mordes verdächtigt wurde. Ab einem gewissen Zeitpunkt fühlten sich Erinnerungen an wie Geschichten, die wir erzählten, um uns die Welt zu erklären.

»Wir brauchen keine Polizei«, sagte ich schließlich, legte das Foto auf den Tisch und blickte Dirk an. »Ich werde den Fall aufklären. Gib mir bis zum Wochenende Zeit. Ich weiß, dass ich das schaffen kann.«

Meine Stimme war voller Überzeugung. Dirk kannte mich lange genug, um zu wissen, wie stur ich sein konnte. Und dass ich für gewöhnlich hielt, was ich versprach. »Also gut«, sagte er schließlich. »Aber pass auf dich auf.«

Wie aus dem Nichts tauchte Andrés auf und stellte zwei Gläser Schnaps vor uns hin. Er lächelte uns zu. »Esch gehört zu einem guten Gaschtgeber dazu, dasch er weisch, wann ma was trinken musch.«

Dirk und ich prosteten uns zu.

Ich verabschiedete mich von Dirk und Andrés und trat auf den mittelalterlichen Marktplatz von Weinheim hinaus. Im Sommer war der Platz bis in die Morgenstunden voll mit Menschen, doch nun umfing mich die Stille des hereinbrechenden Abends. Das Klingeln meines Handys ließ mich zusammenzucken. Es war René.

»Du wirst nicht glauben, gegen wen Lasse vor zwei Wochen eine Beschwerde eingebracht hat«, rief er so laut ins Telefon, dass ich es einige Zentimeter von meinem Ohr weghalten musste.

»Was?«

»Jemand hat Lasse zwei Wochen vor seinem Tod offenbar bedroht«, erzählte René aufgeregt. »Und Lasse wollte Anzeige erstatten. Ist aber nichts daraus geworden.«

»Gegen wen?«, fragte ich.

Als mir René den Namen nannte, wollte ich es tatsächlich nicht glauben.

»Was machen wir jetzt?«, fragte er, als ich nicht antwortete.

»Mir wird was einfallen«, sagte ich. »Immerhin weiß ich, wo diese Person morgen früh sein wird.«

DONNERSTAG

9 Uhr, Lindenhof, Mannheim

Ich verglich die Adresse auf dem eleganten Türschild mit den Notizen in Dieters pelzgebundenem Kalender. Nachdem ich es im *Pelz-Palast* als wichtiges Beweisstück sichergestellt hatte, hatte ich es jede Nacht vor dem Schlafengehen studiert. Doch ich fand nichts Wichtiges darin. Keine Eintragung für letzten Sonntag, die dreimal unterstrichen sagte: Mord an Lasse Hoppsen.

Doch zumindest kannte ich so Dieters Termine für diese Woche. Und heute um acht Uhr hatte er einen Arzttermin bei Dr. Leid. Ich hoffte, der Name des Arztes war nicht Programm. Was konnte einem Mann wie Dieter fehlen? Als er mich auf die Werkbank gespannt hatte, war er mir sehr gesund vorgekommen. Vielleicht eine klassische Gesundenuntersuchung? Sollte ich auch mal wieder machen.

Die Praxis des Arztes lag im Lindenhof, einem ruhigen Mannheimer Stadtviertel mit begrünten Straßen, netten kleinen Geschäften und Zugang zum Rhein. Meine Mutter, Hilde, wohnte nicht weit von hier. Ich hatte René erzählt, dass sie so etwas wie meine persönliche Archivarin war, die sich alle Zeitungsartikel und Berichte aufhob, die es über mich gab. Sollte dieser Fall also etwas mit mir zu tun haben und würden wir in die Vergangenheit eintauchen müssen, dann könnten wir in ihren Kisten vielleicht etwas finden.

Die Räumlichkeiten des Arztes lagen in einer alten restaurierten Stadtvilla mit kleinen Türmchen, Erkern und geschwungenen Torbögen. Sie war zur Gänze aus dem roten Backstein errichtet worden, der sich in Mannheims Innenstadt häufig fand. Irgendwo hatte ich gelesen, dass die Mittelschicht einen Teil ihrer Häuser früher aus dem repräsentativen Backstein bauen ließ, die andere Hälfte aus dem billigeren Sandstein. Baute jemand sein Haus gänzlich aus roten Backsteinen, hatte er ordentlich Kohle. Backstein war sozusagen der Maybach des 19. Jahrhunderts.

Mit einem Surren sprang das bronzene Eingangstor auf. Ich wusste nicht genau, wie ich vorgehen sollte. Mein Plan bestand darin, Annelieses Ehemann im Warteraum der Praxis zu überraschen und mit meinen neuesten Informationen zu konfrontieren. Denn niemand anders als Dieter hatte Lasse Hoppsen vor zwei Wochen bedroht, woraufhin das spätere Mordopfer zur Polizei gegangen war. Offenbar hatte er letztlich beschlossen, von einer Anzeige Abstand zu nehmen. Hatte Anneliese etwas damit zu tun? Hatte sie Lasse überredet, ihren Mann in Ruhe zu lassen? Und warum sollte Dieter Lasse überhaupt bedrohen? Wusste er von der Affäre seiner Frau oder ahnte er etwas?

René konnte mich nicht begleiten. Er hätte vorher die Erlaubnis seines Chefs einholen müssen, und wenn Inspektor Grieß erstmal mitbekam, an was wir dran waren, würde er uns entweder wegen Behinderung der Ermittlungen festnehmen lassen oder alle unsere Erkenntnisse für sich beanspruchen. Vermutlich beides. Also war ich auf mich allein gestellt.

Prunkvoller Stuck verzierte das kühle Stiegenhaus. Ich stieg die Steintreppen empor und hielt mich dabei an dem ziselierten Metallgeländer fest. Als ich im zweiten Stock ankam, bemerkte ich, dass es hier wohl mehrere Ärzte geben musste, denn das erste Schild, das ich sah, wies auf eine Psychiatrische Praxis mit Schwerpunkt Paartherapie hin. Ich lief den Gang ab, doch ich konnte sonst keine andere Arztpraxis finden. Da dämmerte es mir. Ich ging zurück und betrachtete das Schild noch einmal: Dr. Sieglinde Leid, Fachärztin für Psychiatrie und Psychotherapeutin Schwerpunkt Paartherapie.

Oh scheiße! Das also war Dieters wichtiger Arzttermin! Ich wusste immerhin so viel über Paartherapie: Er würde hier nicht allein auftauchen. Ich wollte schon einen Rückzieher machen, als die Tür aufging. Eine blonde, kleine Frau mit einer spitzen Brille, die ihre Augen um das Dreifache vergrößerten, blickte zu mir hoch. Wie meistens, wenn ich mich in der Öffentlichkeit bewegte, trug ich eine Kappe und hatte meine Haare darunter verborgen. Obwohl ich bezweifelte, dass diese Frau in ihrer Freizeit Comedy kuckte. »Bitte?«, fragte sie.

»Könnte ich Sie vielleicht für einen Moment sprechen, Doktor Leid?« Von hier an begann die Improvisation. Ein paar meiner besten Witze waren so entstanden. Ich musste hoffen, dass das hier keiner davon wurde.

»Ich erwarte gleich meine nächsten Klienten«, sagte sie mit einem Blick auf die Uhr an ihrem Handgelenk. »Könnten Sie vielleicht ...«

»Dauert wirklich nur eine Minute«, sagte ich und schob mich an ihr vorbei in den Vorraum der Praxis. Er war stilvoll eingerichtet: Designerstühle aus Leder und Chrom, ein runder

Glastisch, ein paar abstrakte Gemälde in hellen Farben und ein Empfangstisch, der mit seiner ovalen Form an ein Raumschiff erinnerte. Außer ihr konnte ich niemanden sehen.

»Ich bin gerade auf der Suche nach einer Empfangsdame«, sagte sie, als sie meinen Blick bemerkte. »Was kann ich für Sie tun, Herr ...?«

»Meine Frau und ich ...« Schluchzend hielt ich mich an ihrem blauen, doppelreihigen Blazer fest. »Ich glaube, wir sind am Ende, Frau Doktor ... Ich weiß einfach nicht weiter ...« Mit lautem Gedröhne wischte ich mein Gesicht an ihrem Revers ab.

»Schon gut, schon gut«, sagte sie und klopfte mir auf den Rücken. »Wenn es ein solcher Ernstfall ist, füllen wir am besten das Anmeldeformular aus. Dann können wir uns einen Termin ausmachen. Sie werden sehen, selbst wenn es aussichtslos erscheint, muss es das nicht sein.«

Ich blickte auf und versuchte, so viel Hoffnung wie nur möglich in meinen tränenverschleierten Blick zu legen.

Dr. Leid lächelte mich aufmunternd an. »Setzen Sie sich«, sagte sie, führte mich zu einem der Stühle und hielt mir eine Packung Kleenex hin. »Ich suche nur schnell das Formular.« Sie ging zum Empfangstisch und kramte dahinter herum. »Das kann doch nicht wahr sein«, sagte sie zu sich selbst, »wo ist das Ding nur ... einen Moment, bitte.« Sie öffnete eine Tür neben dem Empfangstisch, auf der »Personal« stand. Dahinter sah ich einen Abstellraum mit Kästen, in denen zahlreiche Papiere und anderes Büromaterial lagerten. Und ich sah den Schlüssel innen im Schloss stecken.

Dr. Leid ging hinein und ließ die Tür weit offen. Sie vergrub ihren zierlichen Oberkörper zwischen zwei Papierstapeln, die am

Boden standen. Es wirkte, als würde sie zwischen den Papieren verschwinden, eingesaugt wie Alice im Wunderland.

Was ich als Nächstes tat, war der Improvisation geschuldet. Wer improvisiert, denkt niemals an die Konsequenzen. Dafür bleibt einfach keine Zeit. Es ist schon Erfolg genug, wenn man von einem Satz zum nächsten findet.

Leise schlich ich zum Empfangstisch. Während Dr. Leid noch immer mit den Papieren kämpfte, zog ich den Schlüssel aus der Innenseite des Schlosses. Dann schloss ich langsam die Tür. Mit einer schnellen Bewegung sperrte ich von außen ab und ließ den Schlüssel stecken.

»Hallo!«, rief Dr. Leid. »Was ist denn los? Ich sehe nichts!« Offenbar fand sie den Lichtschalter, denn kurz darauf ruckelte es an der Tür. »Entschuldigen Sie, ich glaube, die Tür sperrt! Könnten Sie es von der anderen Seite versuchen? Wo ist denn nur der Schlüssel?«

In diesem Moment ertönte die Klingel. Das mussten Dieter und Anneliese sein! Ich lief hinter den Empfangstisch, wo ich einen Knopf fand, mit dem man die Außentür öffnen konnte. Ich betätigte ihn, dann öffnete ich die Tür zur Praxis und ließ sie angelehnt.

»Hallo? Ist da jemand?«, kam es gedämpft aus der Abstellkammer.

»Bleiben Sie ruhig«, flüsterte ich durch die Tür. »Ich hole gleich Hilfe.« Tatsächlich verstummte das Gepolter. Da *gleich* jedoch ein dehnbarer Begriff war, ging ich zunächst in den Therapieraum. Dort stand ein Eichenholzschreibtisch, auf dem ich Block, Stifte, Diktiergerät und ein Handy entdeckte. Das bedeutete, Dr. Leid konnte niemanden anrufen. Das verschaffte mir etwas Zeit.

Ich blickte mich im Raum um. Ein Ledersofa, flankiert von zwei Ledersesseln, und ein Glastisch standen auf einem Perserteppich. Ich konnte hören, wie die Tür zur Praxis aufging. Anneliese und Dieter würden jeden Moment hier sein!

Da sah ich meine Rettung: eine kleine Sprechanlage. Offenbar konnte man damit Patienten aus dem Sprechzimmer hereinrufen. Ich sprang zum Tisch und drückte die Taste. Gerade, als sich die Tür zum Therapiezimmer öffnete, ertönte meine Stimme aus dem Lautsprecher im Vorzimmer.

»Aufpassen!« Die Tür blieb stehen, die Hand zuckte zurück. Zum Glück bestand mein Talent seit jeher darin, Stimmen nachzuahmen. Ich konnte die Stimme von Dr. Leid zwar nicht exakt imitieren, aber zumindest eine Version hinbekommen, die als Dr. Leid mit Asthma und einem Anflug von Stimmbruch durchgehen konnte. Also krächzte ich: »Wir werden heute eine besondere Übung der Paartherapie ausprobieren. Dafür bitte ich Sie, vor dem Eintreten Ihre Augen zu verbinden. Sie dürfen absolut nichts sehen! Dann sollen Sie sich gegenseitig helfen. Verstanden? Und nicht schummeln! Das ist wie Betrug in der Ehe!«

Danach hörte ich eine Weile nichts. Waren die beiden wieder gegangen? Hatten sie die Polizei gerufen? Doch nein, die Tür öffnete sich langsam. Vorsichtig, mit vorgestreckten Armen, tastete sich Dieter voran, während sich Anneliese hinter ihm am Saum seines Sakkos festhielt. Dieter hatte sich seine Krawatte um den Kopf gebunden, Anneliese ihren Pelzschal.

»Ist das so richtig, Dr. Leid?«, fragte Dieter.

»Sie klingen so seltsam«, fügte Anneliese hinzu. »Alles in Ordnung?«

»Keine Sorge«, gab ich in meiner besten Dr.-Leid-Stimme zurück. »Nur Folgen einer Halsentzündung. Nichts Ernstes.« Ich setzte mich hinter den Tisch und blickte die beiden an, die durch den Raum wankten und offenbar das Sofa suchten. »Die Stunde heute soll das Vertrauen zwischen Ihnen stärken«, sagte ich. »Sie müssen sich gegenseitig helfen, um nicht zu stürzen. Das gilt für diesen Raum genauso wie für Ihre Ehe.«

»Ich brauche keine Hilfe«, sagte Dieter. Er tastete einen kleinen Holztisch ab, der neben dem Sessel stand. Offenbar verwechselte er die beiden aber, denn er machte sich bereit, darauf Platz zu nehmen. Was er nicht ertastet hatte und wovor ich ihn nicht rechtzeitig warnen konnte, war die kleine Statue eines afrikanischen Kriegers mit einem Speer in der Hand, der senkrecht nach oben zeigte.

»Ah!«, schrie Dieter und sprang auf, kaum hatte er sich darauf niedergelassen.

»Geschieht dir recht, wenn du alles immer allein machen willst!«, schimpfte Anneliese. »Und wenn du glaubst, dass du keine Hilfe brauchst!« Sie selbst saß inzwischen auf einem kleinen Pouf. Als sie sich zurücklehnte, bemerkte sie ihren Irrtum und krachte auf den Boden.

»Anneliese!«, rief Dieter. »Ist dir etwas passiert?«

»Als ob dich das etwas kümmern würde!«, gab sie zurück, während sie sich aufrappelte. Die beiden taten mir leid, aber es war zu spät, um jetzt noch einzuschreiten.

Plötzlich war ein lautes Klopfen zu vernehmen. Anneliese und Dieter hielten inne. Nun, wo sie nichts mehr sehen konnten, funktionierte ihr Gehör umso besser.

»Schreit da jemand um Hilfe?«, fragte Anneliese.

Jetzt hörte auch ich es. »Lassen Sie mich raus!«, war gedämpft zu vernehmen. Das musste Dr. Leid sein.

»Das ist unsere Klaustrophobie-Konfrontationstherapie im dritten Stock«, sagte ich. »Keine Sorge, das ist nur zum Wohl der Patienten. Sich den Ängsten zu stellen, kann sehr befreiend wirken. Wie ist das mit Ihnen?«, fügte ich hinzu, um die beiden abzulenken. »Haben Sie Angst, Anneliese zu verlieren, Dieter?«

Bevor er antworten konnte, warf Anneliese ein: »Zumindest hätte er das noch nie gezeigt.«

»Das stimmt doch gar nicht!«, brauste Dieter auf. »Ich tue alles für dich!«

»Alles?«, fragte ich. »Könnten Sie sich vorstellen, für Ihre Frau einen Mord zu begehen?«

»Ich will keinen Mord!«, rief Anneliese dazwischen. »Ich will, dass du mich ernst nimmst!«

»Nehmen wir mal an, vor Ihnen stünde ein finnischer Kühlhausbesitzer«, sagte ich laut zu Dieter. »Und er hätte eine Affäre mit Ihrer Frau. Wie würden Sie ihm begegnen?«

»Ich würde diesen Mistkerl verprügeln!«, rief Dieter und machte einen Schritt nach vorn, wobei ihm der Teppich in die Quere kam. Er stolperte und krachte gegen den Glastisch, der aller Wahrscheinlichkeit zum Trotz standhielt. Der breite Mann ging geschlagen in die Knie. Als er auf dem Boden saß, wirkte er plötzlich verloren.

»Ich will nicht, dass du irgendjemanden verhaust«, sagte Anneliese. »Das brauche ich nicht. Ich will einfach akzeptiert werden.«

»Ach, hör doch auf«, sagte Dieter. Seine Stimme war brüchig geworden. »Du hast mich doch nur wegen meinem Geld geheiratet. Und wegen meinem Pelz.«

»Ich habe dich geheiratet, weil du ein erfolgreicher Geschäftsmann warst«, schniefte Anneliese. »Weil ich dachte, gemeinsam könnten wir unsere Ideen verwirklichen. Aber davon wolltest du nie etwas hören. Meine Idee, eine Pelzdessous-Kollektion einzuführen, hast du immer bloß belächelt!«

»Hast du mich deswegen betrogen?« Zwei nasse Flecken bildeten sich auf Dieters Krawatte, dort, wo die Augen waren.

»Du weißt davon?« Anneliese schlug die Hände vor den Mund. Ich nahm an, hinter ihrem Pelz hatte sie die Augen aufgerissen.

»Ich weiß es schon eine ganze Weile«, sagte Dieter leise. »Ich habe diesem Kerl sogar vor zwei Wochen aufgelauert, als er aus seinem Kühlhaus kam. Habe ihm gedroht. Aber auf der Heimfahrt erkannte ich, dass es nicht deine Schuld ist.« Dieter atmete aus. »Es ist meine. Du hast recht, Anneliese. Ich habe dich nicht respektiert. Ich war ein schlechter Ehemann.« Er ließ den Kopf hängen.

»Ach, Dieter«, sagte Anneliese und tastete sich vor, um zu ihm zu gelangen. Sie stolperte an ihm vorbei und erwischte eine große, wellenförmige Stehlampe, die sie offenbar für ihren Mann hielt. Sie warf ihre Arme um die Lampe und ließ sich daran zu Boden gleiten. »Es tut mir so leid.«

»Als du diesen Samstag behauptet hast, zu einem MFKA-Treffen zu gehen, wusste ich, dass das nicht stimmt. Ich saß in unserem Wohnzimmer und war am Boden zerstört. Ich habe mir geschworen, dich von nun an zu unterstützen. Doch als du wieder nach Hause kamst und vor mir standest, hatte ich nicht genügend Mut, dir alles zu sagen. Jetzt, wo ich dich nicht vor mir sehe und mein eigenes Versagen vor Augen geführt bekomme, fällt es mir viel leichter.« Dieter rappelte sich auf. »Anneliese, lass uns gemeinsam deine Pelzdessous realisieren. Was sagst du? Gibst du uns noch eine Chance?«

»Dieter«, schluchzte Anneliese erneut und umarmte die Lampe nur noch fester. »Natürlich gebe ich uns noch eine Chance! Heißt das, dass wir auch wieder miteinander schlafen werden?«

»So viel du willst, mein Liebling«, sagte Dieter. »Wir können gleich damit anfangen! Lass uns das Geschäft heute schließen und die Pelze über dem Boden ausbreiten, wie früher!«

Das war mein Stichwort. Ich wollte schon zur Tür hinaus, als Dieter mich zurückrief: »Dr. Leid!« Ich erstarrte im Türrahmen. »Wie können wir Ihnen nur je danken? Wir sind nun schon seit mehr als einem Jahr bei Ihnen, und in nur einer Sitzung haben Sie unser ganzes Leben verändert! Sie haben unsere Beziehung gerettet, unsere Liebe!« Überschwänglich steuerte der noch immer blinde Dieter auf den Tisch zu. Daneben stand ein Kleiderständer, auf dem ein Mantel hing, der offenbar Dr. Leid gehörte. Dieter drückte den Kleiderständer kräftig. »Sie sind so dünn, Doktor, aber wie viel Großartigkeit verbirgt sich in diesem schmächtigen Körper!«

Bevor Dieter bemerken konnte, dass Dr. Leid gar etwas zu dünn war und sich die Augenbinde vom Kopf riss, sollte ich schleunigst von hier verschwinden. Auf dem Weg nach draußen drehte ich den Schlüssel in der Tür der Abstellkammer um, sodass Dr. Leid sich selbst befreien konnte. Ich rief ein leises »Tut mir leid!« zurück, als ich aus der Praxis lief, eilte die Stiegen nach unten und rannte den ganzen Weg zu meinem Mustang, den ich drei Straßen weiter geparkt hatte. Schwer atmend verschanzte ich mich hinter dem Lenkrad und startete den Motor. Doch ich legte noch keinen Gang ein. Ich wollte mich erst einmal beruhigen und wieder zu Atem kommen.

Ich dachte über das nach, was ich soeben erfahren hatte. Abgesehen von fragwürdigen Praktiken des Liebesspiels hatte mir Dieter verraten, dass Anneliese samstags nicht zu Hause gewesen war. Hatte sie sich am Abend vor Lasses Tod mit ihm getroffen? Das erklärte den Pelz, den ich in seiner Wohnung gefunden hatte. Aber half mir das weiter? Immerhin war Lasse am Sonntag ermordet worden.

Mit jeder Antwort schienen drei neue Fragen aufzutauchen. Nur eines war klar: In diesem Fall hatten bereits alle Verdächtigen mindestens einmal gelogen. Anneliese hatte behauptet, Lasse schon länger nicht mehr gesehen zu haben. Und Tobe hatte ausgesagt, am Samstag allein mit Lasse Kisten verräumt zu haben. Wenn Anneliese tatsächlich bei Lasse gewesen war, musste einer der beiden lügen. Aber warum? Und wer von den beiden?

Dieser Fall wurde von Tag zu Tag komplizierter, und mir blieb nicht mehr viel Zeit, um ihn zu lösen. Jeder schien etwas zu verbergen. Nun galt es herauszufinden, wer von ihnen einen Mord verbarg.

11.30 Uhr, Kühlhalle *Der frische Finne*, Industriegebiet Rheinau, Mannheim

Ich war nicht nur ein sonniges Gemüt, mir war die Wärme auch stets lieber als die Kälte. Wenn ich es mir aussuchen konnte, dann zog ich Sonne und Meer dem Schnee und dem Eis vor. Allerdings konnte ich es mir als Ermittler nicht aussuchen. Ich musste die Situationen nehmen, wie sie kamen, und das Beste daraus machen. Also klemmte ich meine Hände noch fester unter die Achseln und sprang von einem Fuß auf den anderen.

»Dabei sind es nur minus fünf«, sagte Tobe und klatschte in seine behandschuhten Hände. »Hier drin kann es minus zwanzig kriegen.«

Nach meiner Therapiestunde mit Anneliese und ihrem Mann war ich zum Kühlhaus gefahren, um Tobe mit neuen Erkenntnissen im Fall Lasse Hoppsen zu konfrontieren. Erkenntnisse, die ihn in keinem guten Licht dastehen ließen. Er war gerade damit beschäftigt, Tiefkühlpizzen in einem Kühlcontainer zu schlichten und sie abholbereit zu machen. Pause, meinte er, dürfe er keine machen. »Da ist die neue Chefin streng.«

Ich konnte mir schon denken, um wen es sich handelte: Viola, Lasse Hoppsens Ex-Frau. Nach seinem Tod besaß sie die alleinige Kontrolle über das Unternehmen. Mir war nichts anderes übrig geblieben, als die bibbernden Zähne zusammenzubeißen und mit Tobe in den Container zu steigen. Meine Haare hätte ich am liebsten wie Ohrenschützer um meine frierenden Lauscher geschlungen, um sie warm zu halten.

»Kommen wir zur Sache«, sagte ich. Wenn ich hier noch fünf Minuten ausharren müsste, würde Tobe mich als Eisblock hinausbringen können. »Bei deinem Auftritt im *Bloomaul* habe ich ein altes Foto von Viola und dir gesehen. Sie hat uns gestanden, dass ihr mal zusammen wart.«

Tobe zuckte nur die Achseln. »Ist lange her. Habe ich schon fast vergessen.«

»Dadurch ergibt sich ein Motiv«, führte ich aus. Meine Lippen fühlten sich taub an, die Zunge schwer. War das die Kälte?

»Lasse hat die Band verlassen, er hat dir deine Freundin ausgespannt und dann war er auch noch dein Chef.«

Mit dem Karton einer Salamipizza in der Hand drehte Tobe sich um. Endlich schenkte er mir seine volle Aufmerksamkeit. »Was willst du damit sagen?«

»Du musst das als sehr ungerecht empfunden haben.«

Tobe lachte. Auf seinem kleinen Oberlippenbart hatten sich Eiszapfen gebildet. »Klar war es ungerecht. Aber es hatte auch seine guten Seiten. Lasse war von Schuldgefühlen geplagt, wegen der Band und Viola. Also hat er mir viel durchgehen lassen. Das ist bei seiner Frau anders.«

»Deswegen warst du am Samstag nicht im Kühlhaus, obwohl du das behauptet hast«, sagte ich. »Du hast René von dem Konzert der Band *Korn* erzählt. Wie gut sie waren. Der Auftritt war am Samstag.« Obwohl mir bei jedem Wort eine neue Atemwolke vor das Gesicht stieg, spürte ich eine innere Wärme. So musste es den großen Ermittlern gehen, wenn sie sich nah an einem Durchbruch befanden. »Du hast der Polizei erzählt, du hättest mit Lasse gemeinsam Samstagabend Waren verpackt. Doch das stimmt nicht. Du warst gar nicht hier. Du hast gelogen.«

Tobe packte mich am Oberarm und schob mich aus dem Container in die Halle. Ich musste die Augen schließen, als das grelle Licht der Deckenlampen das bläuliche des Containers ablöste. Zumindest fühlte ich mich nicht mehr, als wäre ich unter einem Eisberg begraben.

»Hör zu«, zischte Tobe und blickte sich um, obwohl außer uns niemand zu sehen war. »War nicht das erste Mal, dass ich Lasse sitzen gelassen habe, weil ich was Besseres zu tun hatte.

Bisschen schlecht habe ich mich schon gefühlt, weil Lasse mich am Samstagabend dringend in der Halle haben wollte. Keine Ahnung, warum, aber es schien ihm wichtig. Ich kann aber schlecht ein Konzert von *Korn* absagen, oder?« Er blickte mich an, als erwartete er meine Zustimmung. Ich nickte bloß. »Das konnte ich der Polizei aber nicht erzählen. Sonst hätten sie mich am Schluss noch verdächtigt.«

»Lügen macht dich nicht gerade unverdächtig«, warf ich ein.

»Ich war am Samstag nicht in der Kühlhalle«, gab Tobe zu. »Aber umgebracht habe ich ihn nicht.«

Ob das stimmte? Noch hatte ich keine Beweise. Zwar wusste ich nun, dass Tobe gelogen hatte, aber warum sollte er der Kühlhalle samstags fernbleiben, nur um Lasse Hoppsen am Sonntag genau hier zu ermorden? Das machte für mich keinen Sinn. Vielleicht handelte es sich aber auch nur um ein Ablenkungsmanöver.

Als wir vor dem Container standen, fiel mir auf, dass es derselbe war, der bei meinem ersten Besuch hier nach Fisch gestunken hatte. »Woher kam eigentlich der Fischgeruch?«, fragte ich Tobe.

Der blickte mich verdutzt an. »Welcher Fischgeruch?«

»Vor ein paar Tagen stank dieser Container nach verfaultem Fisch«, sagte ich. »Aber ich konnte in der ganzen Kühlhalle noch keinen einzigen Fisch sehen.«

Die Sorge wich aus Tobes Gesicht und er brach tatsächlich in Gelächter aus. »Fische wirst du bei uns nicht finden. Lasse hatte eine Fisch-Synkope.«

»Eine Fisch-Synkope?«

»Ich glaube, so heißt das. Er wurde ohnmächtig, wenn er Fisch gerochen hat. Manchen Leuten passiert das Gleiche, wenn sie Blut sehen. Es klingelt in den Ohren, es schmeckt metallisch auf der Zunge und man verliert kurz das Bewusstsein. Dauert meist nur ein paar Minuten, Schäden bleiben keine. Aber kannst du dir das vorstellen?« Er amüsierte sich prächtig über diese Geschichte. »Ein Finne mit einer Angst vor Fischen! In einem Kühlhaus!«

Ich fand die Geschichte weniger lustig. Erst gestern war mir etwas Ähnliches beim Metzger Kostas Roh widerfahren.

»Tobe!«, hörte ich eine ernste Frauenstimme. Ich drehte mich um und erkannte Viola, die an der metallenen Brüstung über uns stand und uns beobachtete. »Kein Trödeln! Jetzt werden hier andere Saiten aufgezogen.«

»Dabei will sie den Schuppen sowieso nur verkaufen«, murmelte Tobe, kehrte aber in den Container zurück. Mit einem zufriedenen Grinsen blickte Viola auf mich hinab. Zu ihren Füßen saß Tootsie und knurrte bedrohlich.

12 Uhr, Aslans Falafelstand, Jungbusch, Mannheim

Es war kein abendlicher Drink geworden, aber zumindest stand René in der Schlange eines angesagten Falafelstandes in Jungbusch und konnte für Lisa und sich ein Fladenbrot mit den leckeren Kichererbsenklößchen und einer Portion Tahini holen. Die Studenten betrachteten ihn argwöhnisch, denn mit seiner Jeans und dem Polo-Shirt fiel er modisch aus dem Rahmen. Aber René hatte ohnehin nur Augen für seine Kollegin, die auf einer Bank unter einem Nussbaum saß und sich die Herbstsonne auf das Gesicht scheinen ließ.

»Was kann Aslan für dich tun, verliebter Mann?« Die Stimme des Verkäufers riss René aus seinen Gedanken.

»Meinen Sie mich?«

Der Verkäufer war ein stämmiger Türke mit funkelnden Augen und einem schmuckvollen Fes auf dem Kopf. Er lächelte schelmisch. »Es ist ganz offensichtlich, dass der junge Mann verliebt ist«, sagte er vergnügt. »So wie er die blonde Dame anschaut. Eine hübsche Frau hat er da.«

»Sie ist nicht meine Frau«, stammelte René.

»Aha!«, rief der Verkäufer und machte einen kleinen Sprung. »Aber kann alles werden, wenn junger Mann sie gut verköstigt. Aslan zeigt ihm, wie es geht: gutes Essen, gute Frau, klar? Aslan hatte fünfzehn Jahre einen kleinen Gemüsestand und keine Frau. Jetzt habe ich einen Falafelstand und eine gute Frau. Zufall?« Während er sprach, wendete er die Falafel in der Fritteuse, holte das Fladenbrot aus dem kleinen Backofen, schnitt es auf und bestrich es mit Tahini. »Herz kann nur sprechen, wenn Bauch schweigt«, fuhr Aslan fort und rieb sich die Hände. »Aber Bauch kann nur schweigen, wenn Aslan gute Falafelbrot macht. Willst du der Dame zeigen, dass du harter Mann bist?« Für die letzte Frage hatte sich der Verkäufer verschwörerisch in Renés Richtung geneigt. »Dann nimm etwas von Aslans Spezialsoße.« Er zwinkerte dem Beamten zu. »Nur für echte Kerle.«

Wenn es so einfach war, Lisa zu imponieren, dann erschien es einen Versuch wert, dachte René und nickte. Aslan spritzte reichlich von einer zähen, orangeroten Flüssigkeit in das Sandwich und reichte René die randvoll gefüllten Fladenbrote über die Theke, dazu zwei Dosen Cola. »Spezial-Falafelbrot kosten sechzehn Euro.«

»Acht Euro für ein Fladenbrot mit Falafel?«, entfuhr es René ungläubig.

»Und Spezialsoße«, sagte der Verkäufer und nickte bedächtig. »Diese Kinder studieren Arzt und Anwalt, Aslan studiert diese Kinder. Wenn Gebäude sind hässlich mit eingeschlagenen Fenstern und überall riecht es nach Pipi von Hund, diese Kinder sagen: tolles Viertel. Wollen hier alle wohnen. Wenn Aslan macht Falafel für acht Euro, Kinder sagen: original türkisch. Und was soll Aslan sagen?« Der Mann hob beide Arme entschuldigend in die Höhe.

René seufzte, bezahlte und brachte das Essen zu Lisa. »Hier«, sagte er und reichte ihr eines der Fladenbrote. »Ich hoffe mal, es ist so saftig wie sein Preis.«

»Danke«, sagte Lisa und machte ihm Platz. »Aslan ist der Beste. Im Viertel kennt ihn jeder.« Sie warf einen Blick auf Renés Flade, aus der die Spezialsoße quoll, und zog eine Augenbraue in die Höhe. »Mit Aslans Spezialsoße?« Sie klang beeindruckt.

»Ich habe zu danken«, meinte René, der nun doch gern gewusst hätte, was in dieser Soße war. »Immerhin hast du mir Lasse Hoppsens Akte besorgt.« Ohne Lisas Hilfe hätten sie nicht herausgefunden, dass Annelieses Ehemann Lasse bedroht hatte.

»Warum hast du dich eigentlich nach Mannheim versetzen lassen?«, fragte Lisa kauend. Sie hatte Tahini in den Mundwinkeln, was René hinreißend fand.

»War die erste freie Stelle«, antwortete er. »Ich wollte raus aus dem Kaff, in dem ich vorher war.« Das war nur die halbe Wahrheit, aber für die volle fühlte er sich noch nicht bereit.

»Ich habe schon mein ganzes Leben in Mannheim verbracht«, sagte Lisa. René wusste nicht, ob er einen traurigen Ton aus ihrer Stimme heraushören konnte. Er sagte nichts, legte das unangetastete Sandwich neben sich auf die Bank und nahm die Coladose in die Hand. Sie fühlte sich angenehm kühl auf seiner Haut an. Er riss den Dosenclip auf und hörte das vertraute Zischen. Egal, wo wir sind, dachte René, es sind diese Kleinigkeiten, die uns ein Gefühl der Vertrautheit geben. Ein Geräusch oder ein Geruch reichte, um wieder zu Hause zu sein, zumindest für einen Moment. Lisa roch nach Räucherstäbchen, Harz und italienischem Sommer. So sollte Heimat duften, dachte René.

Der Beamte stellte die Dose ab, nahm das Sandwich wieder in die Hand und war kurz davor, seinen ersten Bissen zu machen und die berüchtigte Spezialsoße zu kosten, als Lisa aufsprang. »Das ist er!« René ließ das Sandwich sinken und richtete seinen Blick auf Aslans Falafelstand.

Ein kleiner, schlanker Kerl, René schätzte ihn nicht älter als fünfundzwanzig, stand in der Schlange vor dem Stand. Er trug Loafers, rosa Chinoshorts und ein grünes Poloshirt. Er hatte ein paar Sommersprossen im Gesicht und sein blondes Haar lichtete sich bereits. Er sah seinem Phantombild überraschend ähnlich.

Erst gestern war ein Tipp im Präsidium eingegangen, auf den sie lange gewartet hatten. Eine vertrauenswürdige Quelle aus der Mannheimer Halbweltszene konnte ihnen eine Beschreibung des Vandalen geben, der seit Monaten die Murals beschmutzte. Und die Information, dass er immer wieder bei Aslans Falafelstand aufkreuzte. Er sah ganz anders aus, als René ihn sich vorgestellt hatte. Dieser schmächtige, langweilig gekleidete Typ wirkte auf den Polizisten nicht wie jemand, der hetzerische Sprüche an

Wände schmierte. Eher wie ein Jurastudent aus gutbürgerlichem Hause. Aber Hass hatte wohl kein Gesicht. Oder, noch trauriger, viele Gesichter.

René war abkommandiert worden, um den Falafelstand im Auge zu behalten. Zumindest konnte er so unverfänglich mit Lisa zu Mittag essen. Falsch gedacht! Ausgerechnet heute musste ihnen dieser Typ ins Netz gehen!

»Auf mein Zeichen«, flüsterte Lisa in ihren kleinen Knopflautsprecher, den sie auf dem Kragen ihrer Bluse trug. Mark, René und Lisa sollten sich in Position bringen, um dem Verdächtigen die möglichen Fluchtwege abzuschneiden und auf Lisas Zeichen hin zuzugreifen.

Ein plötzlicher Knall ließ René herumfahren. Hinter ihm machte eine junge Frau eine entschuldigende Geste, während ihr Kind weinend vor dem stand, was kurz zuvor noch ein Luftballon gewesen war.

»Oh scheiße«, hörte René Lisa fluchen. Er wandte sich wieder um und sah, wie Mark aus seiner Deckung gerannt kam. Offenbar hatte er den Knall für das Startzeichen ihrer Operation gehalten. Mark war zwar stattlich gebaut, konnte aber eine ganz schöne Geschwindigkeit erreichen, wenn er erst mal Fahrt aufgenommen hatte. Wie eine Lawine, die einen Berg hinabrollte.

Nun lief auch Lisa los. René war mit der Situation überfordert. Am liebsten hätte er sich hinter die Bank gekauert und abgewartet. Doch er wusste, dass er irgendetwas tun musste. Das Falafelsandwich noch immer in der krampfhaft geschlossenen Hand, folgte er Lisa. Der Mann hatte mittlerweile bemerkt, dass Mark wie eine Dampfwalze auf ihn zugeschossen kam. Ob er wusste, dass es sich um die Polizei handelte, oder es schlicht mit der Angst zu tun bekam, konnte René nicht sagen. Jedenfalls rannte der Verdächtige nun auf Lisa zu. Es gab noch eine kleine Seitengasse, durch die er entkommen könnte. René bog ab und baute sich vor ihr auf.

Er nahm an, der Mann würde auf Lisa zusteuern, in dem Irrglauben, mit einer Frau leichter fertig zu werden. Dabei hatte er die Rechnung jedoch ohne ihre ausgeprägten Nahkampffähigkeiten gemacht, mit denen sie noch jeden ihrer Kollegen auf die Matte befördert hatte. Doch womöglich roch der Verdächtige Renés Angstschweiß, denn kurz bevor ihn Lisa mit einem Schulterwurf überwältigen konnte, wandte er sich abrupt nach rechts und nahm plötzlich Kurs auf René.

Der Polizist handelte, ohne nachzudenken. Instinktiv schmiss er das Falafelsandwich in Richtung des Verdächtigen, dann hob er schützend die Hände vor den Kopf und kniff die Augen zusammen. Was René nicht wusste, war, dass die Spezialsoße von Aslan, die er sich so gedankenlos ins Sandwich hatte packen lassen, aus fein zerhackten Chilischoten bestand. Vielen fein zerhackten Chilischoten. So feurig scharf, dass außer René niemand sie zu bestellen wagte. Das Sandwich traf das Gesicht des Verdächtigen.

»Oh Gott, verdammt«, schrie der Mann und warf sich auf den Boden. »Meine Augen! Ich habe Feuer in den Augen!« Als René das Geschrei hörte, nahm er die Hände runter und wagte, sich wieder aufzurichten.

»Nicht übel.« Schwer atmend war Mark neben ihm zu stehen gekommen. »Diese höllische Soße direkt in die Augen. Gute Idee.«

René war zu geschockt, um ein Wort herauszubringen. Lisa stand bereits über dem schreienden Verdächtigen, packte jedoch ihre Handschellen weg, als sie sah, dass der Mann keine Gefahr mehr darstellte.

»Hol ein Joghurt von Aslan«, rief sie Mark zu. »Bevor der Typ hier sein Augenlicht verliert.«

Bei diesen Worten wurde René übel. Er hatte den Mann doch nicht blenden wollen! Was war das denn für eine Soße? Vielleicht sollte die Polizei mal einen Blick in Aslans Küche werfen? Da kam der stämmige Falafelverkäufer auch schon angelaufen. Er war kleiner, als René gedacht hatte, und sein Gang war ein wenig schwankend.

»Wo ist Verletzter?«, fragte er aufgeregt, als ob es noch einen anderen Menschen gäbe, der sich schreiend auf dem Boden wälzte. Er hatte einen ganzen Eimer Ayran dabei, den er dem Mann kurzerhand über den Kopf leerte. Wenn dem das keine Lehre war, seine schmutzigen Finger von den öffentlichen Kunstwerken anderer Leute zu lassen, dann wusste René auch nicht weiter.

Mark und ein Kollege brachten den wimmernden Jungen zu ihrem Wagen. René ging zu der Bank zurück, auf der er vor Kurzem noch mit Lisa gesessen hatte, und nahm die halbleere Coladose in die Hand.

»Gute Arbeit!« Lisa war hinter ihm aufgetaucht. »Warum er das wohl getan hat?«, fragte sie gedankenverloren, als sie dem abfahrenden Polizeiauto nachblickte.

Er sah Lisa an und vergaß den Geruch der Falafel, die kreischenden Kinder und die dröhnenden Boxen der Bar gegenüber, die bereits zur Mittagszeit heillos Betrunkene ausspuckte, die sich über das Pflaster schleppten. Er wünschte, er könnte den einen Schritt, der sie trennte, überwinden und …

»Der Ayran kostet sieben Euro!« Aslan war neben ihnen aufgetaucht, den Kopf bescheiden gesenkt, den Fes in der Hand.

»Die Polizei wird das ersetzen, keine Sorge«, meinte Lisa. Mit einem dankbaren Nicken zog sich der Verkäufer wieder in seinen Stand zurück. »Ist was?«, fragte sie, als sie Renés Starren bemerkte.

Der wandte seinen Blick schnell zu einer heruntergekommenen Hauswand, die mit Postern von anarchistischen Kollektiven gepflastert war. Vermutlich hatte niemand den Mut, sie zu entfernen, weil sonst womöglich die Wand zusammenfiel. Anarchismus als Stütze der Gesellschaft.

»Es geht um Lasse Hoppsen«, sagte René, um rasch das Thema zu wechseln. »Ich muss ständig daran denken. Wir wissen immer noch nicht, wer der Mörder gewesen sein könnte.«

»Vielleicht stellt ihr auch die falsche Frage«, überlegte Lisa laut.

»Wie meinst du das?«, fragte René.

»Nimm diesen Typen«, sagte Lisa. »Der hat die Häuserwände nicht beschmiert, um die Anwohner wütend zu machen. Der hatte was ganz anderes im Sinn. Sein Ziel waren die Menschen, die vorbeigingen. Er wollte eine bestimmte Gruppe in Angst versetzen. Die Sachbeschädigung selbst war nur Mittel zum Zweck.«

René verstand nicht, worauf seine Kollegin hinauswollte.

»Die richtige Frage lautet womöglich nicht, wer ein Motiv hatte, Lasse Hoppsen zu ermorden«, führte Lisa aus. »Sondern wer ein Motiv hat, Hasan den Mord in die Schuhe zu schieben.«

»Du meinst«, sagte René langsam, »wer hatte ein Motiv, Hasan zu schaden?«

Lisa nickte, nahm ihm die Coladose aus der Hand und legte den Kopf in den Nacken, um sich die letzten Tropfen der Limonade in den Rachen fließen zu lassen. René beobachtete ihren Hals, frei von ihren Haaren, nach vorne gestreckt, graziös und geschmeidig.

»Du schaust noch immer so seltsam«, sagte Lisa, kaum hatte sie die Coladose von den Lippen genommen. »Sicher, dass alles in Ordnung ist?«

»Ja«, sagte René und bemühte sich, nicht rot anzulaufen. »Mir ist nur gerade eingefallen, wer uns helfen könnte, diese Frage zu beantworten.«

13.30 Uhr, Wohnung von Mompfred, Ludwigshafen

Kaum hatte sich meine Faust von der Tür gelöst, flog diese schon auf. Zwei zusammengepresste Augen blickten mir feindselig entgegen.

»Was willst du denn hier?«, fragte Mompfred. »Nachhilfestunden geb ich keine.«

»Wir wollen uns nochmal über Hasan unterhalten«, sagte René, der hinter mir gestanden hatte und sich jetzt an mir vorbeischob. Er zeigte seinen Dienstausweis. »Dürfen wir reinkommen?«

Der Hausmeister gab bloß ein Grunzen von sich. Da er sich jedoch umdrehte und in der Wohnung verschwand, ohne die Tür zu schließen, folgten wir ihm.

Seine Wohnung war klein, dunkel und roch nach getrocknetem Schweiß. Er selbst trug eine fleckige Jeans mit offenem Hosenstall und ein ärmelloses weißes Unterhemd. Eine graubraune Tapete vertrieb den letzten Rest Fröhlichkeit. Eine Wohnung, wie sie zu Ludwigshafen passte. Als geborener Mannheimer konnte ich die Vorurteile unserer Nachbarstadt gegenüber einfach nicht ganz loswerden. Nicht umsonst war Ludwigshafen zur hässlichsten Stadt Deutschlands gewählt worden. Bei der Umfrage hatten bestimmt nicht nur Mannheimer abgestimmt. Mannheim hatte sein Schloss, den Wasserturm, die Quadrate. Und Ludwigshafen hatte ein großes Loch in der Stadtmitte. Ein brachliegendes Bauareal, auf dem sich seit Jahren nichts tat. Es war also nicht nur meine Schuld als Mannheimer – Ludwigshafen gab sich alle Mühe, seinem Ruf gerecht zu werden.

»Hübsche Tapete«, sagte René.

»Hat meine Frau angebracht, als ich mal nicht da war«, sagte Mompfred. »Die ganze Wohnung zugekleistert in einem Arbeitstag. Hab gedacht, sie hat die Wände vollgeschissen, als ich nach Hause gekommen bin. Musste aber feststellen, dass es noch schlimmer war. Das Ding kriegste nämlich nicht runter.«

Er deutete uns, ins Wohnzimmer zu kommen. Neben ein paar traurigen Topfpflanzen, die sich so virtuos um sich selbst gewickelt hatten, als wollten sie sich erwürgen, stach besonders ein rosa Sofa mit Kissen in Herzform ins Auge. Die Wohnung war tadellos geputzt. Ich konnte nirgendwo ein Staubkörnchen ausmachen.

»Setzt euch nur«, sagte Mompfred. Als René und ich uns auf dem Sofa niederließen, ertönte ein ächzendes Geräusch. Ich blickte mich im Raum um. Viele Bilder einer Frau, die aussah, als wäre sie Mompfreds Mutter. Doch er selbst war auf keinem dieser Bilder zu sehen.

»Isch die Waltraud, meine Frau.« Er deutete auf eines der vorteilhaftesten Bilder. »Lässt mich immer fotografieren, also bin ich nie drauf. Soll mir nur recht sein.« Auf einer Kommode entdeckte ich eine Schatulle, deren Deckel offenstand. Sie wirkte teurer als der Rest der Einrichtung, innen war sie mit samtenem Stoff ausgelegt. Ich begriff erst im zweiten Moment, was darin ruhte: die Wasserpumpenzange.

»Wir wollen Ihnen ein paar Fragen über Hasan stellen«, begann René das Gespräch. »Hatte er irgendwelche Feinde?«

»Moooompfred!« Noch bevor Mompfred antworten konnte, ließ der Schrei die Wohnung erzittern. Ich wunderte mich, dass sich die Tapete bei dieser Stimme nicht von selbst einrollte. Meine Zehennägel jedenfalls taten es.

Im Wohnzimmer tauchte eine Frau auf, deren untere Körperhälfte einem Hippo, die obere einem Schneemann und das Gesicht einer zu früh gezogenen Rübe ähnelte. Es war die Frau auf den Fotos.

»Ach, leck mich«, stöhnte Mompfred.

»Du hast mir nicht gesagt, dass wir Gäste erwarten!« Anklagend betrachtete sie ihren Ehemann. »Ich hätte Kaffee und Kuchen gerichtet!«

»Wir wollen die Herren doch nicht vergiften, Waltraud«, sagte Mompfred. »Die sind von der Polizei.«

»Nur ich«, warf René ein, wurde aber überhört.

»Warten Sie«, sagte Waltraud. »Sie kenne ich doch!« Sie kam zu mir und musterte mich wie ein seltenes Tier im Zoo. »Sie sind doch dieser Comedian!« Mit einem Finger auf dem leicht behaarten Kinn dachte sie nach, wobei sie beunruhigend angestrengt aussah. »Jetzt hab ich's! Sie sind der Bully!«

Ich war ja schon mit einigen Prominenten verwechselt worden, aber das war selbst für mich neu. »Der Indianer oder das Schlossgespenst?«, fragte ich zurück.

»Geh, Traudl, lass die Leut' in Ruh«, sagte Mompfred und scheuchte seine Frau mit den Armen zurück. »Die wollen mir Fragen stellen.«

Waltraud lachte. »Was wollen s' dich denn fragen? Du weißt ja nix!«

Während die beiden Eheleute zankten, fühlte ich ein Knirschen unter meinem Rücken. Ich griff in die Ritze zwischen Sitzkissen und Rückenlehne. Als ich meine Hand hervorzog, befanden sich ein paar Nussschalen darin, die mir bekannt vorkamen.

»Red nicht so blöd!«, sagte Mompfred empört. »Natürlich weiß ich was.«

»Also«, schaltete sich René wieder ein, »wissen Sie, ob Hasan irgendwelche Feinde hatte?«

»Ne, das weiß ich nicht.«

René seufzte. »Gar nichts? Keine Schlägereien?«

»Doch, natürlich«, sagte Mompfred. »Aber du hast nach Feinden gefragt. Schlagen tun sich die dauernd, das ist wie Händeschütteln.«

»Sie sagten, Sie hätten Hasan nicht mehr gesehen, seit er vor der Polizei geflüchtet ist«, schaltete ich mich ein. »Wie erklären Sie sich dann das?«

Ich streckte meine Hand aus. Waltraud, Mompfred und René beugten sich alle gleichzeitig über meine Handfläche.

»Paranüsse!«

»Was soll das heißen, para? Meine sind noch ganz normal«, sagte Mompfred.

»Eher Erdnüsse«, meinte Waltraud.

»Goschn!«

»Wir wissen, dass Hasan jeden Tag Paranüsse isst«, fuhr ich unbeirrt fort. »Und nun finde ich welche auf Ihrer Couch. Er ist nach der Flucht zu Ihnen gekommen, habe ich recht?« Es war ein Schuss ins Blaue, aber er traf sein Ziel.

»Ich hab dir doch gesagt, die werden uns deswegen noch einsperren!«, kreischte Waltraud.

»Frau, kannst du nicht einmal ruhig sein?« Mompfred ließ sich auf einen alten Ledersessel sinken. »Du wirst noch mein Ende sein.«

»Also geben Sie es zu?«, fragte René.

Mompfred seufzte. »Ja, ich geb's zu. Hasan ist hier vorbeigekommen, das war Sonntagnacht. Habe ihn hier schlafen lassen, er hat Paranüsse gefuttert und ist am Morgen verschwunden. Keinen Euro dagelassen für die Nächtigung!«

»Und Sie wissen nicht, wo er hin ist?«, fragte ich.

»Keine Ahnung«, sagte Mompfred und verschränkte die haarigen Oberarme vor der Brust.

»Sag ich doch«, meinte Waltraud. »Hat keine Ahnung, der Mann.«

René und ich verabschiedeten uns. Kaum hatten wir das Wohngebäude verlassen, stieß er einen tiefen Seufzer aus: »Das war wohl wieder nichts.«

Ich antwortete nicht, aber gab ihm im Stillen recht. Wir hatten weder eine Spur von Hasan noch von Lasse Hoppsens Mörder gefunden. Es gab mehrere Menschen mit einem Motiv, Lasse zu ermorden, aber niemand von ihnen schien Streit mit Hasan gehabt zu haben. War er bloß zur falschen Zeit am falschen Ort gewesen? Wollte der Mörder den Verdacht von sich ablenken und hatte den Nächstbesten als Sündenbock ausgewählt?

Während ich nachdachte, strich ich mir über den linken Arm. Dabei glitten meine Finger über meine Uhr. Unwillkürlich zuckte ich zurück. Ich fühlte erneut. Sie war kalt. Eisig kalt. Viel kälter als der Rest meiner Haut. Es war mir noch nicht aufgefallen, da das Lederband keinen Temperaturunterschied zu meinem Körper aufwies und die Rückseite der Uhr so eng an meinem Handgelenk auflag, dass kein Blatt dazwischenpasste. Aber die Anzeige der Uhr war kalt. Als hätte ich sie in einen Kühlschrank gelegt.

Das mussten die Folgen des Kühlcontainers sein! Meine Metalluhr hatte sich langsamer erwärmt als der Rest meines Körpers. Deswegen war sie noch immer kalt. In diesem Moment kam mir ein Gedanke. Er veränderte alles. Der gesamte Mord an Lasse Hoppsen war nicht so, wie wir dachten.

»René«, sagte ich. »Du musst unbedingt etwas für mich überprüfen.«

18 Uhr, Alte Feuerwache, Mannheim

Der Mannheimer Frauenkreis der Arbeit, abgekürzt MFKA, war eine Organisation von unternehmerischen Frauen, die sich gegenseitig dabei helfen wollten, ihr »volles Potenzial auszuschöpfen« und ihre »kreativen Ideen zu verwirklichen«. Das hatte ich bei einer kurzen Recherche im Internet herausfinden können. Sie trafen sich zweimal monatlich in einem Lokal nahe der *Alten Feuerwache*, um Businesspläne zu besprechen, sich gegenseitig Ideen zu pitchen und vermutlich auch, um über ihre Ehemänner herzuziehen. Zumindest bei Viola Hoppsen und Anneliese konnte ich mir das gut vorstellen. Beide waren Mitglieder der MFKA. Sowohl im *Pelz-Palast* als auch in der Kühlhalle hatte ich die Flyer gesehen. Kannten sich die beiden Frauen, von der eine mit dem Ehemann der anderen geschlafen hatte? Gab das ein zusätzliches Motiv?

Meine Entdeckung vor dem Wohnhaus von Mompfred hatte alles verändert. René hatte mir meinen Verdacht zwar noch nicht bestätigt, aber ich war fest davon überzeugt, dass wir einen wichtigen Puzzlestein im Tod von Lasse Hoppsen bisher übersehen hatten. Darüber musste ich mit Anneliese sprechen. Es könnte uns dabei helfen, den wahren Mörder ausfindig zu machen.

Ich wartete auf der gegenüberliegenden Straßenseite hinter dem Steuer meines Mustangs. Nach etwas mehr als einer Stunde ging die Tür der Kneipe auf und eine Gruppe von Frauen trat auf die Straße. Viola konnte ich nicht unter ihnen entdecken, Anneliese war dafür nicht zu übersehen. Mit einem Pelzmantel in den verschiedensten Schattierungen von Braun trat sie auf die Straße. Er sah neu aus. Vielleicht ein Geschenk ihres Mannes?

Ich wollte gerade aussteigen, als ein blauer SUV vorfuhr. Anneliese stieg ein. Durch die Fensterscheibe erkannte ich Dieters markante Schädelform. Sie gab ihm einen Kuss und lächelte. Ich freute mich, dass die beiden ihre Differenzen offenbar aus der Welt geschaffen hatten. Allerdings hätte ich mir gewünscht, Anneliese allein sprechen zu können. Ich musste auf die passende Gelegenheit warten.

Als sich der SUV in Bewegung setzte, fädelte auch ich in den Verkehr ein. Zwischen dem Mustang und Dieters SUV ließ ich stets mindestens zwei Autos, um unbemerkt zu bleiben. Sie fuhren Richtung Herzogenriedpark. Ihr Pelzgeschäft lag in der anderen Richtung. Fuhren sie nach Hause?

Vor einer Ampel blieb ich stehen. Das leise Schnurren des Motors beruhigte mich. Es klang wie die Stimme eines alten Freundes. Ein Gefährte, der mir stets beistand und auf den ich mich immer verlassen konnte. Den ich schon ewig zu kennen schien und der ... Keuchhusten hatte? Das Schnurren war in ein Stottern übergegangen. Ich versuchte, das Gaspedal durchzudrücken, doch zu spät: Mit einem lauten Knall erstarb der Motor. In diesem Moment sprang die Ampel auf Grün.

Verdammt! Ich drehte den Schlüssel im Zündschloss, doch bis auf ein erbärmliches Krächzen konnte ich dem Motor kein Geräusch entlocken. Der blaue SUV bog nach links ab und verschwand aus meinem Blickfeld. Ich drehte den Schlüssel wie verrückt. Hinter mir begannen die Autos zu hupen. Verfluchte Oldtimer! Wer in Schönheit starb, war trotzdem tot.

Endlich sprang der Motor wieder an. Ich kurbelte das Fenster runter und streckte entschuldigend meine Hand nach draußen. So wie der blaue SUV bog ich nach links ab, doch das Auto war verschwunden. Ich fuhr um den Herzogenriedpark herum, in der Hoffnung, irgendwo etwas Blaues aufblitzen zu sehen. Manchmal brauchte ein Ermittler mehr Glück als Verstand, und das war eine solche Situation. Denn der BMW kam wieder in mein Blickfeld, als er gerade auf einen der Parkplätze für die Kirmes fuhr, die wie jedes Jahr Ende September auf dem Neuen Messplatz begann und bis in den Oktober hinein dauerte.

Ich nahm die nächste Einfahrt auf den Parkplatz, stellte mein Auto ab und hoffte, dass sich keine betrunkenen Jugendlichen daran zu schaffen machen würden. Dann ging ich in die Richtung, in der ich Anneliese und ihren Mann vermutete.

Die Kirmes war ein wildes Treiben aus strahlenden Neonlichtern, dem Gekreische und Gejohle Jugendlicher, dem süßlichen Geruch von Zuckerwatte und karamellisiertem Popcorn. Ich zog mir die Kappe tief ins Gesicht, doch bei all diesem Trubel achtete sowieso niemand auf mich. Eltern mit ihren quengelnden Kindern an der Hand, die Achterbahn fahren wollten, obwohl sie noch nicht groß genug dafür waren, zogen an mir vorbei, ebenso wie verliebte Paare, die sich eng umschlungen hielten, und Schüler, die torkelten, obwohl sie sichtlich zu jung für Alkohol waren. Es war der ganz normale Kirmes-Wahnsinn.

Unter anderen Umständen hätte ich mich gefreut, dass Anneliese und Dieter ihre neu entflammte Liebe mit einem Besuch bei der Kirmes feierten. Nun aber fand ich es bloß anstrengend. Wie konnte ich sie bloß unter all den Menschen ausfindig machen?

Ich hatte keine Ahnung, wo ich mit der Suche beginnen sollte. Da kam mir eine Idee. Ich holte mein Smartphone aus der Tasche und rief meine älteste Tochter an. Obwohl sie mittlerweile mit ihrer Mutter am anderen Ende der Welt lebte, versuchten wir, so oft wie möglich miteinander zu sprechen. Die Distanz änderte nichts an meinen Gefühlen für sie. Ich liebte und vermisste sie sehr. Wir teilten die Leidenschaft für Musik, sie arbeitete auf eine Karriere als Musikerin hin und besaß eine Stimme, die mich jedes Mal in Staunen versetzte, wenn ich sie hörte.

Da ich sie nicht so oft sehen konnte, wie ich es mir wünschte, hatte ich ein Lied für sie geschrieben: »Wohin du gehst«. Vielleicht würden wir es ja eines Tages gemeinsam singen?

»Dad, warum rufst du mitten in der Nacht an?«, meldete sich die verschlafene Stimme meiner Tochter. Ich hatte den Zeitunterschied ganz vergessen! Dabei betrug der ganze zehn Stunden. Es war bei ihr vier Uhr morgens!

»Tut mir leid, dass ich dich aus dem Bett geholt habe«, sagte ich. »Aber es ist wichtig.«

»Was ist los?« Meine Tochter klang besorgt. »Alles okay bei dir?«

»Ja, ja«, versuchte ich sie zu beruhigen. »Ich habe eine wichtige Frage an dich. Gibt es bei euch Vergnügungsparks? So was wie die Kirmes?«

Meine Tochter stöhnte auf. »Dafür weckst du mich auf?«

»Es ist wichtig!«, drängte ich sie.

»Ja, in der Hauptstadt gibt es einen riesigen, sehr berühmten Rummelplatz«, sagte sie.

»Und wenn du dort hingehen würdest mit deinem ...« Ich brachte das Wort kaum über die Lippen. »Mit einem Freund ... Sagen wir, es soll ein besonders romantischer Abend werden. Wo würdest du mit ihm hingehen?« Mit jedem Wort bereute ich es mehr, meine Tochter angerufen zu haben. Die Vorstellung, wie sie mit irgendeinem Typen händchenhaltend spazieren ging, weckte den Vaterinstinkt in mir.

»Ich hab' dir doch schon oft gesagt, ich habe keine Zeit für einen Freund«, sagte meine Tochter genervt. »Die Karriere geht vor.«

»Sorry, Schatz«, sagte ich, »ich meine nur, wenn du einen Freund hättest. Rein hypothetisch.«

Meine Tochter lachte. »Du bist wirklich komisch, Dad«, sagte sie. »Lass mich mal überlegen. Vermutlich in die Geisterbahn.«

»Wieso in die Geisterbahn?« Das war der unromantischste Ort, den ich mir vorstellen konnte.

»Damit er mich beschützen kann«, sagte sie. »Dort gibt es genug Gelegenheiten, sich verschreckt aneinanderzudrücken.«

»Aneinanderzudrücken?«, fragte ich schockiert. »Hey, du sprichst doch nicht aus Erfahrung?«

»Sorry, Dad, aber ich muss echt Schluss machen«, sagte meine Tochter, »es ist wirklich sehr früh bei uns und ich möchte noch ein paar Stunden schlafen.«

Ich gab auf. »Alles klar, danke für deine Hilfe. Aber über Jungs und Geisterbahnen reden wir noch!« Sie lachte, schickte mir einen Kuss durchs Telefon und legte auf.

Ich hielt nach Gespenstern Ausschau. Dort! Eine Schlange aus Menschen stand vor einem düsteren Eingang, der von zwei Monstern aus Plastik flankiert wurde.

Kaum hatte ich mich der Schlange genähert, vernahm ich ein vertrautes Kichern. Es war hoch und laut und klirrend.

Hinter einem riesigen rosa Teddybären tauchte Annelieses Gesicht auf. Dieter und sie standen bereits in der Schlange, um einen Wagen in die Geisterbahn zu nehmen.

»Entschuldigung, das ist ein Notfall!«, sagte ich, während ich mich an schimpfenden Kindern vorbeidrängte. Anneliese saß bereits in dem Wagen, während Dieter noch versuchte, seinen massigen Körper und den Teddybären neben sie zu drängen. Ich ergriff meine Chance.

»Ich bringe Anneliese gleich wieder zurück«, sagte ich zu Dieter und nutzte seine Verwirrung, um ihn mit einem leichten Stoß nach hinten taumeln zu lassen, sodass ich mich in den Sitz neben Anneliese fallen lassen konnte.

»Hey, was soll das?«, rief er, doch es war zu spät: Die Gurte waren angelegt und der Wagen begann, sich zu bewegen.

»Sie kenne ich doch!«, rief Anneliese auf, als es um uns herum dunkel wurde. »Sie waren bei uns im Pelzgeschäft.« Ich konnte nicht sagen, ob das Kichern von Anneliese oder aus der Geisterbahn kam. »Sie werden meinen Mann ganz schön eifersüchtig machen.« Ich fühlte ihre Hand auf meiner, doch was wohl als Zärtlichkeit gedacht war, wurde zu einem Griff, der mir fast die Finger brach, als ein Vampir vor uns auftauchte und seine Zähne in unsere Richtung neigte. Anneliese kreischte und quetschte, ich stöhnte und fluchte.

»Ich weiß, dass Sie am Samstag bei Lasse Hoppsen waren«, sagte ich, während ich mir die schmerzende Hand rieb. »Sie haben mich angelogen, als Sie sagten, Sie hätten schon länger keinen Kontakt mehr mit ihm gehabt.«

»Ich weiß nicht, wovon Sie reden«, meinte Anneliese, doch in ihrer Stimme vernahm ich ein leichtes Zittern. Kein Gespenst konnte dieses Zittern auslösen, sondern nur die Angst vor der Wahrheit.

Hinter uns ertönte lautes Gebrüll. War das ein Monster, das sich langsam näherte? Doch als ich genauer hinhörte, erkannte ich die wutentbrannte Stimme von Dieter. Er musste im Wagen hinter uns sitzen.

»Gestehen Sie!«, sagte ich. In diesem Moment schoss ein Spinnennetz von oben auf uns herab, ein kalter Luftstoß kam von der Seite, und ein gespenstisches Heulen erfüllte den Gang.

Das gab Annelieses Schuldbewusstsein den Rest. Sie heulte lauter auf, als ein Gespenst es je könnte. »Ich gestehe!«, schniefte sie. »Ich war am Samstag in der Kühlhalle, aber nur, um Lasse zu sagen, dass es endgültig aus ist zwischen uns. Als ich ankam, sah ich allerdings, dass er zwischen den Containern ein hitziges Gespräch mit seiner Frau führte. Ich glaube, sie stritten. Sie haben mich nicht bemerkt, also habe ich mich davongeschlichen und das Paket mit meinem ersten Pelzdessous in seinem Büro zurückgelassen. Es sollte ein Abschiedsgeschenk sein.« Die Worte waren in einem Schwall aus ihr herausgebrochen. »Sie müssen mir glauben, ich habe nichts mit seinem Tod zu tun!« Dabei schluchzte sie laut.

»Sie Schwein!«, erschallte es von hinten. »Was tun Sie meiner Frau an, Sie Perversling! Was sind das für Geräusche? Wenn ich Sie in die Finger bekomme ...«

Ein Streit mit Viola, kurz vor seinem Tod? Stimmte das, oder wollte Anneliese mich in die Irre führen? Sie wirkte so aufgelöst, dass ich ihr glaubte. Aber wie war die Tüte mit dem Pelzdessous aus dem Büro unter Lasses Kleiderschrank gelangt?

Es blieb mir nicht mehr viel Zeit. Ich konnte bereits das Licht am Ende des Tunnels sehen. »Wann haben Sie die Kühlhalle verlassen?«, fragte ich. »Welche Uhrzeit?«

»So gegen elf Uhr abends«, antwortete Anneliese. Bevor ich eine weitere Frage stellen konnte, kam eine Gestalt mit aufgerissenen Augen und erhobenem Arm auf uns zugeschossen. Es war ein Metzger mit blutiger Schürze und einem Hackebeil in der Hand. Anneliese schrie auf und drückte sich an mich. Schützend legte ich meine Hand über sie. Doch der Metzger fuhr an uns vorbei, auf dem Weg, den nächsten Besucher zu erschrecken. Tatsächlich war kurz darauf ein sehr hohes, feminines Kreischen zu hören. Ob das wohl von Dieter kam?

Unser Wagen hielt und ein Mitarbeiter der Geisterbahn löste unsere Gurte. Kaum war ich frei, sprang ich auf den Holzsteg und nahm die Beine in die Hand. »Vielen Dank!«, rief ich über die Schulter. »Sie haben mir sehr geholfen!«

»Typisch Männer«, rief Anneliese zurück. »Kaum zeigt eine Frau Gefühle, sind sie schon weg!«

Mit einem Sprung setzte ich über die Absperrung. Hinter mir hörte ich Dieter toben. So schnell ich konnte, flitzte ich zwischen der Schlange vor der Geisterbahn hindurch, um im Trubel der Kirmes unterzutauchen.

In meiner Schulzeit war ich zwar Leichtathlet gewesen, allerdings Kugelstoßer, was mir bei Verfolgungsjagden nicht wirklich weiterhalf. Vielleicht fand ich irgendwo eine Kugel, die ich nach Dieter werfen konnte, sollte er die Verfolgung aufnehmen?

»War das Bülent Ceylan, Mami?«, fragte ein kleiner Junge, dem ich in letzter Sekunde ausgewichen war.

»Das kann nicht sein«, antwortete sie. »Der ist sicher nicht so schnell.«

Erst, als ich auf den Parkplatz gelangte, verringerte ich mein Tempo. Mit zügigen Schritten ging ich zu meinem Auto und blickte mich dabei immer wieder um. Erleichtert stellte ich fest, dass noch alle vier Räder dran waren.

Hinter dem Steuer nahm ich erst mal ein paar tiefe, lange Atemzüge. Als ich mein Handy checkte, sah ich zwei verpasste Anrufe und eine Nachricht. Alle von René. In der Geisterbahn hatte ich wohl keine Verbindung gehabt.

Ich öffnete die Nachricht. Darin stand bloß, was ich bereits vermutet hatte. Ich hatte René um eine kleine Recherche zur Totenstarre gebeten. Ein Phänomen, vor dem ich mich als Comedian besonders fürchtete. Früher hatte ich bei Auftritten ständig nach Menschen Ausschau gehalten, die wie tot in ihren Sitzen saßen und keine Regung zeigten. Nicht, um sie auf Vitalfunktionen zu überprüfen, sondern um zu sehen, wie gut mein Programm ankam. René bestätigte jetzt, was ich bereits vermutet hatte: Lasse Hoppsen war nicht Sonntagmorgen ermordet worden, wie die Polizei geglaubt hatte. Der Täter hatte bereits Samstagnacht zugeschlagen.

Die Nacht hatte Lasses Leiche in einem Kühlcontainer verbracht. Er war nicht eingefroren worden, denn sonst hätte man Frostbeulen an der Leiche entdeckt und der Trick wäre sofort aufgeflogen. Der Mörder hatte die Temperatur bloß auf wenige Grad eingestellt, womit das Einsetzen der Totenstarre ein paar Stunden hinausgeschoben worden war. Er musste Sonntagfrüh wiedergekommen sein und Lasse mitsamt dem kaputten Wildtierkühlschrank aus dem Kühlcontainer geschoben haben. So hatte er vermieden, die Leiche anzufassen. Die war dann bei Raumtemperatur langsam erwärmt. Der Täter hatte bloß eins nicht bedacht: Das Glas an Lasses Uhr erwärmte sich langsamer als der Rest seines Körpers. Deswegen hatte René die kalte Uhr am Gelenk des Toten gespürt. Genauso wie ich gestern das kalte Glas an meiner Uhr gefühlt hatte, nachdem ich in dem Kühlcontainer mit Tobe gesprochen hatte.

Damit besaß keiner der Verdächtigen mehr ein Alibi. Im Gegenteil, offenbar hatten Anneliese und Viola das Opfer noch am Abend seines Mordes in der Kühlhalle getroffen. Hatte Anneliese wirklich nicht mit Lasse gesprochen? Womöglich war ihr Dieter gefolgt und hatte seine Wut an Lasse ausgelassen, als der wieder allein war? Hatte Viola etwas mit dem Mord zu tun? Worüber hatten Lasse und seine Frau gestritten?

Es war spät und ich merkte, wie müde mich die Detektivarbeit des Tages gemacht hatte. Zu ermitteln war fast so anstrengend wie mein Comedyprogramm, aber es gab weniger zu lachen. Ich startete den Motor, der diesmal zum Glück gleich ansprang, und machte mich auf den Heimweg.

FREITAG

9 Uhr, Interreligiöser Raum, Mannheim

Als ich den Raum betrat, deutete kaum etwas darauf hin, dass hier eines der wichtigsten Friedensprojekte der Welt stattfand. Er war nicht besonders groß, ein Kreis aus ungefähr fünfzehn Stühlen stand in der Mitte, an der Rückwand war ein kleines Buffet aufgebaut worden, mit belegten Broten, Kaffee und Kuchen. An den Wänden hingen Poster mit Zitaten aus Bibel und Koran, Fotos von heiligen Orten und Zeichnungen von Kindern. Ein großes gelbes Tuch hing über dem Eingang, darauf stand in roten Buchstaben: Im Glauben vereint.

Die Menschen hatten sich Mühe gegeben, aus dem kargen Raum mit Klassenzimmer-Atmosphäre einen hellen, farbenfrohen Ort der Begegnung zu machen. Ich war hier, um mit Corinna, Hasans Freundin, zu sprechen. René hatte mir ihre Nummer gegeben, und sie hatte zugestimmt, mich zu treffen. Sie war Teil einer Gruppe für interreligiösen Dialog, die sich monatlich traf. Aus dem Internet wusste ich, dass es vor allem um Menschen ging, deren Ehepartner einer anderen Religion angehörten, vor allem Muslime und Christen. Sie erzählten, was ihnen Sorgen bereitete oder worüber sie sich Gedanken machten, erhielten Unterstützung und Rat. Die Gruppe sollte dabei helfen, Liebe über religiöse und kulturelle Grenzen hinaus zu ermöglichen. Ich hatte zuvor noch nie von solchen Initiativen gehört, fand die Idee aber wunderschön. Immerhin war ich selbst Produkt einer solchen Liebe. Meine Mutter war Katholikin, mein Vater Muslim. Über Religion war bei uns daheim gesprochen worden, aber sie war nie Thema eines Konflikts oder Streits in unserer Familie gewesen. Meine Eltern akzeptierten den Glauben des jeweils anderen. Das war eine prägende Erfahrung für mich.

Als ich schon auf großen deutschen Bühnen spielte, hatte auch ich selbst nach etwas Höherem gesucht, etwas, das sich meinem Verstand entzog und aus dem ich Kraft schöpfen konnte. Das geschah zu einer Zeit, als ich beruflich und privat unter viel Druck stand. Überrascht stellte ich damals fest, dass es mir half, zu beten. Ich beschäftigte mich intensiver mit dem Glauben und fand einen jungen, sympathischen Pastor, der mit seinen zahlreichen Tattoos und einem Undercut dem Bild seines Berufsstandes so gar nicht entsprach. Aber er war ruhig, überlegt und trotz seines jungen Alters bereits sehr weise. Er nahm sich Zeit für meine Fragen und Sorgen und diskutierte mit mir auf Augenhöhe. Schließlich ließ ich mich evangelisch taufen. Das kommt eben dabei raus, wenn man eine Katholikin und einen Muslim mischt.

Die Sitzung war gerade zu Ende gegangen, die Teilnehmer standen auf, bildeten Gruppen, in denen sie sich unterhielten, oder steuerten auf das Buffet zu. René hatte mir Corinna beschrieben, aber ich hätte sie auch so erkannt, denn ihr Bauch wölbte sich verdächtig. Ich steuerte auf sie zu, als sie gerade zu einem Stück Schokokuchen griff.

»Hey, Corinna«, sagte ich lächelnd. »Ich bin der Bülent!« Ich streckte ihr die Hand hin.

Corinna stopfte sich hastig den Rest des Schokokuchens in den Mund und streckte mir die schokoladigen Finger entgegen. »Impf bmpf Corimpfa«, brachte sie heraus, während sie den Kuchen hinunterzuschlucken versuchte.

»Freut mich«, sagte ich. Ich nahm mir einen Kaffee und wir gingen ein paar Schritte zur Seite, wo wir uns ungestört unterhalten konnten.

»Du siehst Hasan ja wirklich ähnlich«, sagte sie, nachdem sie mich gemustert hatte. »Du könntest sein Onkel sein!«

Ich Hasans Onkel? Wohl eher sein halb so alter Bruder! Ich schrieb Corinnas Behauptung der Tatsache zu, dass sie ihren Freund schon ein paar Tage nicht mehr gesehen hatte und ihn, wenn sie an ihn dachte, wohl ein paar Jahre jünger machte, als er tatsächlich war.

»Ich finde diese Sache ziemlich toll«, sagte ich und nickte in Richtung des Banners, das über der Eingangstür hing.

»Ich habe nie viel über Religion nachgedacht«, sagte Corinna. »Aber als ich Hasan kennenlernte, hat sich das verändert. Nicht, dass er besonders religiös wäre.« Sie lachte. »Er hält sich nicht an alle Regeln.«

Das kannte ich gut. Auch mein Vater hatte von meiner Mutter manchmal Schweinefleisch serviert bekommen, wenn es ihrer Meinung nach schon zu lange Huhn und Rind gegeben hatte. Er hatte Allah kurz um Verzeihung gebeten und dann auf sein Verständnis gebaut. Denn gegen meine Mutter Hilde gab es in unserem Haus kein Ankommen.

»Trotzdem gibt es viele Dinge, die für ihn ganz normal sind, für mich aber seltsam. Über die wollte ich mehr herausfinden. Immerhin werde ich eines Tages seine Frau sein.« Sie sagte das mit tiefer Überzeugung. »Im Grunde ist es doch egal, woran wir glauben. Solange wir den anderen verstehen wollen.«

Corinnas Worte überraschten mich. Nach dem, was mir René erzählt hatte, hatte ich sie anders eingeschätzt. Das war wohl eines der großen Probleme, das besonders zwischen Andersgläubigen herrschte: vorschnelle Schlüsse. Annahmen, ohne sich zuerst ein Bild des anderen gemacht zu haben. Für mich ging es im Glauben nie um wahr oder falsch, oder darum, den einzig richtigen Weg zu Gott zu finden. Es ging um Kraft und Trost, die ich schöpfen konnte, wenn ich an etwas dachte, das größer war als ich. Demgegenüber die Welt und ihre Probleme klein schienen. Nicht um Regeln, die uns in gute oder böse Menschen einteilten.

»Du wolltest mit mir über Hasan sprechen«, riss mich Corinna aus meinen Gedanken.

»Ja, das stimmt.« Ich erzählte ihr von allen Entdeckungen, die wir diese Woche gemacht hatten. Von dem falschen Todeszeitpunkt und den Haaren auf dem Körper des Opfers, die nicht von Hasan stammen konnten. »Es deutet also alles darauf hin, dass Hasan unschuldig ist«, sagte ich. »Aber wer der wahre Mörder ist, wissen wir leider immer noch nicht.«

Corinna wirkte weder wütend noch enttäuscht, als sie diese Nachricht hörte. Tatsächlich lächelte sie. »Vielen Dank für die Mühe. Ich weiß, dass Hasan unschuldig ist. Und ich glaube daran, dass die Wahrheit herauskommen wird. Immerhin bedeutet Glauben, nach vorne zu schauen. Auch wenn man das Ende nicht sieht.«

Ich folgte ihr zu einem Kleiderständer, von dem sie sich ihren Mantel nahm und eine kleine Tüte vom Boden aufhob. Die Tüte kam mir bekannt vor. Als ich das Logo sah, fragte ich: »Du kaufst auch bei Kostas Roh ein?« Die Preise bei dem Metzger waren der Oststadt entsprechend so gesalzen wie sein Pökelfleisch. Ich schämte mich ein wenig für diesen Gedanken, aber konnte sie sich das leisten?

»Ja, vor ein paar Wochen lag ein Flyer von der Fleischerei bei uns im Postkasten«, erzählte sie. »Eigentlich gehen wir in so einer Gegend nie einkaufen, aber die Rabatte waren unglaublich. Und Hasan ist sehr wählerisch, was das Fleisch angeht. Seitdem bin ich dort Stammkundin. Kostas ist sehr nett zu mir. Nachdem das mit Hasan in der Zeitung stand, hat er kein Wort davon geglaubt. Er unterstützt mich.«

So hatte ich den Metzger nicht eingeschätzt. Schon wieder hatte ich mich vom Äußeren täuschen lassen.

Offenbar erkannte Corinna meinen Gedanken: »Er sieht zwar zum Fürchten aus, aber ich glaube, dass er darunter leidet und eigentlich ein sehr sensibler und feinfühliger Mensch ist. Menschen sind nie, wie sie im ersten Moment scheinen.« Sie streichelte über ihren Bauch. Ich bot ihr an, die Tüte nach draußen zu tragen, wo Hasans Wagen stand, gut erkennbar an seinem Nummernschild: MA-KR 6969.

»Danke«, sagte sie, nachdem ich die Tüte in den Kofferraum geladen hatte. »Weißt du, Hasan war mir auch erst auf den zweiten Blick sympathisch ... eigentlich erst auf den fünften. Aber was mir an ihm gefällt: Er ist ein ehrlicher Typ. Die sind heute selten.«

Diese junge Frau beeindruckte mich. Ihr Freund wurde zu Unrecht als Mörder gesucht, während sie auf die Geburt des gemeinsamen Kindes wartete. Doch sie schien unerschütterlich. Sie kannte die Wahrheit und war überzeugt, dass sie sich am Ende durchsetzen würde. Diesen Optimismus trug sie auch in ihren Augen.

»Ich wette, du hast auch Seiten, die kaum jemand kennt«, sagte sie.

Ich musste an die vergangenen Tage denken und all die Menschen, die ich getroffen hatte und die auf seltsame, unerklärliche Weise mit mir verbunden schienen. »Mehr, als du dir vorstellen kannst«, antwortete ich.

10 Uhr, Kühlhalle *Der frische Finne*, Industriegebiet Rheinau, Mannheim

Es war eng und dunkel. Das Quietschen seiner Schuhsohlen hallte leise von den Wänden wider. René konnte die Arme kaum abwinkeln. Wenn er sich im Kreis drehen wollte, streifte seine Schulter die Innenwand. Ihm kam es vor, als würde es nach Metall riechen, obwohl er wusste, dass Metall streng genommen keinen Geruch besaß. Doch die Kälte und Glattheit des Materials fühlte er mit all seinen Sinnesorganen. So also hatte Lasse Hoppsen seine letzten Stunden verbracht. Was war ihm durch den Kopf gegangen, als ihn sein Mörder in diesem Wildtierkühlschrank in die Höhe gezogen hatte? Hatte er in seinen letzten Sekunden gefühlt, was auch René nun verspürte?

Als er vor fünfzehn Minuten die Kühlhalle betreten hatte, um mit Viola zu sprechen, hatte er sie verlassen vorgefunden. Die meisten Kühlcontainer waren verschwunden, offenbar bereitete Viola bereits den Verkauf vor. Der defekte Wildtierkühlschrank allerdings stand noch an seinem Platz in der Mitte der Halle.

Es waren bereits alle Vorbereitungen getroffen worden, ihn mit einem kleinen Kran auf einen bereitstehenden Laster zu heben und verschwinden zu lassen. René konnte dem Drang nicht widerstehen, den Kühlschrank von innen zu betrachten. Die Chance würde er nicht noch einmal bekommen. Nicht nur logisches Denken spielte eine wichtige Rolle in Ermittlungen, sondern auch die Fähigkeit, sich in Opfer und Täter hineinversetzen zu können.

Ein Klopfen riss ihn aus seinen Gedanken. »Herr Maier, sind Sie da drin? Wann wird das Ding endlich weggeschafft?« Die Stimme drang nur gedämpft in das Innere des Kühlschranks.

René öffnete die Tür. Vor ihm stand die Frau, die er gesucht hatte: Viola Hoppsen. Zu ihren Füßen knurrte der Höllenhund Tootsie. Das Tier erinnerte sich wohl an das Fleisch des Beamten, denn die Zunge hing ihm bereits schlabbernd aus dem kleinen Maul.

»Was tun Sie denn hier?«, fragte Viola überrascht. Sie trug ein elegantes, eng tailliertes blaues Kleid mit goldenen Knöpfen.

»Ich habe Sie gesucht«, antwortete René. »Ich möchte Ihnen noch ein paar Fragen zum Tod von Lasse Hoppsen stellen.«

»Ohne meinen Anwalt erzähle ich Ihnen gar nichts«, gab Viola barsch zurück. »Und jetzt kommen Sie lieber aus meinem Kühlschrank, bevor ich ...«

Was genau Viola zu tun gedachte, hörte René nicht mehr, denn ein lautes Rütteln erfasste den Kühlschrank. Er verlor das Gleichgewicht und prallte gegen die Rückwand. Erst einen Moment später wurde ihm bewusst, dass sich der Kühlschrank bewegte. Er hob sich vom Boden!

»Halten Sie an!«, rief René. »Polizei!« Er machte einen Schritt nach vorne und sah, dass der Motor des Lastwagens, der im offenen Tor der Lagerhalle stand, angesprungen war. Die Kranvorrichtung auf seiner Ladefläche war aktiviert worden und hatte den Kühlschrank in die Höhe befördert.

René wollte aus dem Kühlschrank springen, doch im selben Moment, beflügelt von dem allgemeinen Chaos, hüpfte Tootsie höher, als es ihre kleinen Stummelbeinchen eigentlich erlaubten, und krallte ihre spitzen Zähne in Renés Schienbein. Der Beamte schrie auf und taumelte zurück.

»Lassen Sie meine arme Tootsie in Frieden!«, schrie Viola.

»Ich tue doch gar nichts!«, gab René zurück. »Das Vieh frisst mich!«

Doch Viola schien ihn nicht zu hören. »Ich flehe Sie an, erbarmen Sie sich des armen Geschöpfes! Ich erzähle Ihnen, was auch immer Sie wissen wollen!«

Das Gedröhne, mit dem sich der Kühlschrank in die Luft erhoben hatte, endete abrupt. René konnte eine Männerstimme aus der Richtung des offenen Tors hören. »Was zum Teufel ist denn da hinten los?« René erkannte seine Chance. Solange Viola dachte, er würde ihre Hündin bedrohen und nicht umgekehrt, könnte er vielleicht etwas aus ihr herausbekommen.

»Wir haben die Aussage einer Zeugin, dass Sie Samstagabend hier mit Ihrem Mann gestritten haben«, sagte René. »Und wie wir herausgefunden haben, ist Lasse Hoppsen nicht Sonntagmorgen getötet worden, sondern bereits Samstagnacht. Also kurz nachdem Sie mit ihm gesprochen haben.«

Nach dem Tod ihres Mannes konnte Viola endlich das Kühlhaus verkaufen und neu anfangen. Selbst, wenn sie ihn nicht getötet hatte, war sie froh über seinen Tod? Schämte sie sich für dieses Gefühl? Tootsie hing noch immer an Renés Bein, ihr aggressives Knurren hatte sich aber mittlerweile in ein sanftes Brummen verwandelt.

»Was auch immer Sie glauben, ich habe damit nichts zu tun«, sagte Viola. »Ich wollte mit Lasse Samstagabend über den Verkauf der Kühlhalle sprechen. Wir sprachen immer wieder darüber, seit Jahren. Es war das Thema, in dem wir all unseren Frust kanalisierten. Diesmal jedoch hat er mich ziemlich schnell abgewimmelt. Ich hatte den Eindruck, als erwartete er noch jemanden. Er wirkte nervös.« Die Kühlhausbesitzerin blickte René eindringlich an. »Lassen Sie meine Tootsie bitte gehen!«

Doch René überging ihre Bitte. »Eine Idee, auf wen er gewartet haben könnte?«, fragte der Beamte.

»Nein«, sagte Viola. »Normalerweise empfängt er so spät keine Kunden mehr.«

Ob Viola von Lasses Affäre mit Anneliese wusste? Vielleicht hatte Lasse auf die Pelzverkäuferin gewartet, ohne zu ahnen, dass sie bereits in der Halle war. Er wollte vermeiden, dass seine Frau etwas davon mitbekam. Doch das ließ nur Anneliese oder Viola als Täterinnen zu. Wie hätten sie Lasse überwältigen sollen? Kampfspuren waren keine an der Leiche gefunden worden, der toxikologische Bericht gab keinen Aufschluss über Drogen. Hatten sie ihn überredet, sich die Schlinge um den Hals zu legen und zuzuziehen? Und wenn sie beide unschuldig waren, dann musste noch eine dritte Person Samstagabend hier gewesen sein. Aber wer?

»Was machen Sie da?« Ein grobschlächtiger Mann mit Halbglatze und einer verdächtig roten Nasenspitze war neben Viola getreten und blickte verwirrt zu René hinauf. Vermutlich war das Maier, der den Kühlschrank wegbringen sollte.

»Wenn Sie meine kleine Tootsie traumatisieren, dann verklage ich Sie!« Viola hatte ihr altes Selbstvertrauen wiedergefunden.

»Ich bin von der Polizei und führe eine Befragung durch!«, rief René von oben. »Außer dem Wildtierkühlschrank habe ich hier nur Container gesehen«, fuhr der Beamte fort. Er nahm das Hündchen vorsichtig von seinem Bein und hielt es in seinen Armen. Viola schnappte hörbar nach Luft. »War der Kühlschrank etwas Besonderes?«, fragte er und versuchte, sich nicht anmerken zu lassen, dass Tootsie ihn viel mehr traumatisiert hatte, als es umgekehrt je der Fall sein könnte.

»Nein, wir verkaufen schon seit einigen Jahren keine Kühlschränke mehr«, antwortete Viola. »Ich sah ihn zum ersten Mal, als mich die Polizei anrief und über den Tod meines Mannes informierte. Vielleicht stand er schon länger hier, aber ich war mit der operativen Geschäftsführung nicht betraut.« Eine höfliche Art, zu sagen, dass es sie nicht interessierte, ob das Kühlhaus pleite ging.

»Das heißt, Sie wissen nicht, wie der Kühlschrank hierherkam?«, fragte René.

»In den Unterlagen fand ich nichts dazu«, erwiderte Viola. »Vielleicht hat ihn Lasse für jemanden repariert, das machte er manchmal. War sein Zeitvertreib, Kühlschränke zu reparieren. Welcher Mensch empfindet daran Freude?« Für einen Moment schien sie ihre geliebte Hündin vergessen zu haben. »Normalerweise stellte er für solche Tätigkeiten auch Rechnungen. Lasse würde nie etwas Illegales tun, selbst eine rote Ampel flößte ihm schon Angst ein. Aber in den Bürounterlagen konnte ich keine Rechnung finden.«

Seltsam, dachte René. War Lasse Hoppsen nicht als penibel und übergenau beschrieben worden? Wie groß war die Wahrscheinlichkeit, dass er keine Rechnung hinterließ?

»So, das reicht jetzt!« Herr Maier, der das Gespräch ungläubig verfolgt hatte, lief zur Kabine des Lastwagens und setzte die Hebevorrichtung in Bewegung. Kurz darauf setzte das Rütteln wieder ein. René wankte und für einen Moment sah es so aus, als würde er mit dem Hund in die Tiefe stürzen. Viola schrie panisch auf. Im letzten Moment konnte sich René mit seiner freien Hand am Rahmen des Kühlschranks festhalten. Langsam wurde er wieder auf den Boden hinuntergelassen.

René trat aus dem Kühlschrank. Da fühlte er etwas Klebriges, Kaltes und Nasses über seine Wange fahren. Tootsie hatte offenbar Geschmack an ihm gefunden. Die flinke Zunge der Hündin glitt über sein Gesicht.

»Nein, Tootsie, aus!«, rief Viola angewidert. »All die Keime! Du holst dir noch eine Krankheit!«

René setzte die liebestolle Hündin am Boden ab. »Sehen Sie«, sagte er, »nichts passiert.« Viola funkelte ihn wütend an.

»Ich kann es kaum abwarten, dieses Loch endlich zu verkaufen«, zischte sie, während sie Tootsie in die Arme schloss und an ihre Wange drückte. »Wenn der Mordfall an meinem Mann aufgeklärt ist und ich aller Schuld entlastet worden bin, ist der Deal durch. Das wäre eigentlich Ihre Aufgabe, oder nicht?«

Ohne ein Wort des Abschieds wandte sie sich um und ging auf ihren spitzen Absätzen zu der Treppe, die in den ersten Stock und zum Büro der Kühlhalle führte. René glaubte, ein leises »Tierquäler« zu vernehmen. Tootsie warf ihm über Violas Schulter noch einen sehnsüchtigen Blick zu.

Das Sonnenlicht, das durch das große Tor in die Halle fiel, schenkte Wärme, wo sonst nur Kälte herrschte. René lehnte seine Stirn gegen einen der Container. Es war jener, in dem Lasse Hoppsen vermutlich gekühlt worden war, bevor sie seine Leiche gefunden hatten. Es fühlte sich seltsam an, zu wissen, dass hinter dieser Stahltür völlig andere Temperaturen herrschten. Als könnte man die Tür zu einer anderen Welt öffnen.

René konnte fühlen, dass Bülent und er über alle Puzzlesteine verfügten, um diesen Fall zu lösen. Sie mussten sie nur noch richtig zusammensetzen. Vielleicht würde ihnen das bereits heute Abend bei Tobes Konzert gelingen. René hatte von einem befreundeten Kriminalisten gehört, dass man die Lösung eines Falls riechen konnte, wenn sie kurz bevorsteht. Allerdings hatte dieser Kollege gerochen wie ein totes Walross und das war ihm offenbar nie aufgefallen.

Was war es also, das René nun in die Nase stieg?

20 Uhr, *Bloomaul*, Flugplatz Mannheim City, Mannheim

Das Publikum war nicht gerade, was ich von meinen Auftritten gewohnt war. Vielmehr fühlte ich mich in die Anfangszeit meiner Karriere zurückversetzt. Als ich einen Blick durch den Türspalt in den Innenraum der Bar warf, sah ich ungefähr dreißig Menschen, die vor gut gefüllten Bierkrügen saßen, die weder ihre ersten noch letzten an diesem Abend sein würden, und skeptisch Richtung Bühne blickten. Tobe hatte diesen Abend mit dem Auftritt eines besonderen Überraschungsgastes angekündigt.

Ich dachte bloß daran, wie ich das meinem Management erklären sollte. Wir hatten lange am Start meiner Musikkarriere gearbeitet, Songs geschrieben und aufgenommen, eine Band gesucht, eine Tour geplant. Und jetzt sang ich mit vier verrückten Finnen ein Konzert in einer Bar. Ich betete, dass sie zumindest die Lieder einstudiert hatten, die ich ihnen geschickt hatte.

»Bist du bereit?«, fragte mich Tobe. Sein breites Lächeln war den ganzen Abend über nicht aus seinem Gesicht gewichen. Für ihn war das der größte Auftritt seiner Karriere. Er rechnete damit, dass es zumindest eine Aufnahme von diesem Konzert ins Internet schaffen würde. Ich war der Köder, um Tobes Gesangstalent deutschlandweit bekannt zu machen.

»Können wir nicht doch eine andere Lösung finden?«, fragte ich ein letztes Mal und versuchte, so viel Verzweiflung wie möglich in meine Stimme zu legen.

»Keine Chance«, entgegnete Tobe und klopfte mir auf die Schulter. »Wir wollen unsere Fans doch nicht enttäuschen.« Er stieß die Tür auf, riss die Arme in die Höhe und marschierte auf die Bühne. Kurz dachte ich, jemand klatschte, aber es war bloß ein Kopf, der auf den Tresen geknallt war. Hinter ihm watschelten die drei anderen Bandmitglieder auf die viel zu kleine Bühne und mühten sich ab, ihre Positionen einzunehmen, ohne das Set-up zu zerstören. Ich sollte mitten in der ersten Nummer auftauchen, um die Überraschung so effektvoll wie möglich zu inszenieren. In dem schummrigen Licht würde man mich vielleicht gar nicht so gut sehen können. Zumindest war das meine Hoffnung.

Während die Band zu spielen begann, suchte ich im Raum bekannte Gesichter. René saß an der Bar und trank sein Soda, doch ich bemerkte, wie auch sein Blick die Umgebung sondierte. Vielleicht war einer unserer Verdächtigen heute Abend hier. Am Parkplatz des *Bloomaul* war ich das letzte Mal fast überfahren worden. Wer auch immer hinter dem Steuer des schwarzen Mercedes gesessen hatte, könnte heute wieder auftauchen und versuchen, sein Werk zu vollenden. Diesmal aber waren wir vorbereitet.

Ich hörte meinen Einsatz: ein viel zu langes Gitarrenriff von Tobe. Nach einem tiefen Atemzug stieß ich die Tür auf und sprang auf die Bühne. Ich wirbelte meine Haare durch die Luft und setzte dann mit kraftvoller Stimme ein. Egal, ob das hier die letzte Vorstellung meiner Karriere war, ich würde eine Regel nicht verraten, die ich mir vor vielen Jahren selbst auferlegt hatte: Verarsche niemals dein Publikum. Gib immer dein Bestes. Egal, ob du vor dreißig oder dreißigtausend Menschen performst. Egal, ob vor kreischenden Rock- oder angetrunkenen Schlagerfans. Ohne dein Publikum bist du als Entertainer nichts. Respektiere es und unterschätze es niemals.

Kaum hatte ich zu singen begonnen, bemerkte ich die ungläubigen Blicke. Die Besucher mussten sich fühlen wie im falschen Film. Ich konnte in ihren Augen geradezu sehen, wie sie dachten: Kann das sein …? Ist das nicht …? Die meisten von ihnen waren so überrumpelt, dass sie nicht mal daran dachten, ihre Handys herauszuholen und zu filmen. So viel zu Tobes genialem Plan, sich und seine Band berühmt zu machen.

Das Konzert lief besser, als ich gedacht hatte. Die Band verspielte sich nur wenige Male, meine Stimme kam fast unverzerrt durch die Boxen und selbst Tobe, der alle mit Ankündigungen von minutenlangen Soloaktionen in Angst versetzt hatte, hielt sich zurück. Während ich sang, vergaß ich allmählich all meine

Sorgen. So war es immer gewesen, und deswegen liebte ich die Musik. Der Mord an Lasse Hoppsen, mein anonymer Erpresser, meine bevorstehende Tour, der Verlust meiner Figur Hasan, all das flog in der Vibration des Schlagzeugs und mit den Klängen der Gitarre davon. Ich war ganz im Moment angekommen, und der Moment kannte weder Sorgen noch Ängste. Denn Sorgen und Ängste bezogen sich stets auf etwas, das vor uns lag. Im Moment gab es aber nichts vor uns, nichts hinter uns, sondern nur uns. Zeit und Raum, konzentriert auf einen Punkt, der meine Stimme war. Wenn dies tatsächlich mein letzter Auftritt werden sollte, wenn ich mich wirklich im Internet zum Idioten machen würde, so sollte er wenigstens ewig andauern.

Schwere, bebende Klänge eröffneten die nächste Nummer. Das Schlagzeug krachte, der Bass brummte, aus Tobes Gitarre züngelten die Flammen des Metal. Die Soundanlage mischte ein Rauschen in unseren Song, aber das war egal, denn nun waren wir laut genug, um das ganze Lokal zum Beben zu bringen. Wir ließen die Biergläser vibrieren.

MANCHMAL FÜHLT ES SICH SO AN
ALS KENNEN WIR UNS EIN LEBEN LANG
WAS IST NUR MIT DIR GESCHEHEN
WAS LÄSST DICH NUR NOCH DAS SCHLECHTE SEHEN

Es war mein Song »Rüstung aus Hass«, der unseren Auftritt abschließen sollte, zumindest, bis die von Tobe erwarteten Rufe nach einer Zugabe durch das Lokal schallten. Es war einer meiner politischsten Songs, eine klare Botschaft gegen Hass und Ausgrenzung. Ich hatte ihn geschrieben, weil mich das langsame

Erstarken von menschenverachtender, fremdenfeindlicher Politik in unserem Land sorgte. Nun jedoch bekam er eine weitere Bedeutung für mich. Trafen diese Zeilen womöglich auch auf den Mörder von Lasse Hoppsen zu? Vielleicht hatten sich Täter und Opfer gekannt, das Opfer hatte dem Täter vertraut, doch etwas war mit diesem Menschen geschehen. Was musste passieren, damit jemand zum Mörder wurde?

WAS HAT DICH ZU DEM GEMACHT
DEINE RÜSTUNG AUS HASS
WOHIN HAT SIE DICH GEBRACHT
DEINE RÜSTUNG AUS HASS
LEG SIE AB, LEG SIE AB
DEINE RÜSTUNG AUS HASS
DU GEHST VERLOREN IN DIESER SCHLACHT

Hass. Wer hatte Lasse Hoppsen gehasst? Seine Frau Viola, wegen der unglücklichen Ehe, die sie führten? Anneliese, weil sie ihm die Schuld an ihren eigenen Beziehungsproblemen gab? Ihr Ehemann Dieter, weil er mit seiner Frau geschlafen hatte? Tobe Ohrn, weil er Lasse Hoppsen verantwortlich machte für das Scheitern seines Traumes, Musiker zu werden? Oder richtete sich der Hass womöglich gar nicht gegen Lasse Hoppsen? Sondern gegen Hasan?

Ein lautes Quietschen über mir brachte mich kurz aus dem Konzept. Hatte ich mir das nur eingebildet? Bevor ich nach oben blicken konnte, spürte ich einen Ellbogen zwischen meinen Rippen. Ich stolperte zur Seite, mein Fuß fädelte in einem Kabel ein, und ich stürzte neben dem Schlagzeug zu Boden. Von dort beobachtete ich, wie Tobe Ohrn am vorderen Rand der Bühne stand und sein Solo vollführte. Er hatte das Ende von »Rüstung aus Hass« etwas umgeschrieben, damit er ein Gitarrenriff hinlegen konnte, das, seinen Worten nach, einem Jimi Hendrix würdig wäre. Tatsächlich entlockte er seinem Instrument, darüber gebeugt wie ein Priester über dem Altar während eines seltsamen Rituals, einen aus allen Gefühlslagen gewebten Klangteppich. Er lockte das Publikum, spielte mit ihm, lullte es mit melancholischen Tönen ein, nur um es kurz darauf mit aggressivem Vorpreschen aus den Sitzen zu heben. Für einen Augenblick konnte ich erkennen, welcher Musiker aus Tobe Ohrn hätte werden können. Ich konnte seinen Schmerz über die ungenutzte Chance fühlen.

Das Geräusch, das ich kurz zuvor gehört hatte, ertönte wieder. Niemand sonst schien es zu bemerken. Ich richtete meinen Blick zur Decke und sah, wie das Neonschild, das über der Bühne hing, gefährlich wackelte. Noch ehe ich eine Warnung ausstoßen konnte, rissen die Seile. Das Schild krachte zu Boden. Genau auf die Stelle, an der Tobe Ohrn gerade das beste Solo seiner Karriere spielte.

21.30 Uhr, *Bloomaul*, Flugplatz Mannheim City, Mannheim

Es dauerte einige Augenblicke, bis ich realisierte, was geschehen war. Die Musik war mit einem Schlag verstummt, nun herrschte eine unheimliche Stille im Raum. Erst als der Schlagzeuger der *Fliegenden Finnen* bewusstlos auf die Snare Drum fiel, erweckte das scheppernde Geräusch die Menschen wieder zum Leben. Flüche waren zu hören, Stühle wurden gerückt, Bewegung kam in den Club. Jemand schrie. Auch ich richtete mich wieder auf und ging an die Stelle, an der ich gerade eben noch gestanden hatte und wo nun das große Leuchtzeichen des Clubs lag. Bloß ein Arm und ein Bein von Tobe Ohrn schauten darunter hervor. Mehr wollte ich auch gar nicht sehen. Mit gesenktem Blick ging ich in die Knie und fühlte den Puls des Musikers an seinem Handgelenk. Kein Schlag war zu spüren.

Nachdem ich mich aufgerichtet hatte, suchte ich René, doch ich konnte ihn in dem Club nicht finden. Ich sprang von der Bühne und drängte zum Ausgang. Zumindest achtete niemand mehr auf mich. Alles scharte sich um das Leuchtzeichen und den armen Kerl, der darunter begraben lag.

Ich fand René auf dem Parkplatz. Er saß an den Mustang gelehnt auf dem Boden, den Kopf in den Händen vergraben, und zitterte stark. Ich hockte mich neben ihn und legte ihm eine Hand auf die Schulter. »Alles in Ordnung?«, fragte ich.

»Ich bin der schlechteste Polizist der Welt«, stammelte René. »Da fällt ein Leuchtzeichen direkt vor meinen Augen auf den Kopf eines Musikers, und was mache ich? Ich leiste nicht Erste Hilfe oder suche nach möglichen Tätern, sondern renne weg!«

»Bei Tobe wäre jede Hilfe zu spät gekommen«, versuchte ich, meinen Partner zu trösten.

»Ich habe ein akutes Flucht-Syndrom«, sagte René. Er schluckte. »Deswegen bin ich bei unserer ersten Begegnung vor dir davongelaufen. Deswegen laufe ich immer davon. Das ist auch der Grund, warum ich mich habe versetzen lassen.«

»Was soll das sein?«, fragte ich.

»Beim ersten Anzeichen von Gefahr schaltet mein Hirn ganz von selbst in den Überlebensmodus. Ich kann nichts dagegen tun, meine Beine bewegen sich einfach. Der Druck ist zu stark. Ich laufe weg.« René lachte bitter. »Und das als Polizist! Ich war schon immer ängstlich, aber in den letzten Jahren wurde es schlimmer. Hätte ich mich nicht versetzen lassen, hätten es meine Kollegen rausgefunden. Dann wäre ich meinen Job los. Aber hier ist alles nur noch schlimmer. Ich bin unfähig!«

Mittlerweile hatte es leicht zu nieseln begonnen. Feiner Sprühregen fiel durch das bleiche Licht der Straßenlaternen, glitzerte darin wie Kristallstaub. Pfützen bildeten sich auf dem Boden, verwandelten den Asphalt in einen Spiegel, in dem sich der Nachthimmel in all seiner Schönheit betrachten konnte.

»Ohne deine Hilfe hat Hasan keine Chance«, sagte ich und setzte mich neben René auf den nassen Boden. »Du glaubst als Einziger an seine Unschuld. Du gibst nicht auf, Beweise zu suchen und die Wahrheit ans Licht zu bringen. Du bist ein guter Polizist, weil du eine unangenehme Frage einer einfachen Antwort vorziehst.« Ich wandte den Kopf und blickte René an. Schließlich begegnete er meinem Blick. »Wir sind so knapp davor, diesen Fall zu lösen«, fuhr ich fort. »Lass uns zurück in die Bar gehen. Vielleicht können wir Beweise sicherstellen, bevor dein Chef hier auftaucht.«

René lächelte mir schwach zu und nickte. Ich zog ihn hoch und gemeinsam gingen wir ins *Bloomaul* zurück.

Die Barkeeperin hatte mittlerweile ein paar Stühle rund um die Bühne aufgestellt, sodass die Schaulustigen auf Distanz zum Schauplatz des Unfalls gehalten wurden, wo das, was von Tobe Ohrn übrig war, noch unter dem Leuchtzeichen lag. Offenbar betrachteten die Gäste die soeben erlebte Tragödie als Erinnerung, wie kurz und wertvoll das Leben war, denn die Zapfhähne liefen auf Hochtouren.

»Hey, was soll das?«, rief sie, während sie einen Humpen Weißbier anfüllte. René hatte die Stuhlsperre überwunden und inspizierte das Leuchtzeichen.

»Keine Sorge, er ist von der Polizei«, rief ich ihr zu.

René deutete mir, näherzukommen. »Siehst du das?«, fragte er und zeigte mir die beiden Enden des Seils, an dem das Leuchtzeichen montiert gewesen war. »Jemand hat das Seil manipuliert.« Er ging zur Wand neben dem Notausgang. Dort war eine Vorrichtung angebracht, mit der man das Schild herunterlassen und hinaufziehen konnte. »Für gewöhnlich hängt das Zeichen an zwei Stricken an der Decke. Dieses Seil an der Wand dient nur dazu, es zu bewegen«, erklärte René. »Doch jemand hat die beiden Hauptseile beschädigt, sodass es nur noch an dem Seil hing, das über die Wand hier hinunterläuft.« Er zeigte mir eine Kurbel, auf der das Seil liegen sollte. Bloß war es auch hier durchtrennt worden. »Der Täter brauchte nur noch das Seil hier zu kappen, und das Ding krachte von der Decke.«

René ging zur Barkeeperin, die gerade Shots aufs Haus verteilte. Ich folgte ihm. »Haben Sie zufällig gesehen, wer in der Nähe dieser Vorrichtung gestanden hat?«, fragte er.

»Kleiner, ich bin schon froh, wenn ich dem Typen ins Gesicht sehen kann, der vor mir steht und nach einem Bier schreit«, sagte die Barkeeperin, ohne ihre Hände von dem Zapfhahn zu nehmen.

»Ist hier in letzter Zeit jemand eingebrochen?«, fragte René weiter. »Oder irgendetwas anderes Ungewöhnliches passiert?«

»Heute Nacht sind ein paar Bierflaschen verschwunden«, sagte die Barkeeperin. »Manchmal schleichen sich halbstarke Jugendliche ein und stehlen Alkohol. Nicht das erste Mal, nicht das letzte Mal.«

»Die Bierflaschen waren ein Ablenkungsmanöver«, meinte René zu mir. »Jemand wollte nicht, dass man die Bar durchsucht und das manipulierte Seil entdeckt.«

»Wenn das nicht unser fleißigster Beamter ist.« Inspektor Grieß war mit drei Polizisten in der Tür des *Bloomaul* aufgetaucht und rief René von dort aus zu. »Zufall, Sie hier zu treffen.« Als er nähergekommen war, blickte er auch mich misstrauisch an. »Sie kenne ich doch auch? Sie sind der Clown, der sich in unsere Ermittlungen einmischen wollte!«

Am liebsten hätte ich den großmäuligen Inspektor mit all unseren neuen Erkenntnissen überhäuft, aber noch hatten wir den Fall nicht zum Abschluss gebracht. »Ich bin Comedian, kein Clown. Das Publikum lacht mit mir, nicht über mich.« Aber für solche Feinheiten war der Inspektor unzugänglich.

»Sorgen Sie dafür, dass er nicht im Weg steht, Weck.« Die Stimme des Inspektors war so schneidend, dass er damit das Seil zum Reißen hätte bringen können. »Was machen Sie überhaupt hier?«

»Ich war auf dem Konzert, Chef«, gab René zurück. »Ist mein freier Abend.«

»So wie Sie arbeiten, ist jeder Abend frei«, gab Grieß zurück. »Aber wo Sie schon da sind, können Sie sich nützlich machen.«

Unter dem strengen Blick von Grieß verabschiedete ich mich von René. Mit einer Geste gab er mir zu verstehen, dass er mich anrufen würde.

Ich packte meine Sachen aus der Umkleidekabine. Von den übrigen Bandmitgliedern war keiner mehr zu sehen. Bloß der Schlagzeuger, der das Bewusstsein verloren hatte, lag auf einer Bank und jammerte leise vor sich hin.

Der Regen war stärker geworden. Ich zog den Reißverschluss meiner Lederjacke zu, als ich über den Parkplatz schritt. Dabei blickte ich mich vorsichtig um. Ich hatte nicht vergessen, was das letzte Mal geschehen war. Langsam realisierte ich, wie knapp ich heute Abend erneut dem Tod entronnen war. Hatte der Anschlag etwa mir gegolten? War das Neonschild gelöst worden, bevor Tobe mich weggestoßen hatte? Das würde bedeuten, jemand hatte es auf mich abgesehen. Nicht nur auf meinen Ruf, sondern auf mein Leben. Aber wer? Hatte das etwas mit dem Mord an Lasse Hoppsen zu tun? Wie hingen diese Dinge zusammen?

Als ich bei meinem Wagen ankam, seufzte ich erleichtert auf. Trotzdem dachte ich den ganzen Heimweg daran, was geschehen wäre, wenn Tobe mich nicht gestoßen hätte. Er hatte mich zwar nicht retten, sondern bloß mehr vom Scheinwerferlicht abbekommen wollen, aber dennoch verdankte ich ihm mein Leben. Das Scheinwerferlicht hatte er bekommen. Mehr, als ihm lieb gewesen sein konnte.

SAMSTAG

8 Uhr, Haus von Familie Ceylan, Nähe Mannheim

Der Stapel der Autogrammkarten wurde immer kleiner. Mein Handgelenk brannte, als ich zum wiederholten Male meine Initialen auf das Papier kritzelte. Die Bewegung funktionierte mittlerweile völlig automatisch.

Dirk war heute Morgen vorbeigekommen und hatte mir eine Fuhre Fanpost mitgebracht. Ich gab mir nach wie vor Mühe, alle Briefe zu beantworten und den Wünschen nach Unterschriften nachzukommen. Besonders vor neuen Touren war der Andrang groß. Und meine neue Tour sollte bereits am Montag beginnen.

Als ich die nächste Karte vom Stapel zog und einen kurzen Blick darauf warf, stockte ich. Hasans Gesicht blickte mir entgegen. Wie von meinen anderen Bühnenfiguren hatte ich auch von ihm eine Autogrammkarte. Aber wer war es, der mich da anstarrte? War das noch immer ich? Oder ein anderer Mensch, der sich für kurze Zeit meinen Körper mit mir teilte? Woher kamen seine Stimme, sein Auftreten, seine Vorlieben für Paranüsse und sein eigenes Spiegelbild wirklich? Kamen diese Dinge aus mir selbst oder flogen sie mir von außen zu, so wie mir dieser Fall zugeflogen war? Waren Gedanken, die uns spontan kamen und die wir unserer Inspiration zuschrieben, gar nicht unsere, sondern Fremdkörper, die sich in uns einnisteten, bloß auf der Suche nach einem Gehirn, das sie dachte?

»Was ist los, Bülent?«, fragte Dirk, der mir gegenüber saß, eine Tasse Kaffee vor sich. »Du wirkst abwesend.«

»Ist nur viel los in letzter Zeit«, sagte ich. Seit unserem Treffen im Café Florian hatten wir nicht mehr miteinander gesprochen. Ich hatte ihm versprochen, den Fall zu lösen. Bisher war mir das nicht gelungen. Nun musste ich einsehen, dass Dirk recht gehabt hatte. Ich musste mich auf die bevorstehende Tour konzentrieren. Das war mein Leben. Mein Beruf. Das war, was zählte. Doch würde ich in die Rolle des Hasan schlüpfen können?

Aus Furcht, dass es mir nicht gelingen würde, hatte ich die Rolle in den letzten Tagen nicht mehr geübt. Ich wusste, dass das dumm war. Aber ich wollte nicht an die Möglichkeit denken, dass dieser Teil von mir verschwunden war. Auf der Flucht, wie der echte Hasan.

»Vergiss diesen Mordfall«, sagte Dirk, der meine Gedanken erraten hatte. »Bisher haben die Zeitungen nichts gebracht, das ist ein gutes Zeichen. Ich verstehe deine Anspannung, aber es gibt keinen Grund für Paranoia. Das ist vermutlich bloß ein verrückter Fan. Nichts Gefährliches.«

»Papa!« Mein Größter kam von der Terrasse hereingelaufen. »Für die Schule mussten wir eine Blume pflanzen. Schau dir meine an!« Er zog an meinem Arm.

Ich stand lächelnd auf und fuhr ihm durch seine schwarzen Haare. »Na los, zeig mir deinen grünen Daumen.« Ich deutete Dirk, dass ich gleich zurück sein würde.

Über die Treppen unserer Veranda folgte ich meinem Sohn in den Garten. Dort hatte er einen kleinen Erdhügel aufgeschüttet, aus dem eine Tulpe ragte. Sie wirkte etwas einsam inmitten des übergroßen Erdhaufens. »Papa«, begann mein Sohn, während ich seinen Kopf tätschelte und auf dieses Wunderwerk der Natur blickte, das meinem Größten zu verdanken war, »warum trägst du manchmal Frauenkleider?« Eine ganz normale Frage im Hause Bülent.

»Weißt du, ich habe diese Bühnenfigur, die Anneliese. Du kennst doch die Anneliese?« Mein Sohn nickte. »Das ist eine ziemlich Wilde«, fuhr ich fort. »Die Fans mögen das. Auf der Bühne kann man sich in andere Personen verwandeln, auch in ein anderes Geschlecht. Man überrascht so sein Publikum.«

Mein Sohn verdrehte die Augen, während er mit einer kleinen Schaufel die Erde zurechtklopfte. »Das weiß ich doch. Ich meinte, warum trägst du Frauenkleider zum Einkaufen?«

Ich stutzte. »Wie kommst du denn darauf?«, fragte ich.

»Ich habe dich gesehen«, sagte er. Er ging zu einer kleinen Plastikgießkanne, schleppte sie zur Blume und verwandelte die arme Tulpe in eine Wasserpflanze. »Beim Einkaufen mit Mama. Bei diesem Metzger. Du standest vor mir mit deinen langen Haaren. Du hast Stöckelschuhe getragen und eine Handtasche. Und einen langen Pelz.«

»Du hast mich verwechselt«, sagte ich. Mein Sohn musste die echte Anneliese gesehen haben, die offenbar auch bei Kostas Roh einkaufen ging. Immerhin lag sein Laden in der Nähre ihres *Pelz-Palasts*.

»Mit wem?«, fragte mein Sohn.

»Mit Anneliese.«

»Aber Anneliese bist doch du!«, beharrte er. »Auf der Bühne!«

»Siehst du, das ist kompliziert«, versuchte ich zu erklären. »Es gibt Anneliese auf der Bühne, das bin ich. Und dann gibt es auch noch eine echte Anneliese, aber die ist nur Anneliese.«

Mein Sohn erhob sich von seiner Tulpe und dachte nach. Schließlich schüttelte er den Kopf, packte einen kleinen Rechen und grub die Erde um. »Verstehe ich nicht«, sagte er und schüttelte den Kopf.

»Ich auch nicht«, seufzte ich, fuhr ihm noch mal durch die Haare und ging zurück ins Wohnzimmer, wo Dirk seinen Kaffee inzwischen ausgetrunken hatte und die unterschriebenen Karten einpackte. Ich begleitete ihn zur Tür. Während ich ihm die Hand gab, rutschte eine der Karten aus dem Stapel und landete auf dem Boden.

Als ich sie aufhob, bemerkte ich, dass sie nicht zu den anderen Karten passte. Sie hatte eine seltsame Größe und Form. Ich drehte sie um und sah darauf eine Zeichnung, die ich unschwer als eine meiner jüngsten Tochter erkennen konnte. Da hörte ich auch schon ihr Kichern. Sie kam hinter einer Ecke hervor, die Hände hinter dem Rücken verschränkt, und blickte mich aus ihren großen braunen Augen unschuldig an.

»Ist das dein Autogramm?«, fragte ich.

Sie nickte. »Ich wollte den Leuten auch was schenken«, sagte sie. »Also habe ich ein Bild gemalt. Ich dachte, ich stecke es zu den anderen Karten, dann fällt es gar nicht auf.«

O Mann, dachte ich, als ich mich bückte und sie in die Arme nahm. Wenn sie diesen Blick als Jugendliche auch noch draufhatte, säße ich ganz schön in der Tinte. Ich würde es dann nämlich nie übers Herz bringen, eine Strafpredigt zu halten, sollte sie mal zu lange aus sein.

»Dann geben wir den Leuten dein Geschenk«, sagte ich. »Sie werden sich bestimmt freuen.« Ich schob die Zeichnung in den Stapel zurück und zwinkerte Dirk zu. »Manchmal liegt das beste Versteck direkt vor uns.«

Kaum hatte ich den Satz gesagt, wurde mir klar, was er bedeutete.

»Wir sind restlos ausverkauft«, sagte Dirk. »Das wird deine größte Tour bis jetzt. Keine Ablenkungen mehr, kannst du mir das versprechen?«

Ich antwortete nicht, starrte ihn nur an.

»Bülent?«, fragte er besorgt. »Alles in Ordnung?«

»Alles bestens«, sagte ich. »Ich glaube, ich weiß jetzt, wie wir herausfinden können, wer Lasse Hoppsen ermordet hat.«

9 Uhr, *Bloomaul*, Flugplatz Mannheim City, Mannheim

»Du siehst müde aus, Kleiner«, sagte die Barkeeperin. René blinzelte und streckte sich. Er war auf dem Barhocker wohl kurz eingenickt. Ein Speichelfaden tropfte auf seine Jacke.

Der Duft von frisch aufgebrühtem Kaffee erfüllte die Bar. Die Barkeeperin hatte eine große Tasse vor ihm auf den Tresen gestellt. »Danke«, sagte René und nahm einen Schluck. Beinahe hätte er ihn wieder ausgespuckt.

»Ist ein Schuss Bourbon drin«, erklärte die Barkeeperin mit ihrer rauchigen Stimme.

Ein Schuss? Eher die halbe Flasche, dachte René. Dann nahm er noch einen Schluck.

Nachdem der Tatort geräumt und die Leiche von Tobe Ohrn vom Gerichtsmediziner abgeholt worden war, hatte Inspektor Grieß René und Mark dazu verdonnert, die Tatortsicherung zu übernehmen. Das war eine völlig sinnlose Aufgabe, da alle Spuren am Tatort bereits gesichert worden waren. Aber Grieß hatte verstanden, dass Renés Auftauchen am Tatort kein Zufall gewesen war. Der neue Polizist, der an Grieß' Theorie, dass Hasan der Täter war, zweifelte, verfolgte womöglich eine eigene Spur. Damit er seinem Vorgesetzten nicht mehr in die Quere kommen konnte, hatte Grieß ihn dazu abgestellt, das herabgefallene Leuchtzeichen zu überwachen. Damit es nicht aufsprang und weglief, dachte René bitter.

Mark schnarchte in einer Nische des Lokals. Es fehlte nicht viel, und René hätte sich zu seinem Kollegen gelegt. Bloß der Gedanke, was Grieß sagen würde, wenn er unangekündigt auftauchte und beide Beamten schlafend vorfand, hielt ihn davon ab.

»Ist echt tragisch«, meinte die Barkeeperin, die bereits um acht Uhr morgens wieder aufgetaucht war, seitdem Gläser reinigte und die Polizisten skeptisch beäugte. »Gerade als die Band dabei war, gute Musik zu machen. Ihr neuer Sänger …« Sie schnalzte mit der Zunge. »Der sah nach Rock'n'Roll aus.«

»Das sind die Haare«, meinte René und ließ sich auf dem Rand der Bühne nieder, deren vorderer Teil von dem Leuchtzeichen völlig zerstört worden war. Es hatte sogar ein kleines Loch in den Boden geschlagen. Hoffentlich ist der Schuppen gut versichert, dachte René. Er holte sein Handy heraus. Wie schon in den letzten Tagen blickte er auf die Fotos, die Bülent ihm geschickt hatte. Der rosa Kamm. Das Foto von Bülent als Hasan am Anfang seiner Karriere. Was hatten sie zu bedeuten? Wer hatte sie geschickt? Was wollte der anonyme Absender sagen?

Ein Zischen riss ihn aus dem angestrengten Starren. Er sprang auf und drehte sich um. Das Leuchtzeichen hatte sich eingeschaltet und sprühte Funken.

»Feuer!«, schrie René und war bereits im Begriff, die Flucht anzutreten, als ihn eiskalter Nebel einhüllte. Er hustete und bekam kaum Luft. Er sank auf die Knie. Als sich der Nebel verzog, sah er mit Tränen in den Augen die Barkeeperin, die mit einem Feuerlöscher vor dem Leuchtzeichen stand.

»War wohl noch etwas Strom in dem Ding«, sagte sie. Der spontane Temperaturabfall ließ René zittern. Aber zumindest war er nun wach. Ob es die Kälte oder der starke Kaffee war, etwas klickte in seinem Gehirn. Er holte noch einmal das Foto von Bülent hervor, das er auf seinem Handy hatte, und stellte sich vor das Leuchtzeichen.

»Vorsicht«, sagte die Barkeeperin hinter ihm. »Ich will nicht, dass in meiner Bar jemand gegrillt wird.«

Doch René beachtete sie nicht. Das seltsame Leuchten auf dem Foto war dasselbe Leuchten, das dieses Zeichen von sich gegeben hatte. Zeigte dieses Foto etwa Bülent bei einem Auftritt im *Bloomaul*? Womöglich hatte er auf genau dieser Bühne gestanden, vor vielen Jahren, als das Foto aufgenommen wurde. Es gab nur eine Möglichkeit, das herauszufinden. René musste zu der einzigen Person, die alle Auftritte von Bülent archiviert hatte. Ohne Mark Bescheid zu geben, verließ er die Bar und machte sich auf den Weg zum Lindenhof.

10 Uhr, Kühlhalle *Der frische Finne*, Industriegebiet Rheinau, Mannheim

Was, wenn es einen Beweis gäbe, der die Identität des Mörders von Lasse Hoppsen preisgab? Wenn er die ganze Zeit vor unseren Nasen gelegen hätte? Wenn ihn Lasse selbst hinterlassen hätte?

Ohne es zu wollen, hatte mir meine Tochter den entscheidenden Hinweis geliefert. Ich hatte diesen Moment in Krimiserien gesehen, aber ich hatte mir nie vorstellen können, wie es sich anfühlte: wenn auf einen Schlag alle Puzzlestücke ineinanderpassten und ein großes, unerwartetes Bild ergaben. Bis zuletzt hatte ich nicht sehen können, wohin mich die Ermittlungen führen würden. Und nun war ich kurz davor, den Fall zu lösen. Davon war ich überzeugt.

Mit aller Geschwindigkeit, die der Mustang aufbringen konnte, bog ich auf den Parkplatz des Kühlhauses ein und brachte den Wagen mit quietschenden Reifen zum Stehen. Ich lief die Stufen an der Seite der Halle zum Eingang hinauf und klopfte ungeduldig. Es standen keine anderen Autos auf dem Parkplatz, also rechnete ich nicht damit, dass jemand aufmachen würde. Nachdem ich dreimal geklopft hatte, gab ich auf. Ich rüttelte an dem Türknauf, doch die Tür war versperrt.

Normalerweise benutzte ich Haargummis für meine Frisur, aber ich hatte sicherheitshalber stets ein paar Haarnadeln im Auto, sollte ein unvorhergesehenes Haarproblem auftauchen. Nun zog ich eine der Haarspangen hervor und verbog sie so, dass ich eine Spitze in das Schlüsselloch schieben konnte. So etwas hatte ich zuvor noch nie probiert, aber wenn es in Krimis dauernd gemacht wurde, warum sollte es nicht auch in der echten Welt klappen? Ich drehte und stocherte herum. Der Schweiß trat mir auf die Stirn. Für Außenstehende musste ich wie ein ziemlich unfähiger Einbrecher aussehen. Meine Knie und mein Rücken begannen zu schmerzen, da ich mich nun schon eine ganze Weile verkrampft über das Türschloss beugte. Gab es eine spezielle Technik? Oder handelte es sich doch um einen Filmmythos, der in der Wirklichkeit nicht funktionierte? Ich wollte schon aufgeben und es mit roher Gewalt versuchen, da hörte ich ein leises Klicken. Mit angehaltenem Atem drehte ich am Knauf. Die Tür sprang auf. Ich war drin.

Ich kannte den Weg. Ich ging am Büro vorbei, das mittlerweile aufgeräumt worden war. Vermutlich hatte Viola das veranlasst, damit die Halle in ordentlichem Zustand dem neuen Besitzer übergeben werden konnte. Irgendwo hier, vermutlich neben der Tür oder unter dem Schreibtisch, hatte Anneliese ihr Abschiedsgeschenk an Lasse abgestellt. Dass wir es in Lasses Wohnung gefunden hatten, konnte nur eines bedeuten: Bevor Lasse ermordet wurde, hatte er es aus dem Büro in seine Wohnung gebracht und dort in seinem Schrank versteckt. Womöglich war es nicht das Einzige, das er versteckt hatte. Doch jetzt waren alle Kästen, Papiere sowie der Computer aus dem Büro verschwunden. Bloß der Tisch und der Stuhl davor waren geblieben. Keine Spur mehr von der Verwüstung, die hier geherrscht hatte. Die laut Inspektor Grieß von Hasan verursacht worden war, der nach Geld gesucht hatte.

Diese Annahme war von Anfang an schwach gewesen. Was, wenn es nur so aussehen sollte, als hätte jemand nach Geld gesucht, und der Mörder eigentlich auf etwas anderes aus war? Lasse Hoppsen war ein übergenauer, korrekter Mensch gewesen, was seine Frau Viola manchmal in den Wahnsinn getrieben hatte. Über jedes Detail führte er Buch und Rechnung. Bestimmt auch über einen Wildtierkühlschrank, den er reparierte, selbst wenn er es nur für sich selbst als Hobby tat. Falls aber der Mörder auch der Besitzer des Wildtierkühlschranks war, dann hätte er das Büro wohl auf den Kopf gestellt, um Lasses Aufzeichnungen darüber zu finden und sie verschwinden zu lassen. Und sicherheitshalber auch gleich den Computer demoliert, damit niemand mehr Zugang zu den Daten hatte. Das Ding war so steinalt, dass Lasse mit Sicherheit keine Cloud oder einen anderen externen Speicher genutzt hatte. Für die Reparatur des Kühlschranks, die laut Viola ohnehin eine Liebhaberei gewesen war, hatte er die Rechnung vielleicht gar nicht digital eingetragen.

Der Täter musste die Rechnung für die Reparatur, auf der sein Name stand, hier gesucht haben. Was aber, wenn Lasse vor dem Treffen ein schlechtes Gefühl gehabt hatte? Viola hatte erzählt, er sei nervös gewesen. Was, wenn er die Rechnung versteckt hatte, als eine Art Sicherheitsgarantie? Es war eine kleine Chance, aber es war möglich.

Die kleine Wohnung war zum Glück noch nicht ausgeräumt worden. Im Kasten lagen noch immer, fein säuberlich geordnet, Unterwäsche, Hemden, Hosen und Jacken. Das Bett war eingeklappt, auf dem Boden sammelte sich bereits Staub. Mein Ziel lag an der Rückwand des Zimmers, die von dem großen Regal verdeckt wurde, in dem sich Lasses imposante Musiksammlung befand.

Wo würde Lasse etwas so Wichtiges verstecken? Womöglich hatte er geplant, seinen Mörder unter Druck zu setzen, war aber ermordet worden, noch ehe er die Drohung aussprechen konnte. Lasse wirkte auf mich wie ein Mensch mit sehr schlechtem Timing. Ich suchte das Regal ab. CDs, Platten, Kassetten. Aufnahmen, die teilweise über fünfzig Jahre alt waren. Vor allem fand ich Techno, Rock, aber auch Bands mit unaussprechlichen Namen, die wohl aus Finnland stammten und ähnliche Musik machten wie *Die Fliegenden Finnen*. Endlich fand ich, was ich suchte: das erste und einzige Album der *Fliegenden Finnen*, aufgenommen 1992. Der Titel: »Qual, der Wal«. Offenbar ein Konzeptalbum über einen Wal namens Qual, der aus den Tiefen der finnischen See auftauchte und den Menschen mit seinen Wallauten eine bisher unbekannte, psychedelische Musik brachte.

Leider hatte ich keine Zeit, mich weiter mit diesem übersehenen Meisterwerk zu beschäftigen. Ich öffnete die Kassettenhülle – ein solches Teil hatte ich schon ewig nicht mehr in der Hand gehabt – und fand statt dem Tonband ein zusammengefaltetes Blatt Papier. Ich konnte es kaum fassen. Ich hatte recht gehabt! Sherlock Holmes wäre stolz auf mich gewesen. Oder zumindest Jerry Cotton.

Nun musste ich nur noch diesen Zettel auffalten und würde wissen, wer der Besitzer des Wildtierkühlschranks war. Und damit vermutlich auch Lasse Hoppsens Mörder. Denn nur diese Person hatte gewusst, dass sich der Kühlschrank hier befand, und konnte ihn als Instrument für seinen teuflischen Plan benutzen.

Das Läuten meines Handys riss mich aus meinen Gedanken. Instinktiv zog ich es aus meiner Hosentasche und warf einen Blick darauf. Als ich die Nachricht las, die soeben eingegangen war, vergaß ich beinahe den Zettel in meiner linken Hand. Was hatte das zu bedeuten?

10 Uhr, Wohnung von Hilde, Lindenhof, Mannheim

»Noch etwas Kaffee?«

»Ja, sehr gern«, sagte René, der eigentlich keinen Kaffee mehr trinken wollte, der älteren Dame aber nichts abschlagen konnte. Hilde schenkte ihm nach, während er sich durch Kisten und Ordner kämpfte, in denen so ziemlich alle Auftritte archiviert waren, die Bülent jemals absolviert hatte. Von Bülent wusste er, dass seine Mutter 82 Jahre alt war, aber sie war die fitteste 82-Jährige, die er je gesehen hatte. Sie war um zwei Köpfe kleiner als er, hatte kastanienbraunes Haar und war noch ziemlich flott unterwegs.

Als René sich daran erinnert hatte, dass Bülents Mutter alle Artikel über ihren Sohn aufbewahrte, hatte er im Präsidium angerufen und sich von Lisa die Adresse geben lassen. Er hoffte, Bülent würde nicht sauer sein, dass er sie einfach so aufsuchte, aber er hatte keine Sekunde zu verlieren. Zum Glück war Hilde zu Hause gewesen. Sie lebte in einem Wohnhaus im Lindenhof. Durch die Gegensprechanlage hatte er sich als Polizist und Freund von Bülent vorgestellt, woraufhin sie ihn in ihrer Aufregung schon am Lift erwartet hatte.

Seit einer Stunde saß René nun schon in dem liebevoll eingerichteten Wohnzimmer, ausgestattet mit Engelsfiguren, Steppdecken und noch mehr Familienfotos, und kämpfte sich durch die fast dreißig Jahre andauernde Karriere von Bülent. Das Foto, das der Erpresser an Bülent geschickt hatte, musste alt sein, also überflog er die jüngsten Kritiken nur und konzentrierte sich auf Artikel, die zwanzig Jahre oder älter waren. Hilde saß neben ihm und gab zu jedem Artikel einen Kommentar ab: »Da war er zum ersten Mal im Fernsehen zu sehen!«... »Hier hatte er gerade die Anneliese erfunden, so eine Lustige.«... »Oh, was habe ich bei dem Auftritt nicht gelacht!« Es war deutlich zu merken, dass Hilde selbst der größte Fan ihres Sohnes war.

»Erinnern Sie sich daran?« René war auf einen Artikel gestoßen, der ein Foto von Bülent auf einer Bühne zeigte, die der im *Bloomaul* ähnelte.

Hilde blickte konzentriert auf den Artikel. »Nein, da war ich wohl nicht dabei.«

René überflog die Zeilen. Der Auftritt hatte tatsächlich im *Bloomaul* stattgefunden. Der Bericht datierte aus dem April 1999. Viel mehr Informationen fand René nicht. Er suchte in anderen Ordnern, ob es vielleicht noch einen Beitrag zu dem Auftritt gab. Er hoffte, irgendwelche Hinweise auf den anonymen Briefschreiber zu finden, der es womöglich auf Bülent abgesehen hatte. Zuerst das Auto, dann das Leuchtschild – jemand war hinter Bülent her. Jemand, der ein Foto von diesem Auftritt hatte.

Im *Mannheimer Morgen* wurde er endlich fündig. Die Zeitung hatte Bülents Auftritt sogar eine ganze Seite mit drei Fotos gewidmet. Von einer kraftvollen Präsenz, einem Feuerwerk an Pointen und einer »großen Zukunftshoffnung« war die Rede. Doch René interessierte sich nicht so sehr für die Worte, sondern für die Bilder. Zwei Fotos zeigten Bülent, eines zeigte die amüsierten Zuseher.

»Oh, den Mann kenne ich!«, sagte Hilde fröhlich und deutete auf das Foto.

»Was?«, fragte René. »Wen?«

»Den da, in der ersten Reihe!« Hilde zeigte mit dem Finger auf ein Gesicht. »Ich gehe bei ihm einkaufen, seit ich einen

Gutschein von seinem Geschäft in meinem Briefkasten hatte. Ein ganz herzlicher Mensch. Fragt mich ständig nach meinem Bülent, er ist ein großer Fan. Gibt mir immer einen Sonderpreis und hilft mir, die Taschen zu tragen. Ein wahrer Gentleman.« Sie stand auf. »Wenn Sie probieren wollen, ich habe noch was von seinem Schinken im Kühlschrank.«

10 Uhr, Fleischerei Roh, Oststadt, Mannheim

Morgen würde er eine Woche verschwunden sein. Hasan war schon früher für ein paar Nächte nicht nach Hause gekommen, aber noch nie war er so lange weg gewesen. Und normalerweise ließ er Corinna immer wissen, wo er war und wie es ihm ging. Selbst wenn er auf Achse gewesen war und ihnen einen neuen Flatscreen-TV oder eine Waschmaschine besorgt hatte. Doch dieses Mal hatte sie nichts von ihm gehört. Zumindest hatte ihn die Polizei noch nicht gefunden, das hätte bestimmt in der Zeitung gestanden. Aber wo war er? Wie ging es ihm wohl? Corinna fand kaum Schlaf. Jede Nacht wälzte sie sich stundenlang in ihrem Bett, das für sie allein viel zu groß war, und dachte über diese Fragen nach. Sie sprach flüsternd zu dem kleinen Leben, das in ihrem Bauch heranwuchs und das seinen Vater ebenso vermisste wie sie.

An jede Option, so schrecklich sie auch sein mochte, hatte sie bisher gedacht, bloß an eine nicht: dass Hasan davongelaufen war. Dass er sich aus dem Staub gemacht hatte und sie mit dem gemeinsamen Kind sitzen ließ. Jede Alternative war besser als diese.

Da Corinna zurzeit keinen Job hatte, war das Geld knapp. Ohne die Unterstützung von Kostas Roh, der ihr jeden Tag ein kleines Essenspaket vorbereitete, wäre sie aufgeschmissen gewesen. Auch über ihre Probleme konnte sie mit ihm sprechen. Er war interessiert und hörte ihr zu, ohne dumme Ratschläge zu geben oder Mitleid zu heucheln. Sie hatte ihm auch von dem Polizisten erzählt, der sie aufgesucht, und von dem Comedian, der sie nach Hasan gefragt hatte.

»Wie geht es uns denn heute?«, fragte der Metzger mit einem freundlichen Lächeln, als sie an diesem Vormittag seinen Laden betrat.

»In Ordnung, danke«, sagte Corinna und versuchte, eine tapfere Miene aufzusetzen.

»Ich weiß, das ist eine dumme Frage«, sagte Kostas. »Was von Hasan gehört?«

Corinna schüttelte den Kopf. Jedes Mal, wenn sie seinen Namen hörte, musste sie mit den Tränen kämpfen.

Kostas legte das Paket auf den Tresen. »Er wird schon wieder auftauchen«, sagte er. »Mach dir keine Sorgen.«

»Danke«, schniefte Corinna und nahm das Paket entgegen. Dann verabschiedete sie sich und verließ den Laden. Wie immer, wenn sie Kostas Roh besuchte, hatte sie ihren Wagen in einer Seitengasse geparkt. Sie bog darin ein, mit einer Hand hielt sie das Paket, mit der anderen ihren Bauch. Wenige Meter vor ihrem Wagen hörte sie hinter sich ein Knirschen. Bevor sie sich umdrehen konnte, fühlte sie einen feuchten Lappen um ihren Mund. Das Letzte, was sie wahrnahm, bevor sie das Bewusstsein verlor, war ein süßlicher Duft.

10.30 Uhr, Kühlhalle *Der frische Finne*, Industriegebiet Rheinau, Mannheim

> Hasan hat sich gemeldet.
> Möchte dich vor dem Kühlcontainer treffen.
> Wird alles aufklären.

Dazu eine Reihe von Emojis. Das hatte mir Corinna geschrieben. Nun ging ich mit dem wichtigsten Beweisstück im Mordfall Lasse Hoppsen in der Hand auf den einzigen Kühlcontainer zu, der noch in der Kühlhalle zurückgeblieben war. Meine Schritte hallten durch das verlassene Gebäude, prallten in dumpfer Wiederholung von den hohen Wänden wider. Aus dem Inneren des Containers fiel schwaches Licht durch die hohen, beschlagenen Fenster. Nichts war zu hören, außer dem leisen Summen des Generators, der den Kühlcontainer mit Strom versorgte. Das Display zeigte angenehme neunzehn Grad.

Wie treffend, dass der Fall, der in diesem Container begonnen hatte, eben hier zu Ende ging. Aber was hatte Hasan veranlasst, aus der Deckung zu kommen? Hatte er einen Beweis, den wir übersehen hatten? Oder war er es leid, sich vor der Polizei zu verstecken? Ich betrat den leeren Container und blickte mich um. Hier also war es passiert. Hier war Lasse ermordet worden. Ich versuchte, es mir vorzustellen. Den Täter vor mir zu sehen. Ich wählte Renés Nummer und hielt mir das Handy ans Ohr.

Da hörte ich Schritte. Zuerst so leise, dass ich sie für Einbildung hielt. Dann wurde das Geräusch lauter, klang schwerer, wurde zu einem Stampfen. Ein Stampfen, das immer näher kam. War das Hasan?

»Bülent!« René war rangegangen. »Wie gut, dass du anrufst! Du wirst nicht glauben, was ich herausgefunden habe!«

Die Schritte waren mittlerweile ganz nah. Hasan würde jeden Moment in der Tür erscheinen und mir alles erklären können. Das Ende des Falls war zum Greifen nahe.

»Ich weiß jetzt, wer dein anonymer Stalker ist«, hörte ich Renés aufgeregte Stimme. »Vielleicht ist das sogar unser Mörder!« Doch bevor René weitersprechen konnte, erschien eine Gestalt in der Tür. Es war nicht Hasan.

10.35 Uhr, Kühlhalle *Der frische Finne*, Industriegebiet Rheinau, Mannheim

»Leg das Handy auf den Boden«, sagte Kostas Roh mit ruhiger, freundlicher Stimme. Er lächelte vertrauensvoll. Bloß das große, glänzende Beil in seiner rechten Hand passte nicht ins Bild des netten Nachbarn. Seine kleinen, stechend schwarzen Augen funkelten mich an. Seine Höflichkeit täuschte nicht darüber hinweg, dass er wohl jederzeit bereit war, das Beil zu heben und zuzuschlagen. Langsam ging ich in die Knie und legte das Handy auf den Boden.

»Gut«, sagte Kostas. »Jetzt kick es in meine Richtung.« Ich tat, was er verlangte. Der Metzger stoppte das schlitternde Handy mit seinem Fuß. »So ist es brav«, sagte er, hob den Fuß und zertrat es. Mit einem hässlichen Geräusch brach es in Stücke. Das also waren die Auswirkungen von hundertzwanzig

Kilogramm auf ein Smartphone. Ich stellte mir meinen Kopf anstelle des Handys vor und war starr vor Schreck. Das Gefühl für meine Muskeln war verloren gegangen. Bloß eine weit entfernte Stimme, irgendwo in meinem Hinterkopf, ließ mich nicht zusammenbrechen. Sie rief: Wenn du dir jetzt nichts einfallen lässt, bist du ein toter Komiker. Nicht witzig. Also tat ich, was ich am besten konnte, was ich selbst dann noch konnte, wenn mein Leben auf dem Spiel stand: Ich redete.

»Ich habe herausgefunden, wie du es gemacht hast«, sagte ich. Solange ich sprach, war ich am Leben. Und ich musste so lange wie möglich am Leben bleiben. Also begann ich, alles, was ich über diesen Fall wusste, zusammenzufügen und Kostas mit meinen Schlussfolgerungen hinzuhalten. »Du hast dich mit Lasse am Samstagabend hier getroffen. Wahrscheinlich hast du ihm gesagt, dass du über den Kühlschrank sprechen willst. Du wusstest von seiner Fisch-Synkope, also hattest du einen stinkenden, verwesenden Fisch im Kühlcontainer versteckt, wo auch der Kühlschrank stand. Lasse hat sich den Kühlschrank angesehen, und im richtigen Moment hast du den Fisch hervorgeholt und ihm unter die Nase gehalten.«

Ich konnte die Szene vor mir sehen. Den erschreckten Blick von Lasse, kurz bevor er in Ohnmacht fiel. Den Metzger, der Lasses Bewusstlosigkeit nutzte, um ihm den Gürtel um den Hals zu legen und ein Ende an dem Haken des Wildtierkühlschranks anzubringen. Dann brauchte er nur noch den Knopf zu drücken, und der Haken fuhr in die Höhe. Was Lasses Tod bedeutete.

»Den Fisch hast du wieder mitgenommen, aber der Geruch ist geblieben«, führte ich weiter aus und erinnerte mich an den

Gestank, der selbst Tage später noch im Container zu riechen gewesen war. Wie sonst hätte Fischgestank in ein Kühlhaus kommen sollen, in dem keine Fische gelagert wurden? Das erklärte auch, warum weder Kampfspuren an Lasses Körper noch Kratzer am Boden des Kühlschranks gefunden worden waren. Lasse war bewusstlos gewesen, als er in den Kühlschrank verfrachtet worden war.

»Dann hast du den Container gekühlt, um die Totenstarre aufzuschieben«, erklärte ich. Ich spielte auf Zeit, worauf ich aber wartete, wusste ich nicht. Darauf, dass René auftauchte? Dass der Metzger, dessen rotes Gesicht nicht gerade für ein gesundes Herz-Kreislauf-System sprach, einen Herzinfarkt erlitt?

»Du musstest am nächsten Morgen bloß wiederkommen und Lasse mit dem Kühlschrank aus dem Container schieben. Dafür musstest du ihn nicht einmal berühren. Er konnte dann in aller Ruhe auftauen. Und als er gefunden wurde, hat die Polizei einen falschen Todeszeitpunkt bestimmt. Selbst wenn jemand dahinterkommen würde, dass ihr beide euch Samstagabend getroffen habt, kämst du nicht als Mörder in Verdacht. Du musstest nur noch den Kamm und die Haare am Tatort hinterlassen, und alle hielten Hasan für den Täter.«

»Bravo«, sagte Kostas Roh. »Hätte ich kein Hackbeil in der Hand, ich würde applaudieren.«

»Du kannst es fürs Applaudieren gern weglegen«, sagte ich. »Hast du mir die Nachricht geschrieben?«, fragte ich, als Kostas auf meinen Vorschlag nicht reagierte.

»So ist es«, sagte der Metzger. Sein Grinsen hatte sich mit der Zeit von einem freundlichen Lächeln in eine manische Fratze verwandelt. Das war also sein wahres Gesicht. »Ich habe lange auf diesen Moment hingearbeitet, Bülent. Das Netz immer enger gezogen. Weißt du, wie viele Menschen bei mir ein- und ausgingen, die mit dieser Sache zu tun haben? Wen ich über dich aushorchen konnte? Corinna, Anneliese, deine Frau, sogar die liebe Hilde.«

Als er meine Frau und meine Mutter erwähnte, spürte ich Wut in mir hochsteigen. Am liebsten hätte ich mich auf ihn gestürzt. Nur die Aussicht, dann als Sucuk zu enden, ließ mich bleiben, wo ich war.

»Es war ein Leichtes, Corinna ihr Handy abzunehmen und dir zu schreiben. Genauso leicht, wie dich damals in meiner Metzgerei auszuschalten.« Er lachte. Kostas musste von meinem sensiblen Geruchssinn gewusst haben. Nicht seine abschweifenden Gedanken waren Grund dafür, dass er vor mir ein Schwein zerlegt und mir damit alle Sinne geraubt hatte. Er konnte die Erkenntnis in meinem Gesicht lesen. »Ja, so fühlt es sich an, wenn man keine Kontrolle hat«, sagte Kostas. Seine Stimme war nicht mehr ruhig. Sie zitterte wie ein Vulkan, der kurz vor dem Ausbruch stand. »Es tat so gut, dich fühlen zu lassen, was ich so lange ertragen musste.«

Mein Atem ging schnell und mein Herz raste, während ich darüber nachdachte, wie ich aus dieser Situation herauskommen konnte. Erst jetzt wurde mir bewusst, dass vor meinen Augen kleine Atemwölkchen schwebten. Mein Körper war so voller Adrenalin, dass ich nicht bemerkt hatte, wie viel kälter es mittlerweile in dem Container geworden war. Mit einem Mal begriff ich. Kostas Roh wollte mich nicht mit seinem Beil zerstückeln wie eines seiner armen Tiere. Er wollte mich zu Tode frieren!

10.30 Uhr, Lindenhof, Mannheim

René bedankte sich bei Hilde und versprach, bald wieder vorbeizukommen. Sie sah ihm vom Balkon nach, als er zu seinem Auto ging. Er winkte, bevor er einstieg.

Er wollte gerade Bülent anrufen, als er den Namen seines Partners auf seinem Handy sah. »Bülent!«, meldete sich René. »Wie gut, dass du anrufst! Du wirst nicht glauben, was ich herausgefunden habe!« Mit dem Handy zwischen Wange und Schulter startete er das Auto und fuhr los. Er hatte keine Zeit zu verlieren. Es gab einen neuen Hauptverdächtigen im Fall Lasse Hoppsen. Hilde hatte den Mann in der ersten Reihe erkannt: Es handelte sich um einen Metzger namens Kostas Roh. »Ich weiß jetzt, wer dein anonymer Stalker ist. Vielleicht ist das sogar unser Mörder!«, fuhr René mit aufgeregter Stimme fort. Bülent antwortete nicht. Konnte er gerade nicht sprechen? Und was war das für ein Geräusch im Hintergrund?

»Leg das Handy auf den Boden«, hörte René, doch es war nicht Bülents Stimme.

»Bülent?«, rief er in sein Handy. »Bülent, was ist los?«

Ein Knacken und die Verbindung war unterbrochen. Schwebte sein Partner in Gefahr? René drückte das Gaspedal durch. Ein Hupkonzert von aufgebrachten Autofahrern begleitete ihn auf seinem Weg.

Er schlitterte in die Straße, stoppte den Wagen vor dem Gebäude, sprang heraus und lief zur Tür. Sie war nicht abgeschlossen, bloß ein »Geschlossen«-Schild hing daran. Er zog seine Pistole und atmete tief durch. Was würde ihn erwarten? Hatte der Metzger Bülent in seine Gewalt gebracht? Bedrohte er ihn, folterte er ihn vielleicht sogar gerade? Bei diesem Gedanken wollte sich Renés Körper umdrehen und zurück zum Auto laufen. Er umklammerte den Griff seiner Waffe noch fester. Jetzt nicht, sagte er sich. Denk an was Schönes. Denk an Lisa. Denk daran, wie sie dich für den größten Waschlappen halten wird, wenn du jetzt wegläufst.

René öffnete die Tür. Die Rollläden waren alle heruntergelassen worden, sodass im Inneren Dunkelheit herrschte. Er zog seine Taschenlampe aus dem Gürtel und knipste sie an. Er war allein. Langsam, Schritt für Schritt, durchquerte er den Raum, bis er zu einer Tür mit einem kleinen Glasfenster darin kam. Durch das Glasfenster konnte er einen Schatten erkennen. War das Kostas Roh?

Mit allem Mut, den er aufbringen konnte, stieß René die Tür auf und leuchtete dorthin, wo er den Metzger vermutete.

»Ah!« René drückte ab. Ein lauter Knall ertönte, ein Rauschen füllte seine Ohrmuscheln aus. Die Kugel hatte das arme Schwein, das in der Mitte des Raumes hing, fast vom Haken gerissen. Seine Innereien lagen nun über den Fliesenboden verteilt. Das war der Schatten hinter dem Glasfenster gewesen.

»Verdammt«, fluchte René. So viel zur Idee, unbemerkt zu bleiben. Über dem großen Metalltisch, der in der Mitte des Raumes stand und auf dem einige furchterregend aussehende Instrumente lagen, schaukelte das leblose Schwein langsam und quietschend hin und her. »Jemand hier?«, rief er. »Polizei!«

Stille.

René horchte mit laut pochendem Herzen. Was war das? Rief da jemand? Woher kam das Geräusch? René drehte sich im Kreis. Er sah ein an der Wand angebrachtes Brett, an dem verschiedene Beile und Messer hingen. Ein Platz war leer. Er trat näher und hielt sein Ohr an die Wand. Er konnte zwar keine Worte verstehen, aber ein Rufen ausmachen. René suchte nach einer Möglichkeit, das Brett von der Wand zu nehmen, aber es schien festgenagelt. Er studierte die Messer. Eines davon, ein kleines, schmales und besonders spitzes Modell, das ihn an einen Dolch erinnerte, fiel ihm auf. Seine Klinge zeigte keinerlei Abnützungserscheinungen, es war blank poliert, als ob es noch nie von der Wand genommen worden wäre. René wollte es genauer unter die Lupe nehmen und griff danach, doch das Messer schien an der Wand zu kleben. Er rüttelte und zog daran. Plötzlich sprang das Brett ein Stück hervor. Dahinter tat sich eine kleine Öffnung auf. René zog das Brett wie eine Tür auf, was sich als ziemlich schwer herausstellte, und schlüpfte durch die Öffnung.

Er stand am Beginn einer Treppe, die wohl in den Keller führte. Langsam, die Waffe zitternd vor sich haltend, stieg er nach unten. Nach etwa fünfzehn Stufen erreichte er den Boden. Er hob die Taschenlampe. Und zuckte zurück.

Wohin er auch sah: Bülent. Fotos, Poster, Zeitungsartikel. Bülent als Anneliese, Bülent als Hasan, Bülent als Mompfred, Bülent als Harald. Bülent in Berlin, in München, in Wien, in Mannheim. Ein Dutzend rosa Kämme. War das eine Art Schrein?

»Hallo?«

René stieß einen spitzen Schrei aus, so unvermittelt war die Stimme aus dem Nichts gekommen. Er fuhr herum und richtete sowohl Taschenlampe als auch Pistole in die Richtung, aus der er die Stimme vermutete. In einem vergitterten Abstellraum stand Corinna, das sonst so dick aufgetragene Make-up verschmiert und die Haare zerzaust.

»René?«, fragte sie, als sie ihn durch das Licht der Taschenlampe erkannte. »Was tust du denn hier?«

»Das Gleiche könnte ich dich fragen«, sagte er.

»Ich war bei Kostas einkaufen, dann wurde es plötzlich schwarz und ich kann mich an nichts mehr erinnern«, sagte sie. »Ich bin hier aufgewacht, habe wie eine Verrückte an den Stäben gerüttelt und gerufen, damit mich irgendjemand hört.«

»Ich habe dich gehört«, sagte er. »Ich versuche, dich hier rauszuholen.« Er legte seine Pistole auf einen der Tische, die voll waren mit Bülent-Autogrammkarten, kleinen Bülent-Spielfiguren und sogar Bülent-Präservativen mit der Aufschrift »Luschtobjekt«, dann trat er vor die Tür der Abstellkammer, an der ein schweres Vorhängeschloss hing. Die Abstände zwischen den Gitterstäben waren zwar groß genug, dass René seinen Arm hindurchstecken konnte, aber er konnte sie nicht weit genug auseinanderdrücken, um Corinna hindurchschlüpfen zu lassen.

»Ich rufe Verstärkung«, sagte René. »Noch etwas Geduld, dann holen dich meine Kollegen raus.«

Corinna nickte dankbar.

»Hast du Bülent gesehen?«, fragte René.

Corinna schüttelte bloß den Kopf.

Bülent schwebte ohne Zweifel in großer Gefahr. Doch wo konnte er bloß stecken?

10.45 Uhr, Kühlhalle *Der frische Finne,* Industriegebiet Rheinau, Mannheim

»Warum?«, fragte ich den Metzger, während die Kälte immer erdrückender wurde. Gänsehaut hatte sich über meinen Körper ausgebreitet und ich konnte das Zittern kaum noch unterdrücken.

»Warum?«, wiederholte Kostas verächtlich. Er breitete seine Arme aus, als würde er auf einer Bühne stehen, und sagte mit lauter Stimme: »Ich habe eine Vegetarierin geheiratet. Jetzt habe ich den Salat!«

Wie auf ein Codewort, das eine versperrte Tür öffnete, tauchten längst vergessen geglaubte Erinnerungen in mir auf. »Du warst eine meiner Figuren«, sagte ich und konnte es selbst kaum fassen. »Ich hatte dich in meinem Programm. Vor vielen Jahren. Der Metzger.« Es war eine meiner ersten Figuren gewesen. Ein Metzger mit brachialem Humor. Recht bald hatte ich aber gemerkt, dass diese Witze für das Publikum zu hart waren. Die Figur funktionierte nicht. Obwohl sie witzige Sachen sagte, war sie selbst nicht lustig, sondern verstörend. Das Publikum konnte mit Hasan oder Anneliese über unkorrekte Sachen lachen, weil es mit den Figuren fühlen konnte. Beim Metzger gelang das nicht. Daher musste ich ihn nach einigen Shows von der Bühne verschwinden lassen. »Dir ging es gar nicht um Lasse oder Hasan«, sagte ich. »Dir ging es um mich.«

»Ganz richtig.« Vergnügt fuhr der Metzger mit seinem Zeigefinger sachte über die Klinge seines Beils. »Ich wollte dich zerstören. Zuerst sollte deine bekannteste Figur mit einem Mörder in Verbindung gebracht werden. Dein Ruf sollte ruiniert werden. Alles, was du dir aufgebaut hattest, sollte vor deinen

Augen zerbrechen. Und schließlich würde ich dich töten.« Er seufzte. »So ganz hat es nicht geklappt. Die Medien wollten meine anonymen Schreiben nicht veröffentlichen, solange Hasan nicht geschnappt war. Also muss ich ein paar Stufen überspringen und dich jetzt schon töten. Es fühlt sich aber nicht so enttäuschend an, wie ich befürchtet hatte. Auf dem Parkplatz wäre es mir fast gelungen. Hat dir einen ganz schönen Schrecken eingejagt, oder?« Kostas lachte. »Und als ich im *Bloomaul* das Seil durchschnitt, hat dich bloß der Zufall und die Aufmerksamkeitssucht dieses talentlosen Gitarristen gerettet.«

»Das alles, weil ich einmal einen Metzger auf die Bühne gebracht habe?«, fragte ich. Es wäre nicht das erste Mal, dass eine Performance bei Menschen auf Widerstand stieß. Immer wieder kam es vor, dass eine Gruppe, über die ich mich lustig machte, mit Drohungen oder Hass reagierte. Als Comedian war es hoffnungslos, zu versuchen, es allen recht zu machen.

Ob Rechte oder Linke, Türken oder Deutsche, Christen oder Muslime, Fleischesser oder Veganer – die wenigsten Menschen, die sich mit einer Idee oder Sache so stark identifizierten, dass sie ihre Individualität vergaßen, konnten über sich selbst lachen. Wer über sie lachte, verlachte damit in ihren Augen auch die Idee, für die sie standen und über die sie sich definierten. Sie begriffen nicht, dass ich mich als Comedian über eine Idee, Sache oder Handlung lustig machen konnte, ohne den Respekt vor den Menschen, die an diese Idee, Sache oder Handlung glaubten, zu verlieren. Der Mensch war mehr als eine Idee oder eine Sache. Mehr als eine Nationalität, eine Religion oder ein Lebensstil. Aber dass sich der Berufsstand der Metzger von mir angegriffen fühlen könnte, damit hätte ich tatsächlich nicht gerechnet. »Der Metzger war kaum fünf Shows im Programm«, sagte ich.

»Eben!«, rief Kostas aus. »Er hätte in all deinen Shows im Programm sein sollen! Du hättest mich nie rauswerfen dürfen!«

»Was?« Ich verstand nicht.

»Damals war ich ein großer Fan«, sagte er. Die Wut war aus seiner Stimme gewichen und hatte einer Enttäuschung Platz gemacht, die Jahre Zeit gehabt hatte, ihn von innen zu zerfressen. »Ich habe alle deine Vorstellungen besucht. Die Figur des Metzgers war die Beste. Die Witze! Das Auftreten! Die Sprache! Ich habe mich gar nicht mehr eingekriegt vor Lachen. Endlich versteht mich einer, dachte ich. Aber als ich mich bei den Shows umsah, merkte ich, dass ich der Einzige war, der über diese Nummer lachte. Die meisten Leute schienen sich zu ekeln! Fühlten sich abgestoßen!« Die letzten Worte spuckte er beinahe aus. »Und was hast du getan? Du bist nicht zu mir gestanden, nein! Du hast die Figur aus dem Programm genommen. Du hattest die Chance, der Welt einen lustigen, unterhaltsamen Metzger zu zeigen. Aber nein, ich bin immer der böse Kerl mit dem hässlichen Job, der den armen Tieren wehtut!« Die Wut kehrte zurück. Mit jedem Wort goss Kostas Roh etwas mehr davon in die Verzweiflung. Eine Mischung, die Hass ergab. »Danach habe ich deine Karriere nur noch in den Medien verfolgt. Und was für eine Karriere das war! Während es für dich immer weiter bergauf ging, größere Hallen, TV-Auftritte, ging es für mich nur noch bergab. Meine Frau wurde vegan und ließ sich scheiden. Mein Geschäft macht jedes Jahr weniger Umsatz und ist mittlerweile ins Minus gerutscht. Und bei jedem Kunden, der meinen Laden betritt, kann ich das Unbehagen über mein Auftreten in den Augen sehen.«

Ich war sprachlos. Sollte wirklich ich mit seinem Lebenspech zu tun haben? War es eine seltsame Art von ausgleichender Gerechtigkeit, dass sein Leben gescheitert war, während ich all meine Ziele erreicht hatte? Aber das hatte ich doch nicht gewollt!

»Lasse kannte ich schon lange«, unterbrach Kostas meine Gedanken. »Hat mir Kühlschränke verkauft. Auch später blieben wir immer in Kontakt. Als ich einmal vorbeikam, sah ich, dass er einen neuen Mitarbeiter eingestellt hatte. Du kannst dir wohl denken, wer das war.«

»Hasan«, sagte ich leise.

Kostas nickte. »Kannst du dir vorstellen, was in mir vorging? Bis dahin hatte ich keine Ahnung, dass es auch andere Menschen gab, die Vorbild für deine Figuren sind. Ich weiß nicht, wie du das machst, ob du sie irgendwo siehst oder von ihnen hörst. Ist mir auch egal. Ich konnte nicht verstehen, wieso du deine berühmteste Figur ausgerechnet nach so einem Idioten, einem Kleinkriminellen geschaffen hast! Warum hast du ihm eine Bühne gegeben, mir aber nicht?« Kostas' Stimme überschlug sich jetzt. Er schrie fast. »Ich verdiene auch eine Bühne! Ich verdiene eine Stimme! Ich verdiene es, gehört zu werden!«

Der Metzger sah mich hasserfüllt an. Seine Augen funkelten. Das steckte also hinter allem. Kostas Roh machte mich für sein verunglücktes Leben verantwortlich. Für all seine Niederlagen. Für seine Unzufriedenheit. Ich war schuld daran, dass er keine Stimme hatte. Dass die Welt ihn nicht hörte, seine Bedürfnisse und Probleme nicht wahrnahm. Das alles war meine Schuld. Deswegen wollte er meine Karriere zerstören, meinen Ruf, mein Leben.

»Nein.«

Kostas blickte überrascht. »Was?«

»Nein!« Nun war ich es, der wütend geworden war. »Du kannst die Schuld für dein Leben nicht anderswo suchen. Ich habe nur so viel Macht über meine Figuren, wie sie über mich haben. Oft weiß ich nicht, wie sie sich entwickeln, was sie sagen werden oder was sie wollen. Das ist für mich ebenso eine Überraschung wie für das Publikum. Ich habe die Rolle des Metzgers damals nicht nur aus dem Programm genommen, weil die Leute nicht gelacht haben.«

»Ach nein?«, fragte Kostas verbissen. Seine Lippen bebten wie die Schwarten eines hüpfenden Schweins.

»Nein. Ich habe sie aus dem Programm genommen, weil ich eine Bösartigkeit, eine tief verwurzelte Wut in der Figur spürte. Die hat auch das Publikum bemerkt. Deswegen konnten die Leute nicht lachen. Auf der Bühne ist für alles Platz. Man darf Menschen herausfordern, provozieren, auch mal erschrecken.« Meine Stimme war fest, die Angst verschwunden. »Auf der Bühne ist für alles Platz, außer für Hass. Du hast die Schuld offenbar immer bei anderen gesucht. Wer das tut, lässt das Böse in sein Leben und wird irgendwann davon verschluckt. Und deine Taten zeigen mir, dass ich recht hatte.«

Als ich geendet hatte, ergriff die Kälte meinen Körper wie ein Schlag. Meine Lippen begannen immer stärker zu zittern, meine Zunge fühlte sich schwer an. Sie zu bewegen bereitete mir Schmerzen. Bald schon würde ich kaum mehr als ein Gestammel zustande bringen. Kostas müsste bloß von außen die Containertür schließen und verschwinden, die Kälte würde den Rest erledigen.

Doch offenbar hatte der Metzger seinen Plan vergessen. Trotz der Kälte war sein Gesicht rot angelaufen. Das Beil hielt er so fest umklammert, dass die Sehnen an seinem Unterarm hervortraten.

Er machte zwei Schritte nach vorne, in den Container hinein und auf mich zu. Noch einen und er wäre nah genug, um mich mit seinem Beil zu treffen.

Er hob seinen Arm. Die Klinge des Beils reflektierte das bläuliche Licht. »Das alles endet jetzt!«, rief er. Auch ihm fiel das Sprechen nicht mehr so leicht. »All meine Probleme werden endlich verschwinden.«

Ich schloss die Augen und dachte an meine Familie. Wenn es nun wirklich aus war, dann war es dieses Bild, mit dem ich mich verabschieden wollte. Da hörte ich eine vertraute Stimme: »Nimm deine Schweinshände runter!«

11.05 Uhr, Kühlhalle *Der frische Finne*, Industriegebiet Rheinau, Mannheim

René Weck war in der Tür des Containers aufgetaucht. Noch im Keller der Metzgerei hatte er begriffen, was das für ein seltsames Geräusch gewesen war, das er während des Telefonats mit Bülent gehört hatte. Es war das Summen der Generatoren in der Kühlhalle.

Er hatte sich sofort auf den Weg gemacht und Verstärkung angefordert. Allerdings war er früher als seine Kollegen in der Kühlhalle eingetroffen. Als er Bülents Mustang auf dem Parkplatz vor der Halle entdeckte, vergaß er seine Angst. Ohne auf seine Kollegen zu warten, hatte er die Halle über die Galerie im ersten Stock betreten und sofort gesehen, dass etwas nicht stimmen konnte. Er hatte sich angeschlichen und die letzten Sätze im Wortgefecht zwischen Bülent und Kostas Roh mitbekommen.

Nun stand er in der Tür des Kühlcontainers. Der Metzger drehte sich zu ihm, das Beil hoch erhoben, mit verdutztem Ausdruck im Gesicht. Trotz der Kälte rann René der Schweiß über den Rücken. Die Luft, die er gerade noch so selbstverständlich ein- und ausgeatmet hatte, war verschwunden. Er hatte das Gefühl, sein Brustkorb wölbe sich so stark nach innen, dass er jeden Moment gegen seine Wirbelsäule drücken würde. Zitternd griff er sich an die Hüfte, wo seine Pistole steckte. Oder stecken sollte. Mit Entsetzen begriff er, dass er sie im Keller der Metzgerei vergessen hatte, neben den Bülent-Devotionalien, die der verrückte Metzger gesammelt hatte. Offenbar bemerkte Kostas die leere Bewegung ebenso, denn ein hässliches Grinsen lief ihm über das Gesicht wie eine Kakerlake.

Was jetzt? Jede Zelle, jedes Härchen, jedes Blutkörperchen in Renés Körper schrie: Flucht! Lauf weg! Mach die Augen zu und renn so lange, bis du alles hinter dir gelassen hast! Doch wenn er diesem inneren Chor nachgab, könnte er niemand anderen für sein Versagen verantwortlich machen als sich selbst. Er müsste akzeptieren, dass er nicht der Mensch sein konnte, der er sein wollte. Wenn er weglief und Bülent im Stich ließ, war alles seine Schuld. Dieser Moment barg die Chance, sich als der Mensch zu beweisen, der er immer schon gehofft hatte zu sein.

»Attacke!«, schrie René mit seinem breitesten schwäbischen Akzent. Er nahm einen kurzen Anlauf, sprang ab und segelte durch die Luft. Die Augen geschlossen, die Zähne zusammengebissen. Sein dialektbehaftetes Geschrei brachte den Metzger aus der Fassung. Kaum war er vom Boden abgehoben, überwältigte das Angstgefühl den Polizeibeamten und er verlor das Bewusstsein.

11.07 Uhr, Kühlhalle *Der frische Finne*, Industriegebiet Rheinau, Mannheim

Noch während René engelsgleich durch die Lüfte flog und ich seine angespannten Gesichtsmuskeln erschlaffen sah, machte ich mich bereit. Als der Metzger, getroffen von der Masse des Polizeibeamten, das Beil fallen ließ, schnellte ich nach vorne und griff danach. Im nächsten Augenblick stand ich vor dem Mörder von Lasse Hoppsen und Tobe Ohrn, das Beil in der Hand.

Obwohl der Gewichtsunterschied zwischen dem Metzger und René beträchtlich ausfiel, hatte Kostas das Gleichgewicht verloren, war ausgerutscht und hart mit seinem Hinterkopf am Boden aufgeschlagen. Nun hielt er sich wimmernd die blutende Stelle. Mit meiner freien Hand packte ich René an einem Hosenbein und schleifte ihn nach draußen. Zum Glück war der Polizeibeamte nicht besonders schwer. Noch ehe der Metzger verstand, was vor sich ging, hatte ich die Tür zum Container zugeworfen, ihn verriegelt und die Temperatur auf eine nicht lebensbedrohliche Stufe gestellt. Was allerdings nicht bedeutete, dass er nicht frieren würde.

Dann lehnte ich mich an die Wand des Containers, rutschte auf den Boden und wartete neben meinem bewusstlosen Partner auf das Eintreffen der Polizei.

11.25 Uhr, Kühlhalle *Der frische Finne*, Industriegebiet Rheinau, Mannheim

Die Polizei, angeführt von Inspektor Grieß, kam ungewöhnlich spät. »Grieß wollte zuerst nicht losfahren, weil er René nicht traute«, flüsterte mir ein großer, etwas miefender Polizeibeamter namens Mark zu, »aber dann hatte er doch zu große Sorge, dass ihm ein Erfolg durch die Lappen gehen könnte.«

Eine blonde Polizeibeamtin kniete neben René und bemühte sich sanft und liebevoll, ihn wieder zu Bewusstsein zu bringen. Als er endlich die Augen aufschlug und sie über sich sah, schenkte er ihr ein Grinsen, das meiner Erfahrung nach den Wunsch nach einer Mund-zu-Mund-Beatmung ausdrückte.

Es brauchte drei Beamte, um den Metzger aus dem Container zu bringen. Grieß' Gesicht hatte mittlerweile die Farbe einer Karotte angenommen, sein kleiner Schnauzer hüpfte so stark, dass es den Eindruck machte, als würde er ihn durch die Nase aufsaugen. Vermutlich schmiedete er gerade einen Plan, wie er René den Erfolg wegnehmen und für sich selbst beanspruchen konnte.

Als der Metzger aus dem Container geführt wurde, wirkte er ein wenig verwirrt. Das hatte vielleicht mit der Platzwunde an seinem Hinterkopf zu tun. Vor mir blieb er stehen. Seine schiere Masse zwang auch die Polizisten, die ihn abführten, dazu, Halt zu machen. »Kann ich jetzt wieder ins Programm?«, fragte er weinerlich. »Du siehst ja, was für eine Show das wird. Außerdem fehlt dir jetzt eine Figur.«

»Wenn du von Hasan sprichst«, sagte ich, »den finden wir schon.«

»Ich wollte doch nur ins Programm!« Mit einem Blick, der gefährlich irre flackerte, wendete er sich zu den Polizisten. »Wissen Sie eigentlich, dass ich mal eine Figur von Bülent Ceylan war?« Selig lächelnd ließ er sich abführen.

»Nicht schlecht.« René klopfte mir auf die Schulter. »Du hast den Fall gelöst.«

»Wir haben ihn gelöst«, sagte ich. »Ohne dich wäre ich jetzt Hackfleisch. Das Flucht-Syndrom scheinst du überwunden zu haben.«

»Ich hoffe es«, sagte René und warf einen Blick in Richtung der blonden Polizistin.

»Vor der läufst du bestimmt nicht weg«, sagte ich und zwinkerte ihm zu.

»Ähem.« Inspektor Grieß war auf uns zugekommen und räusperte sich vernehmlich. Es war ihm anzusehen, wie schwierig es für ihn war, die folgenden Worte zu sagen. »Ich dachte, Sie sind ein Komiker. Aber dass Sie auch Ermittler sind, davon hatte ich keine Ahnung.«

»Danke«, sagte ich und lächelte mein liebenswürdigstes Lächeln. »Aber ohne den beherzten und kräftigen Einsatz des Beamten Weck wäre dieser Fall nie aufgelöst worden.«

Grieß schluckte. Er wollte sich schon umdrehen, als er innehielt und sich vorbeugte. »Übrigens«, flüsterte er mir zu. »Ich war schon mal in einer Ihrer Shows. Ist aber schon lange her. Sie hatten da so eine Figur ... die mochte ich wirklich gern. Schade, dass Sie die nicht mehr spielen.«

»Welche Figur?«, fragte ich.

Der Inspektor legte die Stirn in Falten und dachte nach. »Ich glaube, das war ein Metzger.«

»Das war ich!«, schrie Kostas, der Inspektor Grieß offenbar gehört hatte. »Ich war das!«

»Abführen!«, rief der Inspektor streng.

»Ich erkläre ihm alles weitere«, sagte René zu mir. »Auch wenn das nicht einfach wird. Du fährst am besten nach Hause und ruhst dich aus. Beginnt nicht bald deine Tour?«

Die Euphorie, die mich seit dem Eintreffen der Polizei durchflutet hatte, ebbte ein wenig ab. René hatte recht. In etwas mehr als zwei Tagen startete meine neue Tour. Und eine Figur, die ich dafür benötigte, war noch immer verschwunden. Wo konnte Hasan bloß stecken?

SONNTAG

8 Uhr, Wohnung von Hilde, Lindenhof, Mannheim

Meine Frau und meine Mutter bereiteten Kaffee und Kuchen vor, während ich mit meinen Kids auf dem Wohnzimmerteppich herumtollte. Für unsere Kinder war Hilde die coolste Oma der Welt, was wohl auch damit zu tun hatte, dass sie ihnen manchmal Süßigkeiten zusteckte, die es bei uns zu Hause nicht gab. Selbst für mich hatte sie noch immer Kinderschokolade vorrätig, von der ich seit meiner Kindheit nicht ganz losgekommen war. Oft hatte ich mich als kleiner Junge mit meiner Mutter in unserer Wohnung im Waldhof spätabends vor den Fernseher gesetzt. Mein Vater und meine Geschwister schliefen bereits, während ich Hilde neue Stimmen oder Figuren vorspielte. Damals dachte ich noch nicht daran, jemals damit mein Geld zu verdienen. Ich wusste nicht einmal, dass Comedian ein Beruf war. Ich war einfach glücklich, sie lachen zu sehen. Das hatte sich bis heute nicht geändert.

»Kaffee ist fertig!«, rief Hilde. Ich packte meinen Kleinsten und hob ihn von meinem Rücken, auf dem er bereits drei Runden durch das Wohnzimmer geritten war.

»Aufgeregt vor morgen?«, fragte meine Mutter, als ich mich zum Tisch setzte. Morgen würde meine neue Tour losgehen mit einem Heimspiel in der Mannheimer SAP-Arena. Ausverkauftes Haus. Fünfzehntausend Menschen.

»Geht schon«, sagte ich und lächelte. Dabei war das eine glatte Lüge. Obwohl Kostas Roh gestern verhaftet worden war und der Fall um Lasse Hoppsen offiziell als gelöst galt, wurde Hasan weiterhin vermisst. Ich hatte heute früh mit Corinna telefoniert. Bislang noch kein Lebenszeichen. Vielleicht hatte Hasan noch nichts von der Festnahme mitbekommen und dachte, die Polizei suche noch immer nach ihm? Kaffeeduft stieg mir in die Nase und unterbrach meine Gedanken.

»Schneidest du an?«, fragte meine Frau. Sie warf mir einen fragenden Blick zu. Als ich gestern von der Polizeistation, wo ich eine kurze Aussage gemacht hatte, nach Hause gekommen war, hatte sie bereits besorgt auf mich gewartet. Noch ehe ich ein Wort sagen konnte, hatte sie an meinem Gesichtsausdruck gesehen, dass etwas passiert sein musste. Ich setzte mich mit ihr vor den Kamin und erzählte ihr alles: wie ich René in der Kühlhalle zum ersten Mal getroffen hatte, wie wir gemeinsam ermittelt hatten und wie wir dem wahren Mörder von Lasse Hoppsen auf die Schliche gekommen waren. Ich verschwieg ihr auch nicht, in welche Gefahr ich geraten war. Als ich ihr davon berichtete, wie ich fast überfahren, von einem Leuchtschild erschlagen und vom Metzger erstochen worden wäre, wurden ihre Augen immer größer. Nachdem ich geendet hatte, schlug sie sich die Hand vor den Mund und schüttelte den Kopf.

»Warum hast du mir nichts davon erzählt?«, fragte sie mich entgeistert.

»Ich wollte nicht, dass du dir Sorgen machst«, sagte ich kleinlaut. Ich wagte nicht, ihr in die Augen zu sehen. Vermutlich war sie fürchterlich wütend auf mich. Weil ich mich selbst so in Gefahr gebracht hatte.

Ich wollte schon zu einer Verteidigung ansetzen, da schlang sie ihre Arme um mich und vergrub ihr Gesicht in meiner Brust. »Ich bin so froh, dass es dir gut geht«, flüsterte sie. »Aber mach sowas nie wieder.«

Jetzt lächelte ich ihr über den Tisch meiner Mutter hinweg zu, nahm das Kuchenmesser und begann, den Marmorgugelhupf aufzuschneiden. Meine Mutter war eine Donauschwäbin und als kleines Kind in den 40er-Jahren aus Ungarn nach Mannheim gekommen. Das Erbe der Habsburgermonarchie zeigte sich noch in ihrer Liebe zum Gugelhupf und in dem donauschwäbischen Dialekt, der von Österreichern, nicht aber von den Deutschen verstanden wurde. Sie und ich hatten uns früher stundenlang in diesem Dialekt unterhalten und eine wahre Freude daran gehabt, in unserer eigenen Geheimsprache zu sprechen. Vielleicht konnte ich mir ja für meine nächste Show eine Figur mit diesem Dialekt ausdenken?

»Alles fertig für morgen?«, fragte Hilde. Da ich gerade ein Stück Kuchen im Mund hatte, gab ich bloß ein Nicken von mir. Doch war es das? Noch immer vermied ich es, in die Rolle des Hasan zu schlüpfen. Zu groß war die Angst, es könnte nicht funktionieren. Ich hatte gedacht, wenn René und ich den Fall lösen würden, dann würde auch Hasan zu mir zurückkehren. Dass ich mich dann irgendwie verändert fühlen würde. Der Fall war gelöst, doch kein befreiendes Gefühl hatte sich eingestellt.

»Gestern war übrigens ein Freund von dir bei mir«, erzählte Hilde, »ein ganz netter Kerl. Und Polizist.«

Meine Frau zog eine Augenbraue in die Höhe.

»Habe ihn erst vor Kurzem kennengelernt«, murmelte ich. »Ich lade ihn aber sicher bald mal zum Essen ein.«

Zum Glück blieben mir weitere Erklärungen erspart, als Hilde über den Tisch wischte. »Ach, Bülent, immer lässt du die Krümel auf dem Tisch liegen. Die muss man wegräumen.«

Ein wenig beschämt senkte ich den Blick. »Das hat er schon als Schulkind gemacht«, sagte Hilde zu meiner Frau, die sich ein Lächeln nicht verkneifen konnte. Ein Krümel glitt unter Hildes Hand hindurch. Ich beobachtete, wie er auf den Boden fiel, und bückte mich, um ihn aufzuheben.

Es sind die kleinen Momente, die in einer Ermittlung entscheidend sein können. Scheinbar unbedeutende Spuren, wie dieser kleine Krümel hier. Plötzlich entstehen neue Verbindungen, neue Perspektiven. Manches scheint auf einen Schlag so klar und man fragt sich, wie man vorher nicht hat daraufkommen können. Zumindest hatte ich über dieses Gefühl im Internet gelesen, als ich mich Anfang der Woche über das richtige Verhalten als Ermittler informiert hatte. Nun erlebte ich selbst ein solches Gefühl. Die Euphorie, die mich durchfuhr, war mit jener vergleichbar, die ich auf der Bühne verspürte, wenn ich vor Tausenden Menschen auftrat. Dieser kleine Krümel, den ich zwischen Zeigefinger und Daumen hielt, hatte mich erkennen lassen, wo sich Hasan versteckte.

10 Uhr, Wohnung von Mompfred, Ludwigshafen

»Ihr schon wieder?« Mompfred beäugte René und mich mit sichtbarem Widerwillen durch den Türspalt. »Stört die Polizei jetzt schon an einem Sonntag?«

»Wir sind privat hier«, entgegnete René.

»Na, noch besser«, sagte Mompfred. Für einen Moment schien er unentschlossen, ob er uns hereinlassen sollte oder nicht. Schließlich öffnete er mit einem Seufzen die Tür und trat zur Seite.

»Waltraud wird zwar mit mir schimpfen, wenn ich euch reinlasse, aber so erspare ich mir zumindest die ehelichen Pflichten.« Wir fragten nicht weiter nach, welche Pflichten er meinte, sondern folgten Mompfred in sein Wohnzimmer, wo wir erneut auf dem rosa Sofa Platz nahmen.

»Mooohompfred«, trällerte es aus dem Flur, kaum hatten wir uns gesetzt. René und ich drehten uns im selben Moment um, als Waltraud in einem großzügig ausgeschnittenen Frotteebademantel im Türrahmen erschien. Was ich zuerst für eine Gesichtscreme hielt, stellte sich als Make-up heraus. Die Haare hatte sie offen gelassen, vermutlich in einem Versuch, wild auszusehen. Allerdings sah sie eher so aus, als wäre sie vor eine Flugzeugturbine geraten. In der Hand hielt sie eine kleine Reitgerte und ihre Füße steckten in schweren Lederstiefeln. Als sie uns erblickte, kreischte sie auf und warf die Gerte weg, die in einem Blumentopf landete.

»Die Polizei!«, rief sie. »Es ist nicht, wonach es aussieht! Es ist keine Körperverletzung, wenn es einvernehmlich geschieht!«

Mompfreds Gesichtsausdruck ließ nicht gerade auf Einvernehmlichkeit schließen.

»Alles gut«, sagte René, der einen Fleck auf der Tapete anstarrte und angestrengt versuchte, eine ruhige Stimme zu bewahren. »Wir sind wegen einer anderen Sache hier.«

»Oh.« Das Rot auf Waltrauds Wangen weitete sich aus und bedeckte nun auch ihre Stirn und ihren Hals. »Dann entschuldigen Sie mich bitte.« Mit aller Würde, die sie an einem Sonntagvormittag in Bademantel und Lederstiefeln aufbringen konnte, stolzierte sie davon. Kurz darauf hörten wir, wie eine Tür laut zugeschlagen wurde.

»Das war's dann für heute«, sagte Mompfred und klang zufrieden. »Danke, die Herren. Was kann ich für euch tun?«

»Hasan«, sagte ich. »Sie wissen, wo er ist.«

»Das schon wieder?« Mompfred verschränkte die Arme vor der Brust. »Ich habe doch schon gesagt, dass ich nicht weiß, wo er hin ist.«

»Das war eine Lüge«, sagte ich.

»Ach ja?«, fragte Mompfred herausfordernd und warf einen Blick auf seine Wasserpumpenzange, die in der Schatulle auf der Kommode ruhte. Bevor er danach greifen konnte, sprach ich schnell weiter.

»Die Nüsse«, sagte ich. »Die Paranussschalen, die ich letztes Mal auf der Couch gefunden habe. Ich dachte, sie deuten darauf hin, dass Hasan hier war. Aber dann hätten Sie hinter ihm aufgeräumt. Die restliche Wohnung ist blitzeblank.«

»Waltraud hat eine Stauballergie«, murmelte Mompfred, senkte aber den Blick.

»Die Schalen bedeuten, dass Hasan noch hier war, kurz bevor wir aufgetaucht sind«, sagte ich. »Sie haben ihn versteckt. Und ich würde wetten, Sie tun das noch immer.«

»Wir wollen nur helfen«, warf René ein. »Der Fall ist gelöst. Hasan wird nicht mehr gesucht. Der wahre Mörder wurde gefunden.«

Mompfred kämpfte mit sich selbst. Er atmete einige Male tief ein und aus, wobei ein paar Speicheltropfen gefährlich nahe an meinem Kopf vorbeiflogen. »Na schön«, sagte er schließlich. »Kommt mit.«

Er nahm einen großen, rostigen Schlüssel von einer Ablage im Vorzimmer und verließ die Wohnung. Wir folgten ihm drei Stockwerke nach unten, bis in den Keller. Er öffnete eine Tür, auf der ein Schild mit der Aufschrift »Heizraum« angebracht war. Neben dem Boiler befand sich eine weitere Tür, deren weiße Farbe bereits abblätterte. Das Schloss war so rostig wie der Schlüssel in Mompfreds Hand. Er steckte ihn ins Schlüsselloch und drehte zweimal um.

Die Tür öffnete sich. Dahinter lag ein kleiner Abstellraum. Ich entdeckte eine Lampe, ein Fenster, das offenbar auf Straßenniveau lag, eine Matratze, einen kleinen Gasherd und ein paar Kisten mit Nahrungsmitteln. Und da, in einer Ecke, kauerte Hasan.

»Keine Sorge«, brummte Mompfred mürrisch. »Die gehören zu uns.«

»Ich weiß, wer du bist«, sagte Hasan, als er mich erblickte. »Du bist Bülent Ceylan.«

»Hallo«, sagte ich, ging zu ihm und reichte ihm die Hand. »Freut mich, dich endlich kennenzulernen.«

»Du wirst nicht mehr gesucht«, sagte René. »Wir sind hier, um dich nach Hause zu bringen. Zu deiner Frau und eurem Baby.«

Hasan machte keine Anstalten, aufzustehen. Was war bloß mit ihm los? Hatten die Tage in diesem Kellerloch sein Denken beeinflusst? »Ich kann nicht zurück«, flüsterte er leise.

»Hast du gehört, was ich gerade gesagt habe?« René klang verwirrt. »Du bist ein freier Mann!«

Hasan strich sich über die langen Haare, die an den Schläfen bereits ergraut waren. »Ihr versteht nicht«, sagte er. »Ich liebe Corinna und ich liebe unser Kind. Aber was für ein Vater kann ich schon sein? Was kann ich unserem Kind geben?« Er starrte an die Wand, von der sich der graue Putz löste. Ob Mompfred diesen Raum auf Asbest kontrolliert hatte, bevor er Hasan hier unterbrachte? »Ich habe nichts vorzuweisen«, fuhr Hasan fort. »Ich bin in Deutschland aufgewachsen, trage aber einen türkischen Namen und bin Muslim. Türkisch spreche ich nicht und das letzte Mal war ich vor vielen Jahren in der Türkei. Meine Verwandten dort kenne ich kaum und unterhalten kann ich mich auch nicht mit ihnen. Ich bin weder Deutscher noch Türke. Ich gehöre nirgendwohin. Wie soll ich meinem Kind ein Vorbild sein, wenn ich selbst nicht weiß, wer ich bin?« Verzweifelt verbarg er das Gesicht in seinen Händen. Die Goldkette um seinen Hals und die kräftigen Oberarme konnten nicht über seinen Zweifel hinwegtäuschen.

René kratzte sich am Kopf. Auch ich selbst wusste nicht, was ich sagen sollte. Endlich hatten wir Hasan gefunden, mit dem die ganze Geschichte begonnen hatte. Und ich musste feststellen, dass ihn weniger und zugleich mehr mit meiner Bühnenfigur verband, als ich es mir vorgestellt hatte. Er trat nicht wie der selbstbewusste Macho auf, den die Zuschauer sahen, wenn sie in meine Show kamen. Allerdings wusste ich, dass dieses Gehabe

Tarnung war, dass damit eine Unsicherheit überspielt wurde. So wie auch ich als Teenager meine Unsicherheit überspielt hatte, mit langen Haaren, lauter Musik und dem Namen Billy, weil mich Bülent so anders gemacht hatte. Weil alle dann sofort eine Vorstellung von mir gehabt hatten, die nicht stimmte. Denn auch ich konnte kaum mehr als ein paar Sätze Türkisch. Ich war kein Muslim, und obwohl ich die Türkei bereist hatte und das Land wunderschön fand, hatte ich nie für einen längeren Zeitraum in der Heimat meines Vaters gelebt. Vielleicht hatte ich begonnen, Stimmen zu imitieren und in die Rolle von anderen zu schlüpfen, weil ich meine eigene Stimme noch nicht gefunden hatte. Weil ich nicht wusste, welche Rolle mir zukam. Wer ich eigentlich war. Nun verstand ich auch, warum Hasan nicht nur einen Deutsch-, sondern auch einen Türkischkurs besuchte. Er wollte zumindest in einer Sprache sattelfest werden, ehe sein Kind auf die Welt kam. In zwei Welten zu leben und in keiner wirklich zu Hause zu sein, das zerriss einen innerlich.

Ich war so in Gedanken versunken, dass ich beinahe das Gleichgewicht verlor, als ich zur Seite geschoben wurde.

»Jetzt halten mal alle die Gosch!« Mompfred trat an mir vorbei, in der Hand die Wasserpumpenzange. Er musste sie aus seiner Wohnung mitgenommen haben, ohne dass ich es bemerkt hatte. Er hob sie drohend vor Hasan in die Höhe.

»Was soll das denn?«, fragte Hasan verwirrt.

»Was für ein Gejammer hier!«, sagte Mompfred. »Du hast die Möglichkeit, dein Kind mit zwei Kulturen vertraut zu machen. Waltraud schimpft immer mit mir, wenn wir auf Urlaub sind, weil ich nicht mal Englisch kann! Ich zähl dann immer irgendwelche Biersorten auf und sage ihr, das wäre Spanisch. Die hat ja auch keine Ahnung!« Er fuchtelte mit der Zange vor Hasans Gesicht herum. »Du hast lange genug hier unten gesessen«, fuhr Mompfred fort. »Du musst deinen Nachteil als Vorteil sehen, verstehst? Du kannst beides sein, Deutscher und Türke, so wie ich Hausmeister und Lehrer bin, Praktiker und Intellelkteller.«

Diese Rede des Hausmeisters ließ mich sprachlos zurück. Das hatte ich nun wirklich nicht erwartet! Ausgerechnet Mompfred!

Der ließ die Zange sinken und trat ein paar Schritte zurück. »Solange du deine Familie liebst, wirst du immer ein Zuhause haben«, schloss er. »Kapiert?«

Hasan nickte. Ich konnte nicht sagen, ob die Tränen in seinen Augen vom Staub oder vor Rührung kamen. Er schluckte ein paarmal und räusperte sich, ehe er sich René und mir zuwandte. »Also gut«, sagte er. »Bringt mich zu meiner Familie.«

»Dienstag ist Unterricht!«, rief ihm Mompfred noch hinterher, als wir am Boiler vorbei nach oben gingen.

MONTAG

20 Uhr, SAP-Arena, Mannheim

Und plötzlich war die Luft weg. Die Musik wurde lauter. Rufe, Klatschen, Pfiffe. Licht und Rauch. Ein Meer aus Gesichtern. Die Bühne war so klein im Vergleich zur Größe der Halle. Auf dieser Bühne war ich allein. Mein Herz hämmerte.

Aber war ich wirklich allein? Ich hatte Anneliese und Mompfred, Thor und Harald. Und natürlich Hasan. Sie würden mich durch diesen Abend begleiten, die Menschen zum Lachen bringen, das Publikum ebenso überraschen wie mich. Wusste ich, was sie als Nächstes vorhatten? Nein, das wusste ich nie. Aber ich konnte mich darauf verlassen, dass es lustig sein würde. Und das war genug.

Jetzt oder nie.

Ich sprang auf die Bühne, warf meinen Kopf hin und her, meine Haare flogen durch die Luft. Das Publikum tobte. Im letzten Moment hatte ich den Beginn meiner Show geändert. Es war ein Risiko, aber es fühlte sich richtig an.

Nachdem sich das Klatschen und Rufen beruhigt hatte, holte ich einen rosa Kamm aus meiner hinteren Hosentasche und fuhr mir langsam und genüsslich durchs Haar. Dann band ich mir die Haare mit einem Haargummi zu einem Pferdeschwanz, zog die

Lederjacke aus, spannte die Oberarme an und reckte das Kinn vor. Schließlich steckte ich mir den Kamm vorn in die Hose.

Das Publikum wusste, was gleich kommen würde. »Hasan!«, hörte ich von allen Seiten.

»Vallah Bruda, ich bin der Hasan! Und wenn du mich riechst, bist du schwanger!« Ich konnte es nicht glauben! Es hatte funktioniert. Hasan war tatsächlich zurückgekommen. Es sprudelte nur so aus mir heraus: »Ich bin wieder da! Ich kann wieder so sprechen, wie ich spreche! Produzier mich net!«

Ich holte tief Luft und rief: »Uffbasse!« Augenblicklich kehrte Ruhe in den Saal ein. Die Zuschauer blickten gespannt zu mir. »Der Türk ist hier, um zu arbeiten!«

Die Arena bebte vom Lachen des Publikums. Auch ich konnte mir ein Lächeln nicht verkneifen. Denn ich wusste: Der Spaß ging jetzt erst richtig los.

UFFBASSE!

Ich bin's, der Hasan. Dachtest, es wäre schon vorbei, hä? Nix da! Jetzt rede ich!

Bülent wollte sich noch bei so vielen Leuten bedanken. Sag ich: Gib Ruh! Maschallah, er hat eh so viel ermittelt. Einen ganzen Fall hat er aufgeklärt. Bruder, und wo war ich? In einem dreckigen Keller! Sag ich ihm: Setz dich, schau zu, ich mach das.

Zuerst einmal möchte sich Bülent bei seiner Familie bedanken. Hamdallah, maschallah, der redet ständig von seiner schönen, klugen, sanften Frau, die immer an seiner Seite ist und ohne die er nichts auf die Reihe kriegen würde. Ganz schöner *Scharmeur*, der Bülent, fast wie ich. Nur weniger Bizeps. Und natürlich seine Kinder, die ihm immer Kraft geben, ihn mit Glück und tiefer Freude erfüllen. Hoffentlich wird das bei Corinna und mir auch so. Hat mir schon gesagt, meine Frau, Windeln wechseln muss auch der Hasan, maschallah ...

Und natürlich bei der Hilde! Oh ja, nie auf die Mama vergessen, Bülent! Die Hilde ist eine wunderbare Frau, wallah, Bruder. Bülent verdankt ihr so viel, das passt gar nicht in ein ganzes Buch.

Genauso wichtig ist auch sein Baba. Die Figur des Aslan ist ein wenig an ihn angelehnt. Nach seinem Tod trat Aslan nicht mehr so oft auf. Umso schöner, dass er in diesem Buch vorbeischaut. Solange wir Menschen im Herzen tragen, sind sie niemals fort.

Außerdem möchte sich Bülent noch bei all den Menschen bedanken, die ihn in seiner täglichen Arbeit unterstützen und die erlaubt haben, in diesen Fall verwickelt zu werden. Sein Management Dirk und Caroline, ohne die weder die tollen Shows noch dieses Buch möglich gewesen wären. Bei Didi, der den Sherlock-Holmes-Blick schon ziemlich gut draufhat, stellvertretend für das ganze wunderbare Team, das Bülent seit Jahren begleitet und das zu einer zweiten Familie für ihn geworden ist. Alhamdullilah, und auch bei Andrés, der den Bülent immer so gut bekocht. Ich habe zwar Döner lieber, aber jeder wie er will, maschallah.

Und zum Schluss dankt er den Hauptfiguren des Buches: Anneliese, Mompfred, Aslan, Lasse Hoppsen und sogar dem Metzger, die entweder heute noch Figuren aus Bülents Programmen sind oder einmal waren. Und natürlich bei mir, Hasan, dem Chef! Ohne uns wäre der Bülent nix. Und wer weiß, beim nächsten Fall sind vielleicht auch Thor und Harald dabei ...